BILL BRYSON

Shakespeare – wie ich ihn sehe

GOLDMANN
Lesen erleben

Das Buch

Es ist eine ernüchternde Erkenntnis: Was wir über William Shakespeare, den berühmtesten Autor der Welt, nicht wissen, übersteigt das über ihn Bekannte um ein Vielfaches. Aus diesem Grund arbeiten die meisten Shakespeare-Biografen mit etwa fünf Prozent Fakten und füllen die restlichen 95 Prozent seiner Lebensgeschichte mit Mutmaßungen auf. Gegen eine solche Herangehensweise verwahrt sich Bill Bryson entschieden. Nach dem Motto »Lieber Fakten als Fiktion« hat er es sich zur Aufgabe gemacht, in seiner Shakespeare-Biografie nur mit den zweifelsfrei bewiesenen Eckdaten aus dem Leben des Autors zu arbeiten und ansonsten das zu tun, worin er ein wahrer Meister ist: den Fährten zu folgen, die der geistige Vater von Romeo und Julia, von Hamlet und Macbeth für neugierige Forscher gelegt hat. Getrieben von seiner unersättlichen Neugier auf den Menschen hinter dem Mythos begibt sich Bill Bryson auf eine faszinierende Reise durch Raum, Zeit und die Werke von William Shakespeare.

Weitere Informationen zu Bill Bryson
sowie zu lieferbaren Titeln des Autors
finden Sie am Ende des Buches.

Bill Bryson

Shakespeare – wie ich ihn sehe

Deutsch
von Sigrid Ruschmeier

GOLDMANN

Die Originalausgabe erschien 2007
unter dem Titel »Shakespeare. The World as a Stage«
bei HarperPress, London.

Dieses Buch ist auch als E-Book erhältlich.

MIX
Papier aus verantwortungsvollen Quellen
FSC® C014496
FSC
www.fsc.org

Verlagsgruppe Random House FSC® N001967

1. Auflage
Neuausgabe April 2016

Umschlaggestaltung: UNO Werbeagentur, München
Umschlagabbildung: © Getty Images/FierceAbin
DF · Herstellung: Str.
Druck und Einband: GGP Media GmbH, Pößneck
Printed in Germany
ISBN: 978-3-442-15884-3
www.goldmann-verlag.de

Besuchen Sie den Goldmann Verlag im Netz

Für Finley und Molly
und zum Gedenken an Maisie

Inhaltsverzeichnis

ERSTES KAPITEL

Auf der Suche nach William Shakespeare

Bevor Richard Plantagenet Temple Nugent Brydges Chandos Grenville, zweiter Duke of Buckingham and Chandos im Jahre 1839 zu viel Geld kam, führte er ein eher ereignisloses Leben.

Er zeugte ein Kind in Italien, sprach gelegentlich im Unterhaus gegen die Aufhebung der Korngesetze und entwickelte früh ein Interesse an sanitären Einrichtungen (sein Haus in Stowe in Buckinghamshire hatte neun der ersten Spülklosetts in England), zeichnete sich aber ansonsten lediglich durch seine glänzenden Aussichten und vielen Namen aus. Doch nachdem er die Titel und eine der größten Besitzungen im Land geerbt hatte, überraschte er seine Freunde und Bekannten und zweifellos auch sich selbst damit, dass er es schaffte, durch eine Reihe spektakulär unkluger Investitionen in gerade mal neun Jahren sein Erbe bis auf den letzten Penny durchzubringen.

Bankrott und gedemütigt überließ er Stowe und dessen bewegliche Habe im Sommer 1848 seinen Gläubigern und floh nach Frankreich. Die darauffolgende Auktion wurde zu einem der großen gesellschaftlichen Ereignisse der Zeit. Stowe war so üppig eingerichtet, dass Mitarbeiter der Londoner Firma Christie & Manson 40 Tage brauchten, um erst einmal alles aufzunehmen. Zu den weniger beachteten Dingen, die versteigert wurden, gehörte ein dunkles ovales Porträt, 22 Zoll in der Höhe und 18 Zoll in der Breite, das der Earl of Ellesmere für 355 Guineen erstand und das seitdem als Chandos-Porträt bekannt ist. Das Gemälde war oft überarbeitet worden und im Laufe der Zeit so sehr nachgedunkelt, dass viele Details verloren waren (und immer noch sind). Man sieht darauf einen nicht unschönen Mann von etwa 40 Jahren mit schmuckem Bärtchen und hoher Stirn; am linken Ohr trägt er einen goldenen Ohrring und schaut gelassen selbstbewusst drein, ein Bonvivant. Kein Mann, denkt man vielleicht, dem man ohne Weiteres seine Frau oder erwachsene Tochter anvertrauen würde.

Obwohl über die Herkunft des Bildes ebenso wenig bekannt ist wie darüber, wo es die meiste Zeit war, bevor es 1747 in den Besitz der Familie Chandos kam, hält man es gemeinhin für ein Porträt William Shakespeares. Der Mann sieht jedenfalls aus wie William Shakespeare – was nicht weiter verwunderlich ist, denn es ist eines der drei Porträts von ihm, dem alle anderen nachempfunden sind.

Kurz vor seinem Ableben schenkte Lord Ellesmere 1856 das Gemälde der National Portrait Gallery in London, die damit begründet wurde. Insofern hat es einen gewissen sentimentalen Wert, doch dass es Shakespeare darstellt, wurde sofort angezweifelt. Viele Kritiker waren der Ansicht, der Mann sehe für einen englischen Dichter, erst recht für einen der Größten, zu dunkelhäutig und fremdländisch aus – zu italienisch oder jüdisch. Manche verstörte auch, um den verstorbenen Samuel Schoenbaum zu zitieren, dass er einen »brünstigen« Ausdruck und »lüsterne« Lippen hatte. Andere meinten, vielleicht einen Hauch hoffnungsvoll, dass er, in der Rolle des Shylock, für seinen Auftritt geschminkt, porträtiert worden sei.

»Auf jeden Fall stammt das Bild aus der richtigen Epoche – so viel können wir sagen«, erzählte mir Dr. Tarnya Cooper, Kuratorin der Gallery für die Bilder des 16. Jahrhunderts, als ich mich eines Tages aufmachte, um herauszufinden, was wir von dem am meisten verehrten Mann der englischen Sprache wissen und mit einiger Plausibilität annehmen können. »Die Form des Kragens war etwa zwischen 1590 und 1610 beliebt, also genau zu der Zeit, als Shakespeare seine größten Erfolge feierte und wohl am ehesten für ein Porträt gesessen haben mag. Wir sehen ja auch, dass der Dargestellte eine Künstlernatur war, was zur Arbeit am Theater passt, und dass er nicht ganz unvermögend war – wie Shakespeare damals.«

Auf meine Frage, woran sie das alles erkenne, erwiderte sie: »Der Ohrring deutet auf einen Bohemien. Wenn ein Mann einen Ohrring trug, signalisierte er das Gleiche wie heute – er war modisch ein wenig wagemutiger und vifer als seine Geschlechtsgenossen. Drake und Raleigh haben sich beide mit Ohrring malen lassen und auf diese Weise kundgetan, dass sie Abenteurernaturen waren. Männer, die es sich leisten konnten, trugen damals sehr viel und hauptsächlich in die Kleidung genähten Schmuck. Der Porträtierte hier ist entweder zurückhaltender oder nicht übermäßig reich. Ich vermute Letzteres. Wohlsituiert war er aber sehr wohl – oder wollte diesen Eindruck vermitteln –, denn er ist ganz in Schwarz gekleidet.« Sie lächelte über meinen verständnislosen Blick.

»Um einen Stoff richtig schwarz zu färben, braucht man viel Farbe. Hellbraune, beigefarbene oder andere helle Kleidung war erheblicher billiger in der Herstellung. Schwarze Kleidung war im 16. Jahrhundert fast immer ein Zeichen von Wohlstand.«

Prüfend betrachtete sie das Bild. »Es ist nicht schlecht, aber auch nicht besonders gut«, fuhr sie fort. »Es ist von jemandem, der wusste, wie man eine Leinwand grundiert, also sicher eine Ausbildung hatte. Insgesamt ist es aber kein großes Kunstwerk, und mit dem Licht hatte der Maler es auch nicht so. Wenn es Shakespeare ist, ist es das einzige bekannte Porträt, das vielleicht nach dem Leben gemalt ist, und der Dichter hätte so ausgesehen. Das ist die Hauptsache.«

Wie stehen die Chancen, dass er es ist?

»Ohne gesicherte Dokumente über die Provenienz? Schlecht. Und dass jetzt, nach so langer Zeit, noch Dokumente dazu auftauchen, ist sehr unwahrscheinlich.«

Und wenn es nicht Shakespeare ist, wer ist es dann?

Sie lächelte. »Das weiß niemand.«

Wenn das Chandos-Porträt Shakespeare nicht zeigt, haben wir nur noch zwei andere Konterfeis, die uns bei der Suche danach, wie William Shakespeare ausgesehen hat, helfen können. Das erste ist der Kupferstich, der 1623 als Frontispiz auf Shakespeares gesammelten Werken erschien, der berühmten ersten Folioausgabe.

Der Droeshout-Stich, wie er (nach dem Graveur Martin Droeshout) genannt wird, ist von überwältigender Mittelmäßigkeit. Er stimmt vorne und hinten nicht: Ein Auge ist größer als das andere. Der Mund befindet sich an einer eigentümlich falschen Stelle. Auf der einen Seite des Kopfes ist das Haar länger als auf der anderen, und der Kopf passt in den Proportionen nicht zum Körper und scheint wie ein Ballon von den Schultern wegzuschweben. Am schlimmsten aber ist, dass der Dargestellte wenig selbstbewusst und unsicher, beinahe ängstlich dreinschaut – das ganze Gegenteil des kühnen Mannes, der aus den Stücken zu uns spricht.

Von Droeshout (oder Drossaert oder Drussoit, als der er seinerzeit bisweilen auch bekannt war) heißt es fast immer, dass er aus einer flämischen Künstlerfamilie stammte, doch die war zu der Zeit, als Martin auf die Welt kam, schon seit sechzig Jahren oder drei Generationen in England ansässig. Peter Blayney, der führende Experte zur ersten Folioausgabe, ist der Meinung, dass Droeshout, der Anfang zwanzig und nicht sehr erfahren war, als er den Stich verfertigte, den Auftrag wohl weniger deshalb bekam, weil er ein begnadeter Künstler war, als vielmehr, weil er die richtige Ausrüstung besaß: den Typ Walzenpresse, den man für Kupferstiche brauchte und den in den 1620er Jahren nur wenige Kupferstecher ihr Eigen nennen konnten.

Trotz seiner vielen Unzulänglichkeiten ist der Stich in der ersten Folioausgabe mit einem zehnzeiligen Lobgedicht auf Shakespeare von Ben Jonson versehen, der dazu sagt:

> Hätt sich der Künstler doch befleißt,
> Nicht nur die Züge, auch den Geist
> Ganz zu erfass'n, es wär ein Blatt,
> Wie alle Welt keins kennt noch hat.

Einigermaßen glaubhaft hat man darauf hingewiesen, dass Jonson seine schmeichelhaften Zeilen wahrscheinlich zu Papier brachte, ohne den Stich von Droeshout überhaupt gesehen zu haben. Sicher jedenfalls ist, dass der nicht nach dem Leben gefertigt war: Als die erste Folioausgabe herauskam, war Shakespeare schon sieben Jahre tot.

Und damit stehen wir mit nur noch einem anderen möglichen Porträt des Dichters da: einer bemalten lebensgroßen Büste, dem Prunkstück eines Ehrenmals für Shakespeare in der Holy Trinity Church in Stratford-upon-Avon, wo er begraben ist. Wie der Stich Droeshouts ist es künstlerisch gesehen auch bloß von leidlicher Qualität, hat aber den Vorteil, dass Menschen, die Shakespeare kannten, es gesehen haben und vermutlich nichts daran auszusetzen hatten. Es wurde von einem Steinmetz namens Gheerart Janssen erschaffen und schon 1623 im Chor der Kirche aufgestellt, also in dem Jahr, in dem Droeshout das Porträt stach. Da Janssen unweit des Globe Theatre in Southwark in London lebte und arbeitete, mag er Shakespeare sehr wohl in persona gesehen haben – wenn man auch eher das Gegenteil hofft, denn der Shakespeare, den er porträtiert, ist ein pausbäckiger, selbstgefälliger Bursche mit dem (wie Mark Twain es so denkwürdig ausgedrückt hat) »ach so tief- und feinsinnigen Ausdruck einer Harnblase«.

Wir wissen nicht genau, wie die Büste zuerst aussah, denn ihre ursprünglichen Farben wurden 1749 von einem anonymen, aber wohlmeinenden Menschenfreund »aufgefrischt«. Als der Shakespeare-Forscher Edmond Malone 24 Jahre später die Kirche besuchte, war er entsetzt, dass die Büste überhaupt bemalt war, und befahl den Gemeindevorstehern, sie weiß zu übertünchen, damit sie wieder in den von ihm fälschlich so angenommenen Originalzustand kam. Als sie dann Jahre später erneut bemalt werden sollte, hatte keiner mehr die geringste Ahnung, welche Farben man nehmen sollte. Das Ganze ist deshalb so wichtig, weil die Bemalung dem Porträt nicht nur Farbe, sondern auch die charakteristischen Züge verleiht, denn viele Einzelheiten sind nicht herausgehauen, sondern aufgemalt. Weiß getüncht muss es ausgesehen haben wie früher die wesenlosen Schaufensterpuppen eines Hutgeschäfts.

Wir befinden uns also in der kuriosen Situation, dass wir drei Porträts von Shakespeare haben, auf die alle anderen zurückgehen: zwei weniger gute von Künstlern, die sie Jahre nach seinem Tod geschaffen haben, und eines, das viel gelungener ist, doch genauso gut jemand ganz anderen darstellen könnte. Woraus paradoxerweise folgt, dass wir Shakespeare stets sofort erkennen, wenn wir ein Bild »von ihm« sehen, aber eigentlich nicht wissen, wie er aussah. Und so verhält es sich beinahe mit allen Aspekten seines Lebens und seiner Persönlichkeit: Er ist zugleich überaus bekannt und völlig unbekannt.

Vor über 200 Jahren meinte der Historiker George Steevens – und viele haben sich seiner Auffassung seither angeschlossen –, dass sich alles, was wir von William Shakespeare wissen, auf ein paar kümmerliche Fakten beschränkt: In Stratford-upon-Avon geboren, gründete er dort eine Familie, ging nach London, wurde Schauspieler und Schriftsteller, kehrte nach Stratford zurück, machte sein Testament und starb. Das war schon zu Steevens' Zeiten nicht ganz zutreffend und ist es heute noch weniger, doch weit von der Wahrheit entfernt ist es auch nicht.

In 400 Jahren hingebungsvollen Suchens haben Forscher etwa 100 Dokumente gefunden, in denen William Shakespeare und seine unmittelbare Familie erwähnt werden – Taufvermerke, Besitzurkunden, Steuerbescheinigungen, Bitten um Heiratserlaubnis, Haftbefehle, Gerichtsakten (viele Gerichtsakten – es war ein prozessfreudiges Zeitalter) und so weiter und so fort. Alles in allem nicht wenig, doch Dokumente, Urkunden und sonstige Akten sind unweigerlich blutleer. Sie sagen uns einiges über die amtlich erfasste Seite eines Menschen, doch so gut wie nichts über sein Innenleben.

Es gibt also ungeheuer viel, was wir nicht über William Shakespeare wissen – zumeist Dinge, die für uns höchst interessant wären. Zum einen wissen wir nicht genau, wie viele Stücke er – in welcher Reihenfolge – schrieb. Wir können einiges von dem, was er las, erschließen, doch woher er die Bücher bekam oder was er mit ihnen machte, wenn er sie ausgelesen hatte, wissen wir auch wieder nicht.

Obwohl er fast eine Million Worte an Text hinterließ, haben wir nur 14 von ihm selbst geschriebene, darunter sechs Mal seinen Namen als Unterschrift und auf seinem Testament die Worte »von mir«. Kein einziger Zettel, kein Brief und keine Seite einer Handschrift sind erhalten. (Manche Experten glauben, dass Shakespeare einen Abschnitt aus dem Stück Sir Thomas More, das nie aufgeführt worden ist, eigenhändig geschrieben hat, doch gesichert ist das keineswegs.) Wir haben auch keine schriftliche Beschreibung von ihm, die während seiner Lebenszeit zu Papier gebracht worden ist. Das einzige Porträt in Worten – »er war ein gutaussehender, wohl gebildeter Mann: immer guter Dinge und von sehr raschem und angenehm feinem Witz« – stammt von 1680, verfasst von John Aubrey, der zehn Jahre nach Shakespeares Tod geboren wurde. Shakespeare scheint ein wunderbar umgänglicher Bursche gewesen zu sein, doch das älteste schriftliche Zeugnis von ihm, das auf uns gekommen ist, enthält den persönlichen Angriff eines Dichterkollegen. Viele Biografen meinen auch, er habe es gegenüber seiner Frau an Achtung mangeln lassen – bekanntlich hinterließ er ihr in seinem Testament nur sein zweitbestes Bett, und auf den Gedanken kam er auch noch reichlich spät –, und dennoch schrieb niemand lobender, zärtlicher und bestechender von der Liebe und der Begegnung verwandter Seelen.

Wir wissen nicht, wie wir seinen Namen schreiben sollen – doch offenbar wusste er es auch nicht, denn er schrieb ihn in den heute noch existierenden Unterschriften keine zwei Mal gleich, sondern »Willm Shaksp«, »William Shakespe«, »Wm Shakspe«, »William Shakspere«, »Willm Shakspere« und »William Shakspeare«. (Der Schreibweise, die heute alle Welt benutzt, bediente er sich kurioserweise nicht.) Wir können auch nicht mit letzter Sicherheit sagen, wie er seinen Namen aussprach. Helge Kökeritz, Autor des unübertroffenen *Shakespeare's Pronunciation,* hält es für möglich, dass Shakespeare ihn mit einem kurzen a, wie in »snack«, ausgesprochen hat. Man kann ihn auch in Stratford und London verschieden ausgesprochen haben, oder Shakespeare selbst war diesbezüglich nicht minder flexibel als mit der Schreibweise. Ob er England je verlassen hat, keiner weiß es. Ebenso wenig, wer seine engsten Freunde waren oder was er in seiner Freizeit tat. Seine Sexualität ist ein unergründliches Geheimnis. Die Tage seines Lebens, von denen wir mit absoluter Sicherheit sagen können, wo er sich aufhielt, kann man an den Fingern einer Hand abzählen. Wir haben keinerlei Dokumente über seinen Aufenthaltsort in den acht entscheidenden Jahren, als er Stratford und Frau und drei kleine Kinder verließ und in schier unglaublichem Tempo ein erfolgreicher Theaterschriftsteller in London wurde. Als er 1592 zum ersten Mal als Dramatiker im Druck erwähnt wurde, hatte er schon mehr als die Hälfte seines Lebens gelebt.

Was den Rest betrifft, ist er so etwas wie das literarische Äquivalent eines Elektrons – stets da und nicht da.

Um zu verstehen, warum wir so wenig über William Shakespeares Leben wissen, ging ich eines Tages ins Staatsarchiv (früher das Public Record Office, nun die National Archives) in Kew, Westlondon. Dort traf ich den Chefarchivar David Thomas, einen stämmigen, fröhlich sanften Mann mit grauen Haaren. Bei meinem Eintreten wuchtete Thomas einen großen, grob zusammengebundenen Dokumentenstapel, ein Steuerverzeichnis des Schatzamtes aus dem Hilary- oder Winterquartal von 1570, auf einen langen Tisch in seinem Büro. Es waren 1000 Seiten lose gebundene Schafslederurkunden, keine zwei Blätter passten zusammen, und der Packen war so sperrig, dass man ihn mit beiden Armen tragen musste. »In einer Hinsicht sind die Dokumente außerordentlich gut: Sie sind aus Schafsleder, und das ist ein wunderbar haltbares Material«, erzählte Thomas mir. »Aber auch damit muss man vorsichtig umgehen, denn während die Tinte in Papierfasern einsickert, bleibt sie auf dem Schafsleder auf der Oberfläche, so wie Kreide auf einer Tafel, und reibt sich deshalb relativ leicht ab.«

»Papier aus dem 16. Jahrhundert hatte allerdings auch eine gute Qualität«, fuhr er fort. »Und hält sich gut, weil es aus Lumpen und buchstäblich säurefrei ist.«

Für mein ungeübtes Auge war die Tinte freilich verblasst, das Geschriebene verschwommenen und unscharf, ja unleserlich und die Handschrift praktisch nicht entzifferbar. Darüber hinaus war das Schriftbild dem suchenden Auge in keiner Weise dienlich. Weil Papier und Pergament teuer waren, wurde nämlich kein Platz verschwendet, und es gab zwischen den Absätzen keine Lücken – das heißt, es gab keine Absätze. Wo ein Eintrag endete, schloss der nächste ohne Ziffern oder Überschriften sofort an; die einzelnen Fälle waren weder voneinander abgesetzt noch sonst wie getrennt. Einen schlechter lesbaren Text kann man sich nicht vorstellen. Um herauszufinden, ob ein Band einen Verweis auf bestimmte Personen oder Ereignisse enthält, musste man im Grunde jedes einzelne Wort lesen – was selbst für Experten wie Thomas eine Anfechtung ist, denn obendrein waren die Handschriften der Schreiber damals extrem unterschiedlich.

Die Elisabethaner gingen ebenso frei mit dem Schriftbild um wie mit der Rechtschreibung. Schreiblehrbücher gaben bis zu zwanzig verschiedene – oft sehr verschiedene – Weisen an, bestimmte Buchstaben auszuführen. Je nach Gusto konnte zum Beispiel ein d wie die Ziffer acht, ein Rhombus mit einem Schwanz, ein Kreis mit einem Schnörkel oder wie 15 beliebige andere Zeichen aussehen. A's wie h's, e's wie o's, f's wie s's und l's – ja, fast jeder Buchstabe konnte wie jeder andere daherkommen. Bei Protokollen über Gerichtsverfahren wurde es noch komplizierter, weil sie in einer besonderen Fachsprache in gotischer Kanzleischrift verfasst waren – »in einem eigenartigen Juristenlatein, das kein Römer hätte lesen können«, sagte mir Thomas lächelnd. »Die englische Wortfolge wurde eingehalten, doch man benutzte ein Geheimvokabular und ganz eigene Abkürzungen. Selbst die Schreiber hatten damit zu kämpfen, so dass sie, wenn die verhandelten Fälle richtig komplex und verzwickt wurden, der Einfachheit halber oft zum Englischen übergingen.«

Obwohl Thomas das uns nun vorliegende Dokument und die richtige Seite manches Mal studiert hatte, brauchte er gut eine Minute, um die Zeile zu finden, in der »John Shappere alias Shakespere« aus »Stratford upon Haven« erwähnt und des Wuchers beschuldigt wird. Das Dokument ist für Shakespeare-Forscher von erheblicher Relevanz, denn mit seiner Hilfe kann man erklären, warum sich Wills Vater 1576, als Will zwölf war, abrupt aus dem öffentlichen Leben zurückzog (mehr dazu später), doch es wurde erst 1983 von Wendy Goldsmith vom Public Record Office entdeckt.

In London und in einem alten Salzbergwerk in Cheshire lagern fast zehn Millionen Dokumente – weit mehr als 150 Kilometer lang –, nicht alle aus der uns interessierenden Zeitspanne, natürlich nicht, aber genug, um auch den emsigsten Forscher für Jahrzehnte beschäftigt zu halten.

Die einzig sichere Methode, mehr in den Dokumenten zu finden, wäre, sie alle gründlich zu lesen. Anfang des 20. Jahrhunderts beschloss ein eigenartiges amerikanisches Ehepaar, Charles und Hulda Wallace, genau das zu tun. Charles, Englischlehrer an der University of Nebraska, hatte kurz nach der Jahrhundertwende aus unerfindlichen Gründen urplötzlich die fixe Idee, er müsse Näheres über Shakespeares Leben herausfinden. 1906 unternahmen er und Hulda den ersten von mehreren Tripps nach London, um die Dokumente zu durchforschen, und ließen sich schließlich dort nieder. Bis zu acht Stunden am Tag arbeiteten sie im damaligen Public Record Office in der Chancery Lane, studierten eingehend hunderttausende – Wallace behauptete, fünf Millionen[1] – Dokumente aller Art: Steuerlisten, Besitzurkunden, Grundbucheinträge, Schatzkammerabrechnungen, Gerichtsprotokolle, Übertragungsurkunden und all die anderen verstaubten Zeugnisse des Lebens, das im London des 16. und frühen 17. Jahrhunderts behördlich und gerichtlich erfasst wurde.

Die Wallaces vertrauten darauf, dass Shakespeare als Bürger Londons von Zeit zu Zeit in solchen Urkunden auftauchen müsse. Eine absolut vernünftige These, doch war das Engagement der beiden wahrhaft erstaunlich, wenn man bedenkt, dass von den Hunderttausenden Dokumenten ohne Indexe oder Querverweise jedes bis zu 200 000 verschiedene Bürger verzeichnete, dass Shakespeares Name, sofern er überhaupt auftauchte, womöglich um die 80 Mal verschieden geschrieben, bis zur Unkenntlichkeit verwischt oder abgekürzt war und dass man eigentlich nicht davon ausgehen konnte, dass er in London in irgendetwas verwickelt war – Arrest, Eheschließung, Rechtshändel und Ähnliches –, auf Grund dessen man überhaupt nur in den Staatsarchiven Eingang fand.

Wir dürfen uns also einen gedämpften Schrei der Freude vorstellen, als sie 1909 auf eine Prozessakte vom Court of Request, dem Armengericht in London, stießen, die aus 26 verschiedenen Dokumenten bestand, in denen der als Fall Belott-Mountjoy (oder Mountjoie) bekannt gewordene Rechtsstreit protokolliert war: Christopher Mountjoy, ein nach England geflüchteter hugenottischer Perückenmacher, stritt sich mit seinem Schwiegersohn Stephen Belott wegen eines Ehevertrags. Belott war, salopp gesagt, der Meinung, dass ihm sein Schwiegervater nicht alles hatte zukommen lassen, was er ihm versprochen hatte, und strengte deshalb gegen den Älteren einen Prozess an.

Offenbar wurde Shakespeare in die Affäre verwickelt, weil er 1604, als die Auseinandersetzung begann, in Mountjoys Haus in Cripplegate zur Miete gewohnt hatte. Als er acht Jahre später als Zeuge vorgeladen wurde, sagte er – durchaus verständlich –, dass er sich an keinen relevanten Punkt aus der Vereinbarung zwischen seinem Vermieter und dessen Schwiegersohn erinnern könne.

Die Dokumente enthielten nicht weniger als 24 neue Erwähnungen Shakespeares und eine kostbare zusätzliche Unterschrift – die sechste und bis heute letzte, die gefunden wurde, und noch dazu die beste und flüssigste. Offenbar hatte Shakespeare hier zum einzigen Mal sowohl genug Platz auf der Seite als auch eine starke, feste Hand, mit der er seine Unterschrift dorthin setzen konnte. Doch selbst hier kürzt er, wie er es gewohnt war, den Namen ab: »Wllm Shaksp«. An dessen Ende prangt, vermutlich wegen der verhältnismäßig schlechten Papierqualität, ein großer Tintenklecks. Obwohl es nur eine gerichtliche Aussage ist, ist es das einzige erhaltene Dokument, in dem Shakespeares gesprochene Worte festgehalten sind.

Der Wallace'sche Fund, über den im folgenden Jahr die *University of Nebraska Studies* berichteten (und der wohl für immer der größte Coup dieses Journals bleiben wird), war auch noch aus zwei anderen Gründen wichtig. Zum einen erfahren wir, wo Shakespeare zu einem wichtigen Zeitpunkt seiner Karriere wohnte: in einem Haus an der Ecke Silver/Monkswell Street unweit von St. Aldermanbury in der City von London; zum anderen haben wir mit dem Datum von Shakespeares Aussage, dem 11. Mai 1612, einen der ganz wenigen Tage in seinem Leben, für den wir mit hundertprozentiger Sicherheit sagen können, wo er war.

Die Belott-Mountjoy-Papiere waren nicht alles, was die Wallaces bei ihrer jahrelangen Suche fanden. Auf Grund ihrer Bemühungen wissen wir, wie weit Shakespeares finanzielle Interessen im Globe und Blackfriars Theatre gingen und dass er 1613, nur drei Jahre vor seinem Tod, ein Pförtnerhaus an der alten Blackfriarsabtei erwarb. Außerdem stießen die Wallaces auf einen Rechtsstreit, in dem die Tochter John Heminges', eines der engsten Kollegen Shakespeares, 1615 ihren Vater wegen eines Familieneigentums verklagte. Für Shakespeareforscher sind das Momente großer Erhabenheit.

Leider wurde Charles Wallace im Laufe der Zeit ein wenig wunderlich. Er verfasste und veröffentliche überkandidelte Lobhudeleien auf sich selbst in der dritten Person à la »Bevor er mit seinen Forschungen begann, glaubte man beinahe fünfzig

Jahre lang – und lehrte es auch –, dass man alles über Shakespeare in Erfahrung gebracht habe. Das änderte sich grundlegend mit seinen sensationellen Entdeckungen … die der amerikanischen Forschung zur ewigen Ehre gereichen«. Und er entwickelte einen regelrechten Verfolgungswahn. Er war überzeugt, dass andere Forscher die Angestellten am Schalter im Staatsarchiv bestachen, um herauszukriegen, welche Akten er geordert hatte, glaubte schließlich sogar, dass die britische Regierung insgeheim Heerscharen von Studenten eingestellt habe, die Shakespeare betreffende Akten entdecken sollten, bevor er daran kam, und ließ sich darüber auch noch in einer amerikanischen Literaturzeitschrift aus, was zu großer Bestürzung und Bedauern diesseits und jenseits des Atlantiks führte.

Als ihm und Hulda die Mittel ausgingen und sie in Wissenschaftskreisen rapide an Anerkennung verloren, ließen sie von Shakespeare ab und zogen zurück in die Vereinigten Staaten. Das war auf dem Höhepunkt des Ölbooms in Texas, und Wallace entwickelte einen neuen überraschenden Tick: Er war nun der Meinung, er könne gutes Ölland durch bloßes Ansehen erkennen. Seinen Instinkten folgend, steckte er sein gesamtes verbliebenes Geld in eine 160-Morgen-Farm in Wichita Falls, Texas. Das Land erwies sich als eines der ergiebigsten Ölfelder, die je gefunden wurden. Wallace starb 1932, steinreich und nicht sehr glücklich.

Angesichts derart spärlicher harter Fakten bleiben Leuten, die Shakespeares Leben erforschen wollen, im Wesentlichen drei Möglichkeiten: penibel Gerichtsakten zu durchforsten wie die Wallaces, draufloszuspekulieren oder sich einzureden, dass sie mehr wissen, als sie wissen. (»Alle Shakespeare-Biografien bestehen zu fünf Prozent aus Fakten und zu 95 Prozent aus Mutmaßungen«, erzählte mir ein Shakespeare-Forscher – aber vielleicht scherzte er auch nur.) Selbst die sorgfältigsten Biografen nehmen manchmal eine Vermutung – dass Shakespeare katholisch und glücklich verheiratet war, dass er das Land oder Tiere liebte – und verwandeln sie auf ein, zwei Seiten in eine Gewissheit. Der Drang, vom Konjunktiv in den Indikativ zu wechseln, ist, um Alistair Fowler zu paraphrasieren, immer mächtig.

Andere schwelgen nur noch in ihren Fantasien. Eine angesehene und normalerweise nüchterne Universitätslehrerin der 1930er Jahre, Caroline Spurgeon von der University of London, bildete sich mit der Zeit immer heftiger ein, man könne Shakespeares äußere Erscheinung aus einer sorgfältigen Lektüre seiner Werke erschließen, und verkündete selbstbewusst (in *Shakespeare's Imagery and What it Tells Us*), dass er ein »kompakt und gut gebauter, aber vermutlich eher schlanker Mann« gewesen sei, »sich körperlich flink und behände, selbstbewusst kraftvoll und außerordentlich elegant bewegt und einen klugen, scharfen Blick« gehabt habe. Außerdem war sie der Meinung, »dass er wahrscheinliche helle Haut und eine gesunde Gesichtsfarbe hatte und in seiner Jugend rasch errötete, was sein Denken und Fühlen verriet«.

Ivor Brown, ein populärer Historiker, schloss derweil aus Erwähnungen von Abszessen und anderen Gebrechen in Shakespeares Stücken, dass der Dichter kurz nach 1600 »eine schwere Staphylokokkeninfektion erlitten habe« und hinfort »immer wieder von Furunkeln geplagt worden sei«.

Andere Leser Shakespeares, die dazu neigen, alles wörtlich zu nehmen, beeindruckt in seinen Sonetten, dass er zweimal – in Sonett 37 und 89 – Lahmheit erwähnt,

> So sieht ein greiser Vater freudenvoll,
> Wenn frisch sein Kind das Werk der Jugend schafft,
> So gibt mir, lahm durch Schicksals tiefsten Groll,
> All meinen Trost dein Wert und deine Kraft.

Sag, dass du mich ob eines Fehls verlassen,
Und selbst will ich erklären meine Schuld;
Sag, dass ich lahm, gleich hink' ich durch die Gassen.

und sie schlossen daraus, dass der Dichter verkrüppelt war.

In Wirklichkeit kann man nicht energisch genug hervorheben, dass nichts – kein Fitzelchen, nicht das allerkleinste – einen gesicherten Einblick in Shakespeares persönliche Gefühle oder Überzeugungen gewährt. Wir können zur Kenntnis nehmen, was aus seinem Werk spricht; was hineingeflossen ist, können wir nur vermuten.

David Thomas ist nicht im Geringsten überrascht, dass Shakespeare eine solch undurchdringliche Figur ist. »Die dokumentarischen Belege für William Shakespeare entsprechen völlig dem, was man bei einer Person seiner gesellschaftlichen Stellung aus der Epoche erwarten kann«, sagt er. »Es kommt uns nur deshalb so spärlich vor, weil wir ein solch intensives Interesse an ihm haben. In Wirklichkeit wissen wir über Shakespeare mehr als über fast alle anderen Dramatiker seiner Zeit.«

Und bei denen klaffen wie überhaupt bei den Theaterleuten aus dieser Zeit gewaltige Lücken. Thomas Dekker war einer der führenden Stückeschreiber, doch wir wissen wenig mehr über ihn, als dass er in London geboren wurde, sehr produktiv war und oft Schulden hatte. Ben Jonson war noch berühmter, doch die meisten und wichtigsten Lebensdaten – Jahr und Ort seiner Geburt, wer seine Eltern waren, wie viele Kinder er hatte – sind unbekannt oder nicht verbürgt. Von Inigo Jones, dem großen Architekten und Bühnenbildner, haben wir keine einzige gesicherte Angabe zu seinen ersten dreißig Lebensjahren; wir wissen nur: Irgendwo muss er existiert haben.

Fakten sind überraschend flüchtig, und in 400 Jahren gehen viele einfach verloren. Eins der beliebtesten Stücke der Zeit war *Arden von Faversham*, doch heute weiß keiner, wer es geschrieben hat. Wenn die Identität eines Autors bekannt ist, verdanken wir diese Kenntnis oft einem wundervollen Zufall. Thomas Kyd schrieb das erfolgreichste Stück seiner Zeit, *Die spanische Tragödie*, doch das wissen wir nur wegen eines beiläufigen Verweises auf seine Autorenschaft in einem Dokument, das etwa zwanzig Jahre nach seinem Tod abgefasst wurde (und dann fast 200 Jahre lang als verschollen galt).

Was wir allerdings von Shakespeare haben, sind seine Stücke – bis auf ein, zwei alle –, und das zum großen Teil dank der Bemühungen seiner Kollegen Henry Condell und John Heminges, die nach seinem Tod einen mehr oder weniger vollständigen Band seiner Werke zusammenstellten, die zu Recht hochgeschätzte erste Folioausgabe. Man kann gar nicht genug betonen, wie viel Glück wir haben, dass wir im Besitz so vieler Werke von Shakespeare sind, denn üblicherweise sind Theaterstücke aus dem 16. und frühen 17. Jahrhundert ein für alle Mal perdu. Wenige Handschriften – einerlei, von welchen Autoren – haben überlebt, selbst in gedruckter Form sind sie meist abhandengekommen. Von den fast 3000 Stücken, die vermutlich in London von der Zeit um Shakespeares Geburt bis zur Schließung der Theater 1642 nach dem puritanischen Coup der Freudlosigkeit auf die Bühne gebracht worden sind, kennt man von 80 Prozent lediglich den Titel. Und aus der Zeit Shakespeares existieren nur noch rund 230 Texte von Stücken, einschließlich der 38 von Shakespeare selbst – also ungefähr 15 Prozent, fantastisch!

Und eben weil wir so viele von Shakespeares Werken haben, merken wir, wie wenig wir von ihm als Mensch wissen. Wenn wir nur seine Komödien hätten, hielten wir ihn für eine Frohnatur. Hätten wir nur die Sonette, wäre er ein Mann dunkelster Leidenschaften. Nach einer Auswahl seiner anderen Werke zu urteilen, hielten wir ihn abwechselnd für ritterlich-galant, intellektuell, heiter unbeschwert, liebevoll, für einen Metaphysiker,

Melancholiker, Machiavellianer, Neurotiker und vieles mehr. Shakespeare war das natürlich alles – als Schriftsteller. Wie er als Mensch war, wissen wir kaum.

Angesichts des Reichtums an Text und der Armut an Kontext stürzen sich die Gelehrten wie besessen auf das, was in Erfahrung zu bringen ist. Sie haben jedes Wort, das er schrieb, gezählt, jedes kleinste i-Tüpfelchen zu Protokoll genommen. Sie können uns sagen (und haben es auch), dass Shakespeares Werke 138 198 Kommata enthalten, 26 794 Semikola und 15 785 Fragezeichen; dass 401-mal in seinen Stücken von Ohren gesprochen wird, dass »dunghill« zehn Mal und »dullard« zwei Mal vorkommen; dass seine Charaktere »love« 2259-mal, »hate« aber nur 183-mal erwähnen; dass er »damned« 105-mal verwendete und »bloody« 226-mal, »bloody-minded« nur zwei Mal, dass er für »hat« 2069-mal »hath«, aber nur 409-mal »has« benutzte und dass er uns insgesamt 884 647 Worte hinterlassen hat, auf 118 405 Zeilen und 31 959 Sprechrollen verteilt.

Sie können uns nicht nur sagen, was Shakespeare geschrieben, sondern auch, was er gelesen hat. Geoffrey Bullough hat fast sein ganzes Leben darauf verwandt, alle erdenklichen Quellen für buchstäblich alles aufzuspüren, was bei Shakespeare erwähnt wird, und es auf acht Bände enthusiasmierter Darlegungen gebracht, in denen er uns nicht nur verrät, was Shakespeare wusste, sondern auch, woher er es wusste. Einem anderen Forscher, Charlton Hinman, ist es gelungen, die einzelnen Setzer zu identifizieren, die Shakespeares Stücke gesetzt haben. Er und andere haben die bevorzugte Schreibweise – ob ein Setzer »go« oder »goe«, »chok'd« oder »choakte«, »lantern« oder »lanthorn«, »set« oder »sett« oder »sette« und so weiter gesetzt hat – sowie Eigenheiten der Zeichensetzung, der Großschreibung, Bündigkeit der Zeilen und dergleichen verglichen und dabei neun Handwerker bei der Arbeit an der ersten Folioausgabe ausgemacht. Man hat schon ganz ernsthaft gemeint, dass wir dank Hinmans detektivischer Feinarbeit mehr darüber wissen, wer was in Isaac Jaggards Londoner Werkstatt tat, als Jaggard selbst.

Shakespeare scheint weniger eine historische Figur als ein Objekt wissenschaftlicher Begierde zu sein. Ein kurzer Blick in die Inhaltsverzeichnisse der vielen gelehrten Journale, die ihm und seiner Zeit gewidmet sind, enthüllt uns Untersuchungen wie »Linguistische und informatorische Entropie in *Othello*«, »Ohrenkrankheiten und Mord in *Hamlet*«, »Poisson-Verteilung in Shakespeares Sonetten«, »Shakespeare und die Nation der Quebecer«, »War Hamlet ein Mann oder eine Frau?« und andere von ähnlich unbeirrbarer Originalität.

Wie viel Druckerschwärze für Shakespeare vergossen wurde, ist nachgerade grotesk. Wenn man im Katalog der British Library als Autor »Shakespeare« eingibt, bekommt man 13 858 Einträge (im Gegensatz zu 455 für »Marlowe«) und auf Grund des Stichworts noch mal 16 092. In der Library of Congress in Washington gibt es etwa 7000 Arbeiten über Shakespeare – für zwanzig Jahre Lesestoff, wenn man eine am Tag liest –, und die Zahl wächst, wie dieses Büchlein in aller Bescheidenheit beweist. *Shakespeare Quarterly*, die vollständigste Bibliografie, verzeichnet in jedem Jahr etwa 4000 ernst zu nehmende neue Arbeiten – Bücher, Monografien, Studien aller Art.

Um gleich hier die offensichtliche Frage zu beantworten: Dieses Buch ist weniger geschrieben worden, weil die Welt noch eines über Shakespeare braucht, sondern weil diese Buchreihe es braucht. Das Ziel ist simpel: herauszufinden, wie viel über Shakespeare wir nun wirklich aus den Dokumenten in Erfahrung bringen können.

Was natürlich einer der Gründe ist, warum es so dünn ist.

ZWEITES KAPITEL

Die frühen Jahre, 1564 – 1585

William Shakespeare wurde in eine Welt geboren, die wenig Menschen hatte und sich anstrengen musste, die zu behalten, die sie hatte. 1564 betrug die Bevölkerungszahl in England drei bis fünf Millionen, viel weniger als 300 Jahre zuvor, als die Pest begann, einen kontinuierlichen, heftigen Tribut zu fordern. Und die Zahl der Briten ging weiter zurück: In der abgelaufenen Dekade war sie landesweit um etwa sechs Prozent geschrumpft, allein in London war wahrscheinlich bis zu einem Viertel der Bürger umgekommen.

Doch die Pest war nicht die einzige tödliche Bedrohung in England. Ausgesetzt war das geplagte Volk auch der ständigen Gefahr von Tuberkulose, Masern, Rachitis, Skorbut, zwei Typen von Pocken (confluierend und hämorrhagisch), Skrofulose, Ruhr und einer riesigen, unbestimmten Gattung von Ausflüssen und Fiebern – Wechselfieber, Dreitagefieber, Andertagsfieber, Kindbettfieber, Schiffsfieber, Fleckfieber – sowie der »Raserei«, »brandigen Übeln« und zahlreichen sonstigen, eigentümlichen und unklaren Malaisen, die auch keinen Halt vor Rang und Namen machten. 1562, zwei Jahre vor William Shakespeares Geburt, wurde Königin Elisabeth höchstpersönlich beinahe von den Pocken dahingerafft.

Selbst vergleichsweise geringfügige Dinge – ein Nierenstein, eine infizierte Wunde, eine schwierige Geburt – konnten im Handumdrehen tödlich enden. Fast so gefährlich wie die Gebrechen waren die verordneten Therapien. Den Opfern wurden mit Begeisterung Abführmittel verabreicht, oder sie wurden zur Ader gelassen, bis sie in Ohnmacht fielen – kaum die Art von Umgang, die einer geschwächten Verfassung förderlich war. In einem solchen Zeitalter kannte selten ein Kind alle seine vier Großeltern.

Viele der exotisch klingenden Krankheiten aus der Zeit Shakespeares kennen wir unter anderem Namen auch (ihr Schiffsfieber ist unser Typhus), doch manche waren mysteriöserweise typisch für das Zeitalter. Wie zum Beispiel der Englische Schweiß, der nach mehreren mörderischen Ausbrüchen langsam abklang. Man nannte ihn »die Geißel ohne Schrecken«, weil er so erschreckend schnell war: Die Opfer erkrankten und starben oft binnen eines Tages. Zum Glück überlebten auch viele, und die Bevölkerung wurde allmählich kollektiv immun, so dass die Krankheit in den 1550ern nicht mehr auftrat. Auch die Lepra, eine der großen Plagen des Mittelalters, war in den vorhergehenden Jahren Gott sei Dank zurückgegangen und verbreitete sich nie wieder in dem früheren Ausmaß. Doch kaum waren diese Übel geschwunden, trat ein anderes bösartiges Fieber namens »neue Krankheit« auf, und in mehreren Epidemien zwischen 1556 und 1559 starben Zehntausende. Schlimmer noch, 1555/56 gab es zusätzlich verheerende Missernten. Es war ein im wahrsten Sinne gefahr*volles* Zeitalter.

Die Pest blieb allerdings die ärgste Heimsuchung. Nicht einmal drei Monate nach Williams Geburt stehen in der Spalte für die Begräbnisse im Kirchenbuch der Holy Trinity Church in Stratford neben dem Namen eines Jungen, Oliver Gunne, die unheilschwangeren Worte »Hic, incepit pestis« (Hier bricht die Pest aus). Der Ausbruch von 1564 war besonders heftig. In Stratford starben mindestens 200 Menschen, etwa zehnmal so viel wie normal. Und während selbst in Zeiten, in denen sich die Pest nicht rührte, 16 Prozent der Säuglinge in England starben, waren es in dem Jahr fast zwei Drittel. In gewisser Weise war William Shakespeares größte Lebensleistung weniger, *Hamlet* und die Sonette zu schreiben, als vielmehr das schlichte Überstehen seines ersten Lebensjahrs.

Wir wissen nicht genau, wann er geboren wurde. Man hat mit gehörigem Scharfsinn versucht, aus ein, zwei Gewissheiten und wenigen mageren Mutmaßungen das Datum herzuleiten und sich seit langem auf den 23. April geeinigt, den Tag des Heiligen Georg. Das ist der englische Nationalfeiertag und zufällig auch das Datum, an dem Shakespeare 52 Jahre später starb; alles passt also perfekt zusammen. Doch die einzige gesicherte Angabe zum Zeitraum seiner Geburt ist das Datum seiner Taufe am 26. April. Damals war es wegen der hohen Kindersterblichkeit üblich, die Kinder rasch zu taufen, nicht später als am ersten Sonn- oder christlichen Feiertag nach der Geburt, es sei denn, zwingende Gründe geboten einen Aufschub. Wenn Shakespeare am 23. April geboren wurde – das war 1564 ein Sonntag –, dann war der offensichtliche Termin für die Taufe zwei Tage später am St.-Markus-Tag, dem 25. April. Da aber manche den St.-Markus-Tag für einen Unglückstag hielten, meint man – vielleicht nur aus Wunschdenken –, dass die Taufe um einen weiteren Tag auf den 26. April verschoben wurde.

Wir haben Glück, dass wir überhaupt so viel wissen, denn Shakespeare wurde just zu der Zeit geboren, als man anfing, die Aufzeichnungen mit einiger Genauigkeit zu machen. Obwohl alle Pfarreien mehr als ein Vierteljahrhundert zuvor, 1538, angewiesen worden waren, sämtliche Geburten, Sterbefälle und Heiraten zu registrieren, leisteten dem nicht alle Folge. (Viele argwöhnten, dass das plötzliche Interesse des Staates an den so gesammelten Informationen nur das Vorspiel zur Erhebung einer neuen unwillkommenen Steuer sei.) In Stratford begann man erst im Jahre 1558, ein Kirchenbuch zu führen, rechtzeitig, dass Will darin aufgenommen wurde, aber zu spät für Anne Hathaway, seine acht Jahre ältere Frau.

Weitere Diskussionen um das Geburtsdatum werden im Übrigen dadurch hinfällig, dass Shakespeare geboren wurde, als noch der alte Julianische Kalender galt. Der Gregorianische wurde erst 1582 erstellt, als Shakespeare schon alt genug zum Heiraten war. Was für ihn also der 23. April war, wäre für uns der 3. Mai. Weil der Gregorianische Kalender aber ein ausländisches Machwerk war und an einen Papst erinnerte (Gregor XIII.), wurde er in Großbritannien bis 1751 abgelehnt, so dass Daten dort und im übrigen Europa heftig voneinander abweichen – seit eh und je sehr zum Verdruss der Historiker.

Allgemein wichtiger jedoch war im 16. Jahrhundert ohnedies der Übergang Englands von einer katholischen zu einer protestantischen Gesellschaft – der natürlich keineswegs reibungslos verlief. England wechselte vom Protestantismus unter Eduard VI. zum Katholizismus unter Maria Tudor und zurück zum Protestantismus unter Elisabeth I. Mit jedem Herrschaftswechsel mussten Beamte, die zu stur oder saumselig waren zu fliehen, mit schmerzhaften Repressalien rechnen. Als die katholische Maria 1553 den Thron bestieg, wurden zum Beispiel Thomas Cranmer, Erzbischof von Canterbury, und Kollegen in Oxford auf dem Scheiterhaufen verbrannt. Was John Foxe in einem Buch, das offiziell *Actes and Monuments of these Latter and Perillous Days, touching Matters of the Church* hieß, allgemein aber seit damals als *Foxe's Book of Martyrs* bekannt ist, in plastischer Fülle festhielt und damit zu Shakespeares Lebenszeit anti-katholische Ressentiments schürte. Daneben war es ein rechtes Trostbüchlein für Elisabeth, da in einem in späteren Auflagen hinzugefügten Kapitel nicht nur »der wundersame Erhalt der Lady Elisabeth, jetzt Königin von England« gepriesen wurde, sondern auch, wie tapfer sie während der

Herrschaft ihrer irregeleiteten Halbschwester ihre schützende Hand über den Protestantismus hielt. (Dabei war Elisabeth in der Zeit alles andere als tapfer protestantisch.)

Es war zwar eine Epoche ungeheurer religiöser Wirren, und viele starben den Märtyrertod, doch im Großen und Ganzen verlief der Übergang zu einer protestantischen Gesellschaft relativ glatt, ohne Bürgerkrieg oder Blutvergießen größeren Ausmaßes. In den 45 Jahren der Regentschaft Elisabeths wurden weniger als 200 Katholiken exekutiert. Eine bescheidene Zahl im Vergleich zu den 8000 Hugenotten, die allein in der Bartholomäusnacht zum 24. August 1572 in Paris, und den wer weiß wie vielen Tausenden, die im übrigen Frankreich massakriert wurden. Dieses Schlachtfest hatte übrigens zutiefst traumatische Auswirkungen in England – Christopher Marlowe hat es im *Massaker von Paris* anschaulich geschildert und Metzelszenen auch in zwei weiteren Stücken untergebracht. Zwei Generationen protestantischer Briten bibberten um ihr Leben und wurden fanatische Patrioten.

Bei William Shakespeares Geburt war Elisabeth dreißig Jahre alt und seit gut fünf Jahren Königin. Sie sollte noch weitere 39 Jahre regieren, doch problemlos lief das nie. Für die Katholiken war sie in Acht und Bann, eine Bastardin ohnehin. Mehrere Päpste attackierten sie scharf, exkommunizierten sie erst und riefen dann offen zu ihrer Ermordung auf. Und fast während ihrer gesamten Regentschaft stand demonstrativ eine katholische Ersatzfrau bereit: ihre Cousine Maria, Königin der Schotten! Weil Elisabeths Leben derartig bedroht war, wurden alle Maßnahmen ergriffen, um es zu schützen. Sie durfte sich draußen nicht allein aufhalten und wurde im Palast streng bewacht. Man drang darauf, dass sie sich vor allen Kleidern hütete, die man ihr schenkte und die am »bloßen Leibe« zu tragen seien, denn man befürchtete, dass diese heimtückisch mit der

Pest infiziert seien. Selbst der Stuhl, auf dem sie normalerweise saß, stand einmal im Verdacht, mit ansteckenden Substanzen bestreut zu sein. Als gemunkelt wurde, dass ein italienischer Giftmischer an ihrem Hof sei, entließ sie alle ihre italienischen Bediensteten.

Und weil sie schließlich niemandem mehr vertraute, schlief sie mit einem alten Schwert am Bett.

Elisabeth überlebte zwar, doch das Thema Thronfolge blieb bis zu ihrem Tod landauf, landab auf der Tagesordnung, also während eines Großteils von William Shakespeares Leben. Wie Frank Kermode feststellt, sollte sich ein Viertel der Stücke Shakespeares um Fragen königlicher Erbfolge drehen – und das, obwohl Spekulationen über Elisabeths Nachfolge streng verboten waren. Ein puritanischer Parlamentarier namens Peter Wentworth schmachtete zehn Jahre lang im Tower von London, nur weil er die Frage in einem Essay aufgeworfen hatte.

Elisabeth nahm es mit dem Protestantismus nicht allzu genau. Sie mochte viele damals übliche katholische Riten (ohne sie gäbe es in englischen Kirchen heute keine Abendandachten) und verlangte von ihren Untertanen, solange sie herrschte, meist nur das formale Bekenntnis zum Anglikanismus. Die Krone war weniger daran interessiert, den Glauben der Menschen zu bestimmen, als sich ihrer Treue zu vergewissern. Bezeichnend dafür ist, dass man katholische Priester normalerweise nicht wegen Ketzerei, sondern wegen Hochverrats anklagte, wenn man sie beim illegalen Predigen erwischte. Elisabeth hatte auch nichts dagegen, auf ihren Rundreisen durchs Land bei katholischen Familien zu wohnen – Hauptsache, deren Loyalität zu ihr als Monarchin stand außer Frage. Im elisabethanischen England war es also keine sonderlich mutige Tat, katholisch zu sein. Öffentlich katholisch zu sein oder den Katholizismus zu propagieren stand dagegen auf einem anderen Blatt, wie wir noch sehen werden.

Katholiken, die keine anglikanischen Gottesdienste besuchen wollten, wurden Rekusanten genannt (vom lateinischen »recusare«, ablehnen, sich weigern) und konnten eine Geldstrafe entrichten. Es gab sehr viele – 1580 um die 50000. Die Strafen für Verweigerung betrugen nur zwölf Pence und wurden auch nur sporadisch erhoben, doch 1581 urplötzlich auf 20£ im Monat erhöht – ein schwerer Schlag für die meisten Betroffenen. Trotzdem waren erstaunlicherweise etwa 200 Bürger sowohl so begütert als auch so fromm katholisch, dass sie Bußgelder in dieser Höhe bezahlen konnten und wollten. Für die Krone erwiesen sich die Zahlungen als unerwartet sprudelnde Einnahmequelle; gerade zu der Zeit, als die spanische Armada am Horizont dräute, kamen überaus hilfreiche 45000£ zusammen.

Die meisten Untertanen Ihrer Majestät waren jedoch sogenannte »Kirchenpapisten« oder »kalte Gesetzesprotestanten«: willens, so lange protestantisch zu bleiben, wie es erforderlich war, aber gern und vielleicht sogar insgeheim erpicht darauf, wieder katholisch zu werden, sollten sich die Umstände erneut ändern.

Auch der Protestantismus barg Gefahren. Puritaner (ein pejorativer Begriff, der im Geburtsjahr Shakespeares geprägt wurde) und Separatisten verschiedener Couleur wurden ebenfalls verfolgt – weniger wegen ihres Glaubens oder der Art ihrer Gottesdienste als vielmehr wegen ihrer Angewohnheit, sich der Obrigkeit beharrlich zu widersetzen und kein Blatt vor den Mund zu nehmen.

Als ein bekannter Puritaner mit dem (bald nur zu passenden) Namen John Stubbs (»Stummel«) die Ehevertragsverhandlungen der Königin mit einem französischen Katholiken, dem Herzog von Alençon[2], kritisierte, wurde ihm die rechte Hand abgehackt. Er hielt den blutigen Stumpf hoch, zog vor der Menge den Hut, rief: »Gott schütze die Königin!«, sank ohnmächtig darnieder und wurde ins Gefängnis gekarrt, wo er 18 Monate verblieb.

Er kam sogar noch vergleichsweise glimpflich davon, denn die Strafen waren bisweilen wirklich hart. Viele verurteilte Delinquenten hörten immer noch die grausigen Worte: »Du sollst von hier zu dem Ort geführt werden, von da du kamst … und dein Leib soll geöffnet, dein Herz und dein Gedärm herausgezogen und dein Gemächte abgeschnitten und vor deinen Augen ins Feuer geworfen werden.« Zu Elisabeths Zeiten war es allerdings nur noch selten üblich, jemanden auszuweiden, wenn er noch so lebendig war, dass er es mitkriegte. Doch es gab Ausnahmen. 1586 ließ die Königin an Anthony Babington, einem reichen jungen Katholiken, der ihre Ermordung geplant hatte, ein Exempel statuieren. Babington wurde vom Schafott gezerrt, als er noch bei Bewusstsein war, und musste mit ansehen, wie sein Bauch aufgeschlitzt wurde und die Eingeweide herausquollen. Es galt aber damals schon als Akt solch barbarischer Grausamkeit, dass es sogar die blutrünstige Menge anwiderte.

Der Monarch beziehungsweise die Monarchin hatten extrem weitgehende Macht zu strafen, und Elisabeth nutzte sie weidlich. Höflinge, die ihr Missfallen erregten (wenn sie zum Beispiel ohne ihr Einverständnis heirateten), verbannte sie vom Hof oder ließ sie in den Kerker werfen, manchmal für recht lange Zeitspannen. Theoretisch besaß sie die uneingeschränkte Befugnis, nach Belieben jeden Untertan zu arretieren, der es versäumte, die feinen und zahlreichen Unterschiede zu beachten, die die Stände und Schichten der Gesellschaft voneinander trennten – und die Unterschiede waren wahrlich fein und zahlreich. An der Spitze der Gesellschaftspyramide stand natürlich der Monarch. Dann kamen (in dieser Reihenfolge) die Adligen, hohe Geistliche und Gentlemen. Danach die Bürger – damals die wohlhabenderen Kaufleute und ihresgleichen, das

Stadtbürgertum. Dann die Freisassen – das heißt, die Kleinbauern – und zuletzt die Handwerker, Tagelöhner und einfachen Arbeiter.

Geradezu absurde Luxusgesetze legten präzise fest, wer was tragen durfte. Eine Person mit einem Einkommen von 20 £ im Jahr durfte ein Satinwams, doch kein Satingewand tragen, während jemand, der 100 £ im Jahr verdiente, so viel Satin tragen konnte, wie er wollte, Samt aber nur als Wams und nicht in sonstiger Oberbekleidung, und auch nur dann, wenn der Samt nicht purpurfarben oder blau war, denn diese Farben waren den Rittern des Hosenbandordens und denen vorbehalten, die gesellschaftlich über ihnen standen. Seidene Strümpfe wiederum standen Rittern und ihren ältesten Söhnen sowie bestimmten – doch nicht allen – Gesandten und königlichen Bediensteten zu. Restriktionen, das heißt Listen von unzähligen komplizierten Vorschriften, gab es auch für die Menge des Stoffs, die man für ein bestimmtes Kleidungsstück verbrauchen durfte, oder ob es gefältelt oder glatt getragen werden musste oder durfte, etc. pp.

Die Gesetze kamen teilweise dem Staatssäckel zugute, denn sie betrafen in der Regel importierte Stoffe. Mehr oder weniger aus dem gleichen Grund existierte eine Zeit lang auch einmal ein Kappengesetz, das den inländischen Kappenmachern durch eine kurze Rezession helfen sollte, denn die Leute durften keine Hüte, sondern mussten Kappen tragen. Komischerweise ärgerten sich die Puritaner über das Gesetz und handelten sich Geldstrafen ein, weil sie es ständig übertraten. Ansonsten wurden die Vorschriften der Kleiderordnung anscheinend selten durchgesetzt. In den Akten findet man kaum Gerichtsverfahren. Dennoch blieb sie bis 1604 in Kraft.

Essen war ähnlich reglementiert, schon die Anzahl der Gänge, die man sich je nach Stand genehmigen durfte, war genau vorgeschrieben. Einem Kardinal standen bei einer Mahlzeit neun zu, während denjenigen, die weniger als 40 £ im Jahr verdienten, also den meisten Menschen, nur zwei plus Suppe erlaubt waren. Zum Glück wurde man seit Heinrichs VIII. Bruch mit Rom nicht mehr mit dem Tod durch den Strang bedroht, wenn man freitags Fleisch verspeiste, doch wenn man sich in der Fastenzeit dabei ertappen ließ, konnte man noch für drei Monate hinter Kerkermauern wandern. Allerdings durfte einem die Kirche gegen Entgelt einen Ablass erteilen und verdiente sich damit eine goldene Nase. Erstaunlich, dass so viel Nachfrage danach bestand, denn das meiste helle Fleisch, unter anderem vom Kalb und Huhn sowie allem anderen Geflügel, wurde netterweise als Fisch eingestuft.

Fast alle Lebensbereiche waren irgendeiner gesetzlichen Einschränkung unterworfen. Auf lokaler Ebene konnte man mit einer Geldbuße belegt werden, wenn man seine Enten auf der Straße herumlaufen ließ, sich widerrechtlich Stadtkies aneignete oder einen Gast ohne Erlaubnis des Bürgermeisters zu Hause beherbergte. Unsere erste Begegnung mit dem Namen Shakespeare verdanken wir einer solchen Gesetzesübertretung im Jahre 1552, zwölf Jahre bevor William geboren wurde. Sein Vater John musste einen Shilling Strafe zahlen, weil er einen Misthaufen in der Henley Street in Stratford angelegt hatte. Das war nicht nur behördliche Pingeligkeit, sondern wegen der wiederholten Ausbrüche der Pest in der Stadt wirklich brisant und die Geldstrafe von einem Shilling zudem deftig – vermutlich entsprach sie John Shakespeares Verdienst von zwei Tagen.

Auch dessen frühe Jahre liegen überwiegend im Dunkeln. Er wurde um 1530 geboren und wuchs auf einem Bauernhof im nahe gelegenen Snitterfield auf, kam aber als junger Mann nach Stratford (womit er der Nachwelt ersparte, seinen Sohn den Barden von Snitterfield zu nennen), wurde Handschuhmacher und Weißgerber – arbeitete also mit weißem und weichem Leder. Ein ausgesprochen achtbares Gewerbe.

Stratford war keine unbedeutende Stadt. Mit einer Einwohnerzahl von grob geschätzt 2000, zu einer Zeit, als nur drei Städte in Großbritannien 10 000 und mehr Einwohner hatten, lag sie etwa 85 Meilen nordwestlich von London – einen Viertagesmarsch oder Zweitagesritt zu Pferde entfernt – an einer der großen Wollstraßen zwischen der Hauptstadt und Wales. (Fast alle Menschen reisten zu Fuß oder zu Pferde – oder gar nicht. Kutschen als öffentliches Transportmittel wurden im Geburtsjahr Shakespeares erfunden, doch von der Masse der Bevölkerung erst im nächsten Jahrhundert benutzt.)

Oft wird behauptet, Shakespeares Vater sei Analphabet gewesen (besonders von denen, die William Shakespeare als jemanden darstellen wollen, der zu wenig Anregung und Bildung hatte, um die ihm zugeschriebenen Theaterstücke zu verfassen). Nun war Analphabetismus im England des 16. Jahrhunderts natürlich ganz normal. Laut einer Schätzung konnten damals mindestens 70 Prozent der Männer und 90 Prozent der Frauen nicht einmal ihren Namen schreiben. Auf den höheren Rängen der gesellschaftlichen Stufenleiter stieg der Anteil der des Lesens und Schreibens Kundigen beträchtlich. Unter den Handwerkern – und zu dieser Gruppe gehörte John Shakespeare – konnten etwa 60 Prozent lesen, ein wahrlich stattlicher Anteil.

Dass man Shakespeares Vater für einen Analphabeten hielt, liegt daran, dass er in den heute noch existierenden Dokumenten mit einem Kreuz unterzeichnete. Doch das taten viele Elisabethaner, besonders die, die zwar schreiben konnten, aber gern den vielbeschäftigten Mann markierten – ähnlich vielbeschäftigten Managern heute, die ihre Initialen an den Rand von Memoranden kritzeln. Wie Samuel Schoenbaum feststellte, unterzeichnete Adrian Quiney, ein Stratforder Zeitgenosse der Shakespeares, alle Schriftstücke mit einem Kreuz und würde gewiss als Analphabet eingestuft, wenn nicht zufällig ein eloquenter Brief in seiner eigenen Handschrift überliefert wäre, den er 1598 an William Shakespeare geschrieben hat. Man sollte auch nicht vergessen, dass John Shakespeare in eine Reihe von leitenden Positionen aufstieg, in denen die Unfähigkeit zu lesen wahrscheinlich nicht nur ein lästiges, sondern unüberwindliches Handicap gewesen wäre. Doch davon ganz abgesehen, sagt seine Fähigkeit, schreiben oder nicht schreiben zu können, absolut nichts über die Fähigkeiten seiner Kinder aus.

Ob er nun lesen und schreiben konnte – John war unbestritten ein beliebter und geachteter Bursche. 1556 übernahm er das erste von vielen städtischen Ämtern; er wurde nämlich zum städtischen Bierverkoster gewählt. Der Job verlangte von ihm sicherzustellen, dass Maße und Preise in der ganzen Stadt korrekt eingehalten wurden – nicht nur von den Gastwirten, sondern auch von Fleischern und Bäckern. Zwei Jahre später wurde er Stadtwächter – ein Posten, bei dem man damals wie heute über ein Mindestmaß an körperlichen Kräften und Mut verfügen musste – und im folgenden Jahr »affeeror« (oder »affurer«), Schätzer, jemand, der Geldstrafen für Vergehen festsetzte, die nicht von den existierenden Regelungen abgedeckt waren. Dann wurde er nacheinander wahlberechtigter Bürger, Stadtkämmerer und Ratsherr, wobei ihn Letzteres befugte, sich als »Master« (statt wie bisher als »Goodman«) anreden zu lassen. 1568 wurde er schließlich in das höchste Wahlamt der Stadt gewählt – zum High Bailiff, de facto zum Bürgermeister. William Shakespeare wurde also in ein Haus geboren, das in der Stadt einiges galt.

Eine von Johns Aufgaben als High Bailiff war es, Gelder für Auftritte durchziehender Schauspieltruppen aus der Stadtkasse zu genehmigen. Und da in den 1570er Jahren Stratford zum regelmäßigen Halt für tourende Schauspieler wurde, kann man mit Fug und Recht annehmen, dass der gewiss beeindruckbare Will in seiner Kindheit und Jugend viele Theaterstücke sah und inspiriert wurde oder er Kontakte knüpfte, mit deren Hilfe er später leichter Zugang zur Londoner Theaterwelt fand. Zuallermindest muss er Schauspieler gesehen haben, mit denen er später in London eng zusammenarbeitete.

400 Jahre lang war das bisher Gesagte ungefähr alles, was von John Shakespeare bekannt war, doch in den 1980er Jahren enthüllten ein paar Entdeckungen im Staatsarchiv eine andere, eher fragwürdige Seite des Mannes.

»Er muss mit ein paar recht zwielichtigen Burschen verkehrt haben«, sagte David Thomas. Viermal in den 1570er Jahren wurde John nämlich angeklagt (oder mit Anklage bedroht – die Akten sind manchmal einen Hauch unklar), mit Wolle gehandelt oder Geld verliehen zu haben, beides höchst illegale Tätigkeiten. Besonders Wucher wurde in der strengen Formulierung des Gesetzes als »sehr hassenswertes und verabscheuungswürdiges Laster« angesehen, und die Strafen waren happig. Doch John hat offenbar auf hohem Niveau agiert. 1570 wurde er angeklagt, einem Walter Mussum Geld geliehen zu haben; 220 £ (einschließlich Zinsen) sollte er von dem Mann zurückbekommen. Das war eine horrende Summe – weit mehr als 100 000 £ heute –, und er war mit Mussum selbst schon bei der Summe ein großes Risiko eingegangen, denn bei dessen Tod war sein gesamtes Anwesen nur 114 £ wert, viel weniger, als John Shakespeare ihm geliehen hatte.

Solche Unternehmungen waren schier atemberaubend riskant. Jeder als schuldig Überführte büßte die gesamte verliehene Summe plus Zinsen ein und musste mit einer gepfefferten Geldstrafe, ja sogar Gefängnishaft rechnen. Das Gesetz galt – ein wenig ungerecht, muss man sagen – für jeden Kreditumfang. Auch wenn man zum Beispiel jemandem Wolle lieferte mit der Abmachung, dass er einen später bezahlen und dann mit ein paar Zinsen für die Kulanz entschädigen würde, wurde das als Wucher angesehen. Vermutlich war es diese Form, die sich John Shakespeare hatte zuschulden kommen lassen, denn augenscheinlich handelte er auch mit Wolle in großen Mengen. 1571 wurde er beschuldigt, dreihundert Ballen – 3810 kg – erworben zu haben. Wirklich ein Haufen Wolle und wieder ein hohes Risiko.

Wie schuldig er sich gemacht hat, werden wir nie erfahren. David Thomas weist darauf hin, dass oft Denunzianten Klage erhoben und jemanden in Bedrängnis brachten, weil sie hofften, dass sich der Beklagte, selbst wenn er unschuldig war, lieber zu einer außergerichtlichen Einigung bereitfinden als auf einen teuren und langwierigen Prozess in London einlassen würde. Einer von John Shakespeares Anklägern war dafür bekannt, dass er solch bösartige Klagen anzettelte. Trotzdem: Etwas ernsthaft Ungünstiges scheint in Johns beruflicher Vita vorgefallen zu sein, denn 1576, als William zwölf war, zog er sich urplötzlich aus dem öffentlichen Leben zurück und ging auch nicht mehr zu Versammlungen. Einmal wurde er mit acht anderen Einwohnern Stratfords genannt, die dem Gottesdienst vermutlich »aus Furcht vor einer Vorladung wegen Schulden« ferngeblieben waren. Seine Kollegen verringerten oder erließen ihm wiederholt Abgaben, die er zu entrichten hatte, und distanzierten sich offiziell noch zehn Jahre lang nicht von ihm, weil sie bestimmt hofften, er werde sich finanziell erholen. Doch das geschah nie.

Die Geschichte von Shakespeares Mutter Mary Arden ist uns als weniger bewegt überliefert, arg anschaulich und aufschlussreich ist sie allerdings ebenfalls nicht. Mary kam aus dem unbedeutenderen Zweig einer prominenten Familie. Ihr Vater war Landwirt, und die Familie lebte in gesicherten, wenn auch gewiss nicht üppigen Verhältnissen. Sie selbst war Mutter von acht Kindern: vier Töchtern, von denen nur eine das Erwachsenenalter erreichte, und vier Söhnen, die alle bis zur Volljährigkeit lebten, aber nur einer, Will, heiratete. Außer über Will weiß man über keinen von ihnen sehr viel. Joan, geboren 1558, heiratete einen Hutmacher namens Hart aus Stratford und wurde 77 Jahre alt. Gilbert, 1566 geboren, wurde ein angesehener Kurzwarenhändler, Richard, 1574 geboren, nicht einmal 40 Jahre alt (und das ist auch schon alles, was wir von ihm wissen). Edmund, der Jüngste, arbeitete als Schauspieler in London – mit welchem Erfolg und bei welcher Truppe ist unbekannt – und starb dort im Alter von 27 Jahren. Er ist in der Southwark Cathedral begraben, als einziges der Geschwister nicht in Holy Trinity in Stratford. Sieben der acht Kinder der Shakespeares sind offenbar nach engen Verwandten und Freunden der Familie benannt. William war die Ausnahme – von wem er seinen Namen hat, ist wie fast alles andere in seinem Leben immer ein kleines Geheimnis geblieben.

Allgemein nimmt man an (und schreibt es oft), dass Shakespeare eine gute Ausbildung an der örtlichen Lateinschule genoss, der King's New School im Rathaus in der Church Street, und das trifft vermutlich auch zu, obgleich wir es nicht genau wissen, weil alle Unterlagen der Schule aus dieser Zeit schon lange verloren sind. Bekannt ist allerdings, dass die Schule jedem Jungen, sei er auch noch so dämlich oder schwer von Kapee, aus der Stadt offenstand, solange er lesen und schreiben konnte. Und William Shakespeare konnte anscheinend beides. Die King's hatte ein ungewöhnlich hohes Niveau und wurde von der Stadt großzügig finanziert. Der Rektor bekam ein Jahresgehalt von 20 £, ungefähr doppelt so viel wie Schulrektoren in anderen Städten und sogar mehr, wie oft angemerkt wird, als der Rektor von Eton zu der Zeit. Die drei Lehrer zu Shakespeares Zeit waren alle Oxfordianer – auch das bürgte für Qualität.

Jungen kamen mit sieben Jahren in die Schule und besuchten sie in der Regel sieben oder acht Jahre lang. Der elf- bis zwölfstündige Schultag zeichnete sich durch extreme Langeweile und Eintönigkeit aus. Die Schüler saßen sechs Tage in der Woche von morgens sechs bis abends fünf oder sechs auf harten Holzbänken und hatten nur zwei kurze Pausen. (Der siebte Tag war sicher ausgiebiger religiöser Unterweisung vorbehalten.) Im Verlauf des Jahres können die Knaben selten das Tageslicht gesehen haben. Die Zeile in *Wie es euch gefällt* über den »weinerliche[n] Bube[n], der mit Bündel/Und glattem Morgenantlitz wie die Schnecke/Ungern zur Schule kriecht«, leuchtet einem sofort ein.

Bestimmt herrschte eiserne Disziplin. Zur Standardausbildung der Lehrer gehörte das korrekte Züchtigen. Doch verglichen mit anderen Privatschulen oder Internaten bot die Lateinschule in Stratford geradezu einen geschützten Raum. Die Zöglinge der Westminster School in London mussten in einer fensterlosen, unbeheizten Getreidekammer nächtigen, sich mit eisigem Wasser waschen, bekamen kaum zu essen und wurden häufig ausgepeitscht. (Von solcherlei Bedingungen konnten allerdings auch noch englische Internatszöglinge im 20. Jahrhundert ein Lied singen.) In der Westminster School begann der Schultag ebenfalls bei Morgengrauen, schloss aber noch eine zusätzliche Stunde Unterricht am Abend und selbstständiges Lernen ein, so dass viele Jungen bis spät in die Nacht beschäftigt waren.

Im Gegensatz zu der berühmten Behauptung Ben Jonsons, Shakespeare habe »wenig Latein und noch weniger Griechisch« gekonnt, waren Shakespeares Lateinkenntnisse sicherlich nicht schlecht, denn ein Lateinschüler verbrachte seine Zeit fast ausschließlich mit dem Lesen, Schreiben und Aufsagen lateinischer Texte, und oft auf die geisttötendste, sich ewig wiederholende Art. Eine der damals gern benutzten Fibeln lehrte Schüler 150 verschiedene Weisen, auf Latein »Danke für Ihren Brief« zu sagen. Bei diesen Exerzitien hat Shakespeare wahrscheinlich alle möglichen rhetorischen Kunstgriffe und Tricks gelernt – Metapher und Anapher, Epipher und Hyperbel, Synekdoche, Epanalepse und andere gleichermaßen abgelegene und schwer zu merkende Dinge. Laut Stanley Wells und Gary Taylor (die die Oxforder Ausgabe sämtlicher Werke herausgegeben haben) bekam jeder Lateinschüler in dieser Zeit ein gründlicheres Wissen in lateinischer Rhetorik und Literatur vermittelt, »als die meisten Altphilologen mit einem Universitätsabschluss von heute« besitzen. Aber sie lernten nicht viel mehr. Welche Mathematik-, Geschichts- oder Geografiekenntnisse Shakespeare auch hatte, aus der Lateinschule stammten die gewiss nicht.

Die Schulzeit war für Shakespeare vermutlich vorbei, als er fünfzehn wurde. Was er unmittelbar danach machte, ist unbekannt – wenn auch viele Legenden entstanden, die das Vakuum füllen sollten. Eine besonders hartnäckige besagt, dass er auf dem Anwesen von Sir Thomas Lucy in Charlecote, vor den Toren Stratfords, beim Rotwildwildern erwischt wurde und sich klugerweise entschloss, die Stadt in aller Eile zu verlassen. Selbst heute noch wird die Geschichte mit allen Begleitumständen als Tatsachenbehauptung wiederholt. Roy Strong schreibt in seinen gelehrten *Tudor and Jacobean Portraits*, dass Shakespeare Stratford im Jahre 1585 verließ, »um sich strafrechtlicher Verfolgung wegen Wilderns in Charlecote zu entziehen«, und dass er im folgenden Jahr in London anzutreffen war. In Wirklichkeit wissen wir nicht, wann er Stratford verließ oder in London ankam und ob er je etwas mit der Sache zu tun hatte. Im Übrigen ist die Geschichte mit der Wilderei schon aus dem Grunde wenig glaubhaft, weil Charlecote erst im folgenden Jahrhundert einen Wildpark erhielt.

Sicher wissen wir aus dieser frühen Phase in Shakespeares Erwachsenenleben nur, dass Ende November 1582 ein Schreiber in Worcester notierte, dass William Shakespeare um eine Heiratserlaubnis ersuchte. Die Braut war laut dieser Aufzeichnungen nicht Anne Hathaway, sondern Anne Whateley aus dem nahen Temple Grafton – ein Mysterium, das manche Biografen zu der Aussage veranlasste, Shakespeare habe zwei Damen bis kurz vor der Verehelichung den Hof gemacht und aus Pflichtbewusstsein gegenüber der schwangeren Anne Hathaway Anne Whateley einen Korb gegeben. Anthony Burgess ließ sich sogar zu der Aussage hinreißen, dass der junge Will »nach Temple Grafton geschickt wurde, um Häute zu kaufen«, und sich dort wohl in »eine schmucke Tochter, lieblich wie der Mai und scheu wie ein Reh«, verguckte.

In Wahrheit hat Anne Whateley nie existiert. Trotz jahrhundertelanger Forschung hat man keine Spur von ihr gefunden. Der Schreiber in Worcester war augenscheinlich nicht der gewissenhaftesten einer. Woanders in den Büchern haben Forscher in derselben Handschrift »Barbar« anstatt »Baker« gefunden, »Edgcock« statt »Elcock« und »Darby« an Stelle von »Bradeley«. Hathaway in Whateley zu verwandeln überstieg also beileibe nicht seine nonkonformistischen Schreibkünste. Darüber hinaus – Shakespeare-Ermittler sind unermüdlich – zeigen die Unterlagen auch, dass der Mann in einem anderen Buch am selben Tag eine Klage gegen einen William Whateley vermerkte, und man nimmt an, dass ihm der Name aus irgendeinem Grund noch im Kopf war. Bisher hat allerdings niemand eine überzeugende Erklärung dafür gefunden, wie Temple Grafton in die Akten kam, denn die echte Braut kam aus Shottery.

Die Heiratserlaubnis selbst ist verloren gegangen, doch ein separates Dokument, die Bestätigung, dass das Paar schon nach einmaliger Verlesung des Aufgebots, also sehr rasch heiraten durfte, ist erhalten. Darauf steht auch Anne Hathaway. Shakespeares Name wird »Shagspere« geschrieben – die erste von vielen faszinierend unterschiedlichen Schreibweisen. Für die spezielle Erlaubnis musste er eine Kaution von 40 £ hinterlegen, mit der sich die Kirchenbehörden gegen alle teuren Prozesse absicherte, die diese Vorgehensweise nach sich ziehen mochte – zum Beispiel, wenn geklagt wurde, dass Zusagen aus dem Ehevertrag nicht eingehalten wurden. Der Betrag war saftig – ungefähr 20 000 £ in heutigem Geld –, besonders angesichts dessen, dass der eigene Vater so verschuldet war, dass er aus Furcht vor Verhaftung und Gefängnis kaum noch das eigene Haus verließ. Aber anscheinend war wirklich höchste Eile geboten, das Paar zu vermählen.

Das wiederum ist insofern ein wenig rätselhaft, als es nicht ungewöhnlich war, wenn eine Braut an ihrem Hochzeitstag schwanger war. Einer Schätzung nach zu urteilen, waren bis zu 40 Prozent der Bräute in anderen Umständen – weshalb dann diese übertriebene Hast? Dazu kann man nur Mutmaßungen anstellen.

Unüblich war auch, dass ein junger Mann schon mit 18 heiratete wie Shakespeare. Männer heirateten normalerweise zwischen Mitte und Ende 20, Frauen ein wenig früher. Doch diese Zahlen variierten sehr. Eine Schwester Christopher Marlowes heiratete mit zwölf (und starb mit 13 im Kindbett). Bis 1604 betrug das Ehemündigkeitsalter zwölf Jahre für ein Mädchen und 14 für einen Jungen.

Wir wissen sehr, sehr wenig über Shakespeares Frau und nichts über ihren Charakter, ihre Bildung, religiösen Überzeugungen oder persönlichen Eigenschaften. Wir wissen nicht einmal genau, ob Anne ihr richtiger Name war. Im Testament ihres Vaters erscheint sie als Agnes (das zu der Zeit mit stummem g ausgesprochen wurde: Ann-ess). Agnes und Anne waren austauschbar. Sie hatte sechs Geschwister und kam aus wohlhabender Familie. Obwohl man von ihrem elterlichen Haus immer als Anne Hathaway's Cottage spricht, war (und ist) es ein hübsches, stattliches Gebäude mit zwölf Zimmern. Auf ihrem Grabstein steht, dass sie bei ihrem Tod 1623 67 Jahre alt war.

Nur daraus schließen wir, dass sie erheblich älter war als ihr Mann. Außer dem Grabstein gibt es keinen Nachweis für ihr Alter.

Klar ist, dass sie drei Kinder mit William Shakespeare hatte – Susanna, geboren im Mai 1583, und die Zwillinge Judith und Hamnet Anfang Februar 1585 –, alles andere liegt vollkommen im Dunkeln. Wir wissen nichts über die Beziehung des Paares – ob es sich ständig in den Haaren lag oder in einem fort turtelte, ob Anne ihren Mann jemals nach London begleitete, je eines seiner Stücke sah oder sich überhaupt dafür interessierte. Nirgendwo ist die Rede davon, dass sie einander herzlich zugetan waren, allerdings auch nicht, dass William Shakespeare irgendeinem anderen menschlichen Wesen herzlich zugetan war. Man ist versucht anzunehmen, dass sie sich wenigstens in den ersten Jahren ihrer Ehe – immerhin hatten sie zweimal Kinder zusammen – einander verbunden fühlten. Doch – weiß man's? – es kann ebenso gut sein, dass sie nie aufhörten, sich inniglich minniglich zu lieben (wenn auch vermutlich über eine große Distanz hinweg). Zwei der wenigen Gewissheiten in Shakespeares Leben sind: Seine Ehe hielt bis zu seinem Tod, und sobald er konnte, schickte er einen Großteil seines Geldes nach Stratford, was kein letztgültiger Beweis für Zuneigung ist, aber auch nicht dagegenspricht.

Auf jeden Fall haben wir nun erst einmal einen William Shakespeare, der arm, Oberhaupt einer wachsenden Familie und noch keine 21 war – eine wenig verheißungsvolle Lage für einen jungen Mann mit Ambitionen. Doch aus irgendeinem Grunde wurde er trotz dieser ungünstigen Umstände in einem anspruchsvollen Beruf mit viel Konkurrenz in einer weit entfernten Stadt offenbar in null Komma nichts ungeheuer erfolgreich. Wie er das schaffte, bleibt ein ewiges Rätsel.

Als eine mögliche Erklärung wird häufig Folgendes erzählt: 1587, als Shakespeare 23 war, passierte bei den Queen's Men, einer der führenden Schauspieltruppen, etwas, das Shakespeare eine Chance geboten haben mag. Auf ihrer Tournee durch die Provinzen wurde die Truppe nämlich in Thame aufgehalten, einer kleinen Stadt in Oxfordshire, weil William Knell, einer der Hauptdarsteller, mit einem Kollegen, John Towne, aneinandergeriet und der ihm im Verlaufe des Streits in den Hals stach und ihn tödlich verletzte. (Doch offenbar in Notwehr, denn später wurde er von aller Schuld freigesprochen.) Durch Knells Tod fehlte der Truppe ein Schauspieler, und da war es ja möglich, dass sie einen jungen, theaterbesessenen William Shakespeare anwarben oder er sich ihnen anschloss, als sie durch Stratford kamen. Leider gibt es keinen Beleg dafür, dass Shakespeare zu irgendeinem Zeitpunkt in seinem Berufsleben eine Verbindung zu den Queen's Men hatte, und wir wissen auch nicht, ob die Truppe vor oder nach dem schicksalhaften Halt in Thame nach Stratford kam.

Dann passierte allerdings ein weiterer merkwürdiger Zufall. Weniger als ein Jahr nach dem Tod Knells heiratete seine jugendliche, erst 15- oder 16-jährige Witwe Rebecca erneut. Und zwar John Heminges, der einer von Shakespeares engsten Freunden und Kollegen werden und nach dessen Tod zusammen mit Henry Condell die erste Folioausgabe von Shakespeares Werken zusammenstellen sollte.

Doch merkwürdige Zufälle sind alles, was die Dokumente zu bieten haben. Erstaunlich ist es schon, dass die Historie nur vier kurze Blicke auf Shakespeare erlaubt, bevor er sich in London niederließ und ein berühmter Dramatiker wurde: anlässlich seiner Taufe, seiner Eheschließung und der Geburten seiner Kinder. Es gibt zwar außerdem einen beiläufigen Hinweis auf ihn in einem Prozess, den sein Vater 1588 wegen eines Eigentumsstreits anstrengte, doch der besagt natürlich nichts darüber, wo William sich zu der Zeit aufhielt oder was er tat.

Sein frühes Leben besteht für uns wirklich aus nicht viel mehr als dem, was wir mit den kurzen Blicken auf ihn erhascht haben. Wenn wir jetzt also feststellen, dass die Jahre beginnen, die allgemein als seine verlorenen bekannt sind, dann sind die tatsächlich sehr verloren.

DRITTES KAPITEL

Die verlorenen Jahre, 1585–1592

Wohl kaum ein Ort in der Geschichte war reizvoller und tödlicher zugleich als London im 16. Jahrhundert. Bedingungen, die das Leben anderswo schon beschwerlich machten, waren in London, wo heimkehrende Seeleute und andere Reisende in einem fort für Nachschub an ansteckenden Krankheiten sorgten, doppelt und dreifach so schlimm.

Die Pest, die praktisch immer irgendwo in der Stadt grassierte, wütete etwa alle zehn Jahre in mörderischen Ausmaßen. Diejenigen, die es sich leisten konnten, verließen London in solchen Zeiten. Unter anderem deshalb gab es so viele königliche Paläste außerhalb: in Richmond, Greenwich, Hampton Court und anderenorts. Jedesmal wenn die Zahl der Toten mehr als 40 betrug (und das passierte nicht selten), wurden öffentliche Veranstaltungen aller Art, ja alle öffentlichen Versammlungen außer Gottesdiensten im Umkreis von sieben Meilen um London verboten.

Seit mindestens zweieinhalb Jahrhunderten starben dort fast jedes Jahr mehr Menschen, als geboren wurden. Die Bevölkerung wuchs nur wegen des ständigen Zustroms an Provinzlern, die es zu etwas bringen wollten, und protestantischen Flüchtlingen vom europäischen Festland – und sie wuchs wirklich: von 50 000 im Jahre 1500 auf viermal soviel am Ende des Jahrhunderts (solche Zahlen sind natürlich Schätzungen). In der Blütezeit von Elisabeths Regentschaft gehörte London zu den großen Städten Europas, an Einwohnerzahl und Ausdehnung nur von Paris und Neapel übertroffen. Auf der britischen Insel konnte sich keine andere Stadt auch nur im Entferntesten mit ihr messen. Ein einziger Bezirk dort, wie Southwark, hatte mehr Einwohner als Norwich, Englands zweitgrößte Stadt. Aber das Überleben war ein ständiger Kampf. Nirgendwo in der Metropole überstieg die durchschnittliche Lebenserwartung 35 Jahre; in einigen der ärmeren Bezirken erreichte sie kaum 25. Das London, in das William Shakespeare kam, war also überwiegend eine Stadt der Jugend.

Die Masse der Einwohner war auf knapp zwei Quadratkilometer innerhalb der Stadtmauer um den Tower und die St. Paul's Cathedral gepackt. Die Stadtmauer ist heute nur noch in vereinzelten Bruchstücken sowie Namen erhalten – vor allem denen der Stadttore: Bishopsgate, Cripplegate, Newgate, Aldgate und so weiter –, doch das Areal, das sie einmal umschloss, heißt immer noch City of London und hält sich verwaltungsmäßig fern von der viel größeren Stadt London, die darum herumliegt.

Zur Zeit Shakespeares war die City in etwa 100, meist winzige Pfarrgemeinden aufgeteilt, wie all die nah beieinanderliegenden Kirchtürme heute noch bezeugen, obwohl die Zahl der Gotteshäuser natürlich erheblich abgenommen hat. Sie schwankte im Verlauf der Zeit, da die Gemeinden sich manchmal zusammenschlossen und dann so einschmeichelnd klingende Pfarreien bildeten wie »St. Andrew Undershaft with All Hallows on the Wall« und »St. Stephen Walbrook and St. Benet Sheerhogg with St. Laurence Pountney«. Die Bedeutung der Religion für das Zeitalter spiegelt sich eindringlich darin wider, dass es auf so engem Raum nicht nur Dutzende von Pfarrkirchen, sondern auch eine mächtige Kathedrale, St. Paul's, gab, ganz zu schweigen von der nahen Abteikirche in Westminster und dem edlen steinernen Bauwerk von St. Mary Overie (jetzt Southwark Cathedral) gleich über der Themse.

Mit modernen Maßstäben gemessen war auch das größere London einschließlich Southwarks und Westminsters klein. Es erstreckte sich nur etwa drei Kilometer von Norden nach Süden und viereinhalb von Westen nach Osten und war in wenig mehr als einer Stunde zu durchqueren. Doch einem leicht zu beeindruckenden jungen Mann aus der Provinz wie William Shakespeare muss es wegen des Lärms und Gewühls, des endlosen Gedrängels – jedes Gesicht, das man sah, würde man nie wiedersehen – unendlich groß erschienen sein. Schließlich war London eine Stadt, in der ein einziges Theater mehr Menschen fasste, als in seiner Heimatstadt wohnten.

Die Stadtmauer war damals noch weitgehend intakt, aber schwer zu erkennen, weil so viele Gebäude an sie herangebaut waren. Auch jenseits der Mauer wurden die Felder schnell vollgebaut. John Stow bemerkte in seinem ausführlichen, imposanten *Survey of London* – den er 1598 veröffentlichte, als er über 70 war – ganz bestürzt, dass viele Bezirke, die früher auf offene Felder hinausgeschaut hätten, wo die Menschen »ihren müden Geist in der gesunden, linden Luft erfrischen« konnten, nun an riesige Ansiedlungen von verrauchten Hütten und Werkstätten grenzten. (Und wie um wieder einmal zu beweisen, dass Klagen zeitlos ist, beschwerte er sich darüber, dass der Verkehr in der Stadt unerträglich zugenommen habe und die jungen Leute gar nicht mehr zu Fuß gingen.)[3]

Das Wachstum Londons wurde nur durch ungeeignete Bedingungen zum Bauen eingeschränkt. Der schwere Lehmboden im Norden machte es fast unmöglich, Brunnen zu bohren oder ein vernünftiges Entwässerungssystem anzulegen, so dass die Randbezirke dort viel länger ländlich blieben. Insgesamt aber war die Entwicklung nicht aufzuhalten. Die Stadtoberen erließen wiederholt Verordnungen, dass keine neuen Wohnungen in einem Umkreis von drei Meilen um die Stadtmauern errichtet werden durften, widrigenfalls Abriss drohe, doch die

Tatsache, dass die Verordnungen immer wieder erlassen werden mussten, zeigt, wie wenig sie beachtet wurden. Allerdings hatten sie zur Folge, dass die Leute keine soliden Häuser bauten, denn die konnten ja jederzeit der Spitzhacke zum Opfer fallen. London war also zunehmend von Slums umgeben.

Die meisten Bezirke, die wir heute für urlondonerisch halten – Chelsea, Hampstead, Hammersmith und so weiter –, waren damals eigenständige und recht weit voneinander entfernt liegende Dörfer. Westminster, der Regierungssitz, war eine eigene Stadt, dominiert von Westminster Abbey und Whitehall Palace, einem 23 Morgen umfassenden Komplex königlicher Gemächer, Kanzleien, Vorratsspeichern, Hahnenkampfarenen, Tennisplätzen und Stechbahnen sowie vieler anderer Dinge, inmitten von mehreren hundert Morgen Jagdgründen, die heute rudimentär in Londons großen, zentral gelegenen Parks überleben: Hyde Park und Kensington Gardens, Green Park, St. James's Park und Regent's Park.

Mit 1500 Räumen und etwa 1000 dort wohnenden Höflingen, Bediensteten, Regierungsbeamten und sonstigem Anhang war Westminster der größte, betriebsamste Palast Europas und Hauptsitz der englischen Monarchin und ihrer Regierung – obwohl Elisabeth ihn wie ihr Vater Heinrich VIII. nur im Winter als Residenz benutzte. Zumindest einen Teil davon sollte Shakespeare als Schauspieler und Stückeschreiber gut kennenlernen. Heute ist der Palast bis auf das Banqueting House verschwunden, doch das sah Shakespeare nie, weil es erst 1619, nach seinem Tod, errichtet wurde.

Das Leben in der Stadt war so gedrängt und wuselig, wie wir es uns heute kaum noch vorstellen können. Abseits der wenigen Hauptdurchgangsstraßen waren die Gassen viel schmaler, und die Häuser mit den vorkragenden oberen Stockwerken stießen fast aneinander. Die Menschen lebten in engster

Nachbarschaft miteinander, und all der Gestank und die Ausdünstungen, die sie produzierten, blieben buchstäblich in der Luft hängen. Der Müll war ein ewiges Problem. (Houndsditch erhielt laut John Stow seinen Namen von den vielen Hunden, die in den Graben entsorgt wurden; selbst wenn die Geschichte frei erfunden ist, sagt sie einiges über die damaligen Zustände aus.) Arm und Reich wohnten viel mehr Seite an Seite als heute. Der Dramatiker Robert Greene starb in Schmutz und Verkommenheit in einer elenden Mietwohnung in Dowgate unweit der London Bridge, nur ein paar Häuser entfernt von Sir Francis Drake, einem der reichstem Männer im Land.

Fast alle Geschichtsschreiber berichten, dass die Stadttore bei Anbruch der Dämmerung geschlossen wurden und es bis zum Morgengrauen blieben. Da es aber in einem Londoner Winter nachmittags zu dämmern beginnt, muss es bei Anwendung des Gesetzes einen Ermessensspielraum gegeben haben, denn sonst wären an den meisten Tagen der Woche Scharen von wahrscheinlich sehr bekümmerten Theaterbesuchern nicht mehr zurück in die Stadt gekommen. Innerhalb der Stadtmauern war die Bewegungsfreiheit nur minimal weniger eingeschränkt, zumindest theoretisch. Wenn es dunkel wurde, begann die Sperrstunde, die Tavernen schlossen, und den Bürgern war es verboten, sich außer Haus aufzuhalten. Angesichts dessen, dass die Wachtmeister und Nachtwächter im Theater fast immer als Dummköpfe lächerlich gemacht wurden (denken Sie an Holzapfel in *Viel Lärm um nichts*), könnte man allerdings auf den Gedanken kommen, dass sie nicht sonderlich gefürchtet waren.

Eine dominierende Rolle in London spielte die Themse. Ungehindert von künstlichen Uferbefestigungen breitete sich der Fluss aus, wo er konnte. An manchen Stellen war er bis zu 300 m breit – viel breiter als heute – und der wichtigste Transportweg für Güter und Menschen. Die einzige Brücke, die

London Bridge, war allerdings ein enervierendes Hindernis für den Schiffsverkehr. Weil Wasser durch schmale Öffnungen schneller fließt, war »unter der Brücke durchzuschießen« ein aufregendes, riskantes Wagnis. Eine beliebte Redewendung besagte, dass die London Bridge gebaut worden sei, damit kluge Männer über sie gingen und Narren unter ihr herfuhren. Trotz all dessen, was in den Fluss geworfen wurde, strotzte er vor Leben. Flundern, Garnelen, Brassen, Forellen, Karpfenfische, Aale und gelegentlich Schwertfische, Tümmler und andere Exoten fanden sich in den Netzen, die verwunderte oder erschreckte Fischer herauszogen. Einmal verfing sich beinahe sogar ein Wal zwischen den Bögen der London Bridge.

Sie war schon altehrwürdig, als Shakespeare sie zum ersten Mal erblickte. 1209, fast 400 Jahre früher, erbaut, sollte sie noch fast zwei weitere Jahrhunderte lang die einzige über den Fluss in London bleiben. Sie stand ein wenig östlich der heutigen London Bridge, war über 270 m lang und mit mehr als 100 Läden in Dutzenden von Gebäuden aller Formen und Größen eine kleine Stadt für sich. Die Brücke war nicht nur der lärmigste Ort in London, sondern auch der sauberste (jedenfalls der bestdurchlüftete), hier richteten die reichen Kaufleute ihre Verkaufslokale ein – eine Art Bond Street des 16. Jahrhunderts. Weil der Platz auf ihr so teuer war, hatten manche Gebäude sechs Stockwerke, ragten bis zu 20 Meter über die Themse und wurden von mächtigen Streben und ächzenden Pfeilern abgestützt. Am südlichen Ende hatte die Brücke sogar einen eigenen, gefährlich wackligen, schwankenden Palast, Nonesuch House, der Ende der 1570er Jahre errichtet wurde.

Nach einer uralten Tradition wurden am Southwarker Ende auch die Köpfe von Schwerverbrechern, besonders von Verrätern, auf Pfähle gespießt und fungierten als grausig bizarre Vogelfutterstellen. (Den Rest der Leichen hängte man über Stadttore oder verteilte sie über andere Städte des Königreichs.) Es gab ihrer wahrhaftig so viele, dass man einen Hüter der Köpfe einstellen musste. Shakespeare wurde bei seiner Ankunft in London womöglich von zwei entfernten Verwandten begrüßt, John Somerville und Edward Arden, die 1583 wegen eines dilettantisch geplanten Attentats auf die Königin hingerichtet worden waren.

Das andere dominante Londoner Bauwerk war die alte St. Paul's Cathedral, die noch größer war als die, die wir heute sehen, aber eine merkwürdig verkümmerte Silhouette hatte. Eine Turmspitze, die einst bis zu einer Höhe von 150 Metern in den Himmel geragt hatte, war kurz vor Shakespeares Geburt durch Blitzschlag zerstört und nie ersetzt worden. Die Kathedrale, die die Elisabethaner kannten, sollte in ein, zwei Generationen dem Großen Brand von 1666 zum Opfer fallen und dann durch den stattlichen weißen Bau von Christopher Wren ersetzt werden, der sich heute dort befindet.

St. Paul's stand auf einem riesigen offenen Platz, der insgesamt knapp 50 000 Quadratmeter umfasste und, ein wenig überraschend, sowohl als Friedhof als auch als Markt genutzt wurde. An den meisten Tagen schlugen dort auch Drucker und Papier- und Schreibwarenhändler ihre Stände auf, und dieser Anblick muss für einen jungen Mann mit instinktiver Achtung vor Worten hypnotisierend gewesen sein. Als Luxuswaren existierten gedruckte Bücher schon seit einem Jahrhundert, doch nun war das Zeitalter angebrochen, in dem sie für jedermann erschwinglich wurden, der über ein bisschen überschüssiges Einkommen verfügte. Endlich konnten ganz normale Menschen etwas lernen und sich bilden, wenn sie denn wollten. In Elisabeths Regierungszeit wurden mehr als 7000 Titel in London gedruckt – eine Fülle an Rohmaterial, das von Stückeschreibern gelesen, umgearbeitet oder sonst wie verwertet werden musste. Diese Welt betrat nun erwartungsvoll und talentiert – Shakespeare. Er muss gedacht haben, er sei im siebten Himmel.

Im Inneren von St. Paul's ging es unendlich viel lauter und geschäftsmäßiger zu als heute. Zimmerleute, Buchbinder, Amtsschreiber, Advokaten, Fuhrmänner und andere betrieben in den hallenden Weiten selbst während der Gottesdienste ihr Geschäft. Trunkenbolde und Obdachlose nutzten sie als Ruheplatz und erleichterten sich auch schon mal in den Ecken. Kleine Jungen spielten Ballspiele in den Gängen, bis man sie verjagte, manche Leute entzündeten Feuerchen, um sich warm zu halten. John Evelyn hätte St. Paul's meinen können, als er eine Generation später schrieb: »Ich bin in einer weiträumigen Kirche gewesen, wo ich den Pfarrer vor lauter Qualm nicht erkennen und vor lauter Marktgeschrei nicht hören konnte.«

Viele benutzten das Gebäude als Abkürzung, besonders bei Regen. Der Wunsch, im Inneren Zuflucht zu suchen, hatte jedoch nicht nur etwas mit Bequemlichkeit zu tun, sondern auch mit der Kleidermode. So war Stärke, ein schickes neues Produkt, das gerade aus Frankreich nach England kam, berüchtigt dafür, sich bei Regen aufzulösen. Ihr Potenzial, modische Kleidung recht unbequem zu machen, wurde vor allem bei zunehmend extraordinären Halskrausen ausgeschöpft, die bald als »piccadills« (oder »peckadills«, »pickadailles«, »picardillos« oder 20 andere Varianten) bekannt waren (woher dann schließlich »Piccadilly«[4] kam) und die, wie ein Zeitgenosse verdrossen bemerkte, »von Tag zu Tag schlimmer« wurden. Davon abgesehen, waren auch die Stoffe noch nicht farbecht, ganz im Gegenteil, und das schuf einen weiteren Anreiz, sich ins Trockene zu flüchten.

Zum Teil aus diesem Grund hatte Sir Thomas Gresham erst kürzlich die Royal Exchange, die Königliche Börse, erbauen lassen, das fantastischste Handelshaus seiner Zeit. (Gresham wird traditionell mit Greshams Gesetz in Verbindung gebracht –

dass schlechtes Geld gutes verdrängt –, ob er es wirklich formuliert hat, sei dahingestellt.) Der Bourse in Amsterdam nachempfunden, beherbergte die Royal Exchange 150 kleine Läden und wurde so zu einem der ersten Einkaufszentren der Welt, doch ihr Hauptzweck und -nutzen war, dass die Kaufleute der City – ungefähr 4000 – zum ersten Mal ihre Transaktionen im Inneren eines Gebäudes abwickeln konnten und nicht im Regen standen. Angesichts des englischen Wetters mag man sich wundern, dass sie so lange warteten, aber so war's.

Andere Unterschiede, die uns zwischen damals und heute auffallen würden, betrafen häufig Essen und Ernährung. Die Hauptmahlzeit wurde mittags eingenommen, und die besser Betuchten verspeisten dabei oft Dinge, die man heute verschmäht – Kraniche, Trappen, Schwäne und Störche zum Beispiel. Diejenigen, die gut aßen, aßen mindestens so gut wie heute. Eine Zeitgenossin Shakespeares (und Freundin der Familie) namens Elinor Fettiplace hinterließ der Nachwelt ein Haushaltsbuch aus dem Jahre 1604 – eines der ersten seiner Art, die erhalten sind – mit Rezepten für unzählige sehr delikate und einfallsreiche Gerichte: Hammel in Rotwein und Sevillaorangensaft, Spinattorte, Käsekuchen, Vanillesoßen und -pudding, sahnegefüllte Baisers[5]. Andere zeitgenössische Berichte – nicht zuletzt die Stücke Shakespeares und seiner Kollegen – zeigen eine Wertschätzung abwechslungsreicher Kost, derer sich heute viele von uns kaum rühmen können.

Die Ernährung der armen Leute war – wen wundert's – viel einfacher und monotoner; sie bestand hauptsächlich aus dunklem Brot und Käse oder auch gelegentlich einem Stückchen Fleisch. Gemüse aßen vor allem diejenigen, die sich nichts Besseres leisten konnten. Die Kartoffel war ein exotischer Neuankömmling und wurde wegen der Ähnlichkeit ihrer Blätter mit denen giftiger Nachtschattengewächse (zu denen sie ja gehört) von vielen immer noch skeptisch beäugt. Erst im 18. Jahrhundert wurde sie ein allgemein verbreitetes Nahrungsmittel. Tee und Kaffee waren noch unbekannt.

Menschen aller Klassen aßen gern süß. Viele Gerichte waren mit klebrigen süßen Glasuren bedeckt, und sogar Wein bekam manchmal eine großzügige Ladung Zucker ab, ebenso Fisch, Eier und alle möglichen Fleischsorten. Ja, Zucker war so beliebt, dass die Menschen schwarze Zähne bekamen, und diejenigen, die das nicht auf natürlichem Wege erreichten, halfen bisweilen mit anderen Mitteln nach, um zu zeigen, dass auch sie sich ihren Zucker leisten konnten. Reiche Frauen, einschließlich der Königin, machten sich im Übrigen schön, indem sie ihre Haut mit einer Mischung aus Borax, Schwefel und Blei malträtierten – alle zumindest schwach und manche sehr toxisch –, denn blasse Haut war ein Zeichen erlesener Schönheit. (Was die »dunkle Dame« in Shakespeares Sonetten zu einem extrem exotischen Wesen macht.)

Bier wurde reichlich getrunken, sogar schon zum Frühstück und sogar von den lustfeindlichen Puritanern. (Das Schiff, das ihren Führer John Winthrop nach Neuengland brachte, beförderte ihn, 10 000 Gallonen Bier und nicht viel mehr.) Eine Gallone pro Tag (fast viereinhalb Liter) war die herkömmliche Ration für Mönche, und wir können davon ausgehen, dass die meisten anderen Menschen kaum weniger tranken. Für Ausländer war das englische Bier aber selbst damals schon gewöhnungsbedürftig. So bemerkte ein Besucher vom europäischen Festland mit ungutem Gefühl, es sei »trüb wie Pferdeurin«. Die Betuchteren tranken Wein, auch den mit Vorliebe literweise.

Tabak, der zum ersten Mal in Shakespeares Geburtsjahr in London auftauchte, war zunächst ein Luxusgut, wurde aber bald derartig beliebt, dass es nicht weniger als 7000 Tabakhändler in der Stadt gab. Man rauchte ihn nicht nur, sondern verwendete ihn gleichfalls zur Behandlung eines breiten Spektrums an Beschwerden, unter anderem Geschlechtskrankheiten, Migräne und selbst schlechtem Atem, ja, er wurde als solch zuverlässige Prophylaxe gegen die Pest betrachtet, dass man ihn sogar kleinen Kindern gab. Eine Zeit lang mussten Schüler in Eton mit einer Tracht Prügel rechnen, wenn man sie dabei erwischte, dass sie ihren Tabak nicht rauchten.

Kriminalität war so verbreitet, dass sich diejenigen, die sich kriminell betätigten, auf einzelne Gebiete spezialisierten. Sie wurden »coney catchers« oder Trickbetrüger (die Kaninchen, »coneys«, waren zum Verzehr aufgezogen worden und deshalb natürlich zahm), »foists« oder Strauchdiebe, »nips« oder »nippers«, Beutelschneider, genannt. »Hookers« zogen das Diebesgut mit Haken durch offene Fenster, »abtams« taten, als seien sie verrückt, um ihr Opfer abzulenken, »whipjacks« waren Bettler, die vorgaben, Schiffbrüchige zu sein; »fingerers« natürlich Langfinger, »cross-biters« nicht faul, die zu betrügen, die sie betrogen hatten, und »cozeners« Schmarotzer, die sich als Verwandte ausgaben. Schlägereien waren erschreckend normal. Selbst Dichter trugen Waffen. Ein Schauspieler namens Gabriel Spencer tötete einen Mann namens James Freake in einem Duell und fiel seinerseits zwei Jahre später in einem Duell mit Ben Jonson. Christopher Marlowe war zumindest in zwei tödliche Auseinandersetzungen verwickelt, einmal half er einem Kollegen, einen jungen Gastwirt umzubringen, und beim zweiten Mal wurde er in Deptford bei einem Handgemenge unter Betrunkenen selbst getötet.

Wir wissen nicht, wann Shakespeare zum ersten Mal nach London kam. Stets schattenhaft in seiner Biografie, verschwindet er von 1585 bis 1592 fast vollkommen, gerade in den Jahren, in denen wir ganz besonders gern wüssten, wo er war und was er trieb, denn in diesem Zeitraum verließ er Stratford (und vermutlich Frau und Kinder) und etablierte sich als Schauspieler und Theaterschriftsteller. Es gibt keine aufreizendere Leere in der Literaturgeschichte und keine begierigeren Adepten, die sie füllen wollen.

Einer der ersten, die es versuchten, war John Aubrey, der 1681, lange nach Shakespeares Tod, berichtete, der Dichter sei Schulmeister auf dem Land gewesen, doch nie hat jemand Beweise für diese Behauptung vorgelegt. Verschiedene andere meinen, er sei durch Italien gereist, habe eine Zeit lang als Söldner in Flandern gedient oder sei zur See gefahren – romantischere Naturen sehen ihn mit Drake auf der Golden Hinde. Gemeinhin gründen alle diese Vermutungen sowohl auf dem Bedürfnis, Shakespeare *irgendwo* unterzubringen, als auch dem Wunsch, einige der Beschäftigungen oder Fachkenntnisse zu erklären, die später in seinen Werken vorkommen. Zum Beispiel wird oft festgestellt, dass seine Stücke voller Meeresmetaphern sind (»sich waffnend gegen eine See von Plagen«, »ein Ozean von salzen Tränen«, »in des Gewissens wilder See«) und die See zumindest einmal in allen erwähnt wird. Doch die Annahme, das spreche für ein maritimes Intermezzo in seinem Leben, wird entkräftet, wenn man sich vor Augen hält, dass »Seefahrer« gerade viermal und »Seeleute« nur zweimal in seinem Werk auftauchen. Darüber hinaus hat Caroline Spurgeon schon vor langer Zeit angemerkt, dass Shakespeare das Meer meist als feindliches, unwirtliches Element beschreibt, als Ort der Stürme, Schiffbrüche und beunruhigenden Tiefen – eigentlich wie jemand, der nicht sonderlich mit ihm vertraut war. Man sollte deshalb auf keinen Fall zu viel in Worthäufigkeiten hineinlesen. Shakespeare erwähnt Italien öfter als Schottland (35 Mal gegenüber 28 Mal) und Frankreich weit häufiger als England (369 gegenüber 243), doch wir würden ihn deshalb ja wohl kaum für einen Franzosen oder Italiener halten.

Eine Hypothese, wie und wo er die verlorenen Jahre verbrachte, die auch von manchen Forschern enthusiastisch aufgegriffen wurde, lautet, dass er nicht auf direktem Wege nach London, sondern erst nach Nordengland ging, nach Lancashire, und zwar als Katholik, der nicht am anglikanischen Gottesdienst teilnehmen wollte. Vorgebracht wurde sie zuerst 1937, gewann aber in den letzten Jahren viele neue Anhänger. In ihrer nunmehrigen Abfassung hat sie sich zu einer komplizierten, raffiniert ausgeklügelten Theorie gemausert, die (wie es meines Erachtens nach ihre Vertreter auch bereitwillig zugeben würden) zum Gutteil auf Spekulationen beruht. Im Wesentlichen besagt sie, dass Shakespeare im Norden vielleicht als Hauslehrer und sogar als Schauspieler weilte (schließlich müssen wir ihn auf die alsbald folgende Karriere beim Theater hintrimmen) und dass dafür Katholiken verantwortlich waren.

Mögliche Verbindungen Shakespeares zu Katholiken gibt es zuhauf. Während seiner gesamten Kindheit und Jugend wurden in Frankreich ausgebildete jesuitische Missionare nach England geschmuggelt, um dort Katholiken illegale religiöse Dienste anzubieten, oft in riesigen Versammlungen auf katholischen Adelssitzen. Eine gefährliche Arbeit. Etwa ein Viertel der Missionare wurde erwischt und auf grässliche Weise vom Leben zum Tode befördert, andere wurden aber auch nur eingefangen und nach Frankreich zurückexpediert. Diejenigen, die der Festnahme entgingen, aber auch die Wagemutigen, die zurückkamen und es noch einmal probierten, waren oft überaus effektiv. Robert Parsons und Edmund Campion haben zusammen angeblich auf einer einzigen Tour 20 000 Menschen bekehrt (oder wieder bekehrt).

1580, als William sechzehn war, kam Campion auf dem Weg in den katholischen Norden, der sicherer war, durch Warwickshire. Er wohnte bei einem entfernten Verwandten der Shakespeares, Sir William Catesby, dessen Sohn Robert einer der Anführer der Pulververschwörung werden sollte, und arbeitete eng zusammen mit einem Missionspriester namens Cottom, dem jüngeren Bruder des Lehrers John Cottom, der an der King's New School unterrichtete, als Shakespeare sie besuchte (vorausgesetzt, er hat sie besucht). Die Brüder Cottom stammten aus einer prominenten katholischen Familie in Lancashire. 1582 wurde der Priesterbruder gefangen genommen, gefoltert und mit Campion zusammen hingerichtet. Der Lehrer hatte unterdessen Stratford verlassen – ob in Eile oder nicht, ist unbekannt – und war nach Lancashire zurückgekehrt, wo er sich offen zu seinem katholischen Glauben bekannte.

Dieser Lehrer Cottom nun soll Will mitgenommen haben. Zusätzlichen Reiz erhält diese Theorie dadurch, dass im folgenden Jahr ein »William Shakeshafte« im Rechnungsbuch von Alexander Hoghton auftaucht, einem prominenten Katholiken, der nur zehn Meilen vom Familiensitz der Cottoms entfernt wohnte. Mehr noch, dieser Hoghton empfahl Shakeshafte in seinem Testament einem Glaubensbruder, dem Landbesitzer Thomas Hesketh, zur Einstellung und äußerte sich im selben Absatz auch dazu, wer seine Musikinstrumente und »Spielkleidung«, die Kostüme, bekommen sollte. »Die Abfolge der Sätze«, schreibt der Shakespeare-Experte Robert Bearman, »deutet darauf hin, dass Shakeshafte entweder ein im Haus angestellter Musiker oder Schauspieler oder beides war.«

Laut einer Version der Theorie zog Shakespeare auf Grund von Hoghtons Empfehlung auf den Sitz der Hesketh in Rufford, begegnete dort wandernden Schauspieltruppen wie zum Beispiel den Lord Derby's Men und kam durch diese Beziehung nach London und zum Theater. Interessanterweise war ein späterer Geschäftspartner von Shakespeare, ein Goldschmied namens Thomas Savage, der für die Pacht des Globe bürgte, auch aus Rufford und durch Heirat mit der Familie Hesketh verwandt. Faszinierend sind solche Koinzidenzen allemal.

Aber zwei Dinge stören, das heißt müssen plausibel erklärt

werden. Erstens die Tatsache, dass William Shakeshafte in Hoghtons letztem Willen eine ungewöhnlich große jährliche Zahlung von 2£ vermacht wurde. (Nur ein einziges Mitglied des Haushalts bekam mehr.) Wenn man bedenkt, dass unser William Shakespeare erst siebzehn Jahre alt und bei Hoghtons Tod erst seit wenigen Monaten bei ihm in Diensten war, wäre es fürwahr ein generöses Geschenk. Wahrscheinlicher ist, dass ein solches Vermächtnis als eine Art Rente an einen Bediensteten ging, der länger gedient hatte und zweifellos viel älter war.

Dann die kuriose Sache mit dem Namen. Shakeshafte ist als Deckname nicht gerade clever. Manche Forscher behaupten, dass Shakeshafte lediglich eine nordenglische Variante von Shakespeare war und unser Will gar nicht versuchte, seinen Namen zu vertuschen, sondern ihn nur anpassen wollte. Das mag ja sein, doch damit taucht ein neuer Punkt auf, der skeptisch machen muss. Shakeshafte war ein ziemlich gewöhnlicher Name in Lancashire. 1582 sind in den Akten sieben Haushalte mit diesem Namen in der Gegend verzeichnet, und von denen hatten zumindest drei ein Mitglied, das William hieß. Man muss also vieles außer Acht lassen, um überhaupt mit einiger Zuversicht zu dem Ergebnis zu kommen, dass unser Mann hier der junge Will aus Stratford war. Frank Kermode fasst (in der *New York Times Book Review*) die ganze katholische Thematik kurz und bündig so zusammen: »Rein gar nichts scheint dafürzusprechen, außer dem drängenden, inständigen Wunsch, es möge wahr sein.«

Zusätzlich zu all dem muss man Shakespeare sowohl für das Abenteuer in Lancashire als auch die Rückkehr nach Stratford genug Zeit geben, damit er Anne Hathaway freien und ihr beiwohnen kann. Das erste Kind, Susanna, wurde nämlich im Mai 1583 getauft, was auf eine Zeugung im vorhergehenden August schließen lässt – zufällig genau der Zeit, in der er angeblich in Lancashire war. Unmöglich ist es nicht, dass William Shakespeare mehr oder weniger gleichzeitig Katholik in Lancashire war, um Anne Hathaways Hand anhielt und außerdem ein Nachwuchstalent am Theater war, doch die Frage sei erlaubt, ob das nicht alles ein wenig viel ist.

Es lässt sich einfach nicht sagen, wie religiös Shakespeare war oder ob er überhaupt glaubte. Die Indizien sind erwartungsgemäß widersprüchlich. Samuel Schoenbaum ist aufgefallen, wie häufig Shakespeare in seinem Werk auf die Bibel anspielt. Die Geschichte von Kain und Abel erscheint zum Beispiel 25 Mal in 38 Stücken – sehr oft. Doch Otto Jespersen und Caroline Spurgeon hielten Shakespeare für so gut wie desinteressiert an biblischen Themen und meinten, dass in seinen Werken nirgendwo die Worte »Bibel«, »Dreieinigkeit« oder »Heiliger Geist« auftauchen – ein Befund, der in jüngerer Zeit von dem britischen Historiker Richard Jenkyns gestützt wird. »Je mehr elisabethanische Literatur man liest«, schreibt er, »desto auffallender sind die verhältnismäßig seltenen religiösen Bezüge bei Shakespeare.« Der britische Experte Stanley Wells indes behauptet, dass es in Shakespeares Stücken »von biblischen Anspielungen geradezu wimmelt«.

Kurzum, wie immer kann ein eifriger Leser Beweise für fast jede Haltung finden, die er oder sie bei Shakespeare zu finden wünscht. (Oder wie Shakespeare es selbst in einer oft falsch zitierten Zeile ausgedrückt hat: »Der Teufel kann sich auf die Schrift berufen!«) Professor Harry Levin von der Harvard University schreibt, dass Shakespeare in Stücken wie *Hamlet* den Selbstmord verurteilte, weil der in Konflikt mit der christlichen Lehre stand, ihn jedoch in seinen römischen und ägyptischen Stücken verherrlichte, wo eine solche Haltung akzeptabel (und ungefährlich) war. Nach dem wenigen, was bekannt ist und was immer John und William Shakespeare privat gedacht und geglaubt haben mögen – aus ihren Heiraten, Taufen und so weiter geht hervor, dass sie sich in jeder Hinsicht den Anschein pflichtbewusster, wenn auch nicht unbedingt frommer Protestanten gaben.

David Thomas vom Staatsarchiv glaubt ohnehin nicht, dass es je eine gültige Antwort auf die Frage geben wird, ob Shakespeare die verlorene Zeitspanne als Katholik oder sonst was in Lancashire verbrachte. »Wenn er dort nicht heiratete, Kinder bekam, Grundbesitz erwarb oder Steuern zahlte – und Leute seines gesellschaftlichen Standes bezahlten damals keine Steuern –, ein Verbrechen beging oder einen Prozess gegen jemanden anstrengte, kam er in den Akten nicht vor. Und soweit wir wissen, hat er nichts dergleichen getan.« Stattdessen ist der einzige Beweis dafür, dass er existierte, eine nebensächliche Erwähnung in einer Gerichtsakte, die freilich keinerlei Aufschluss über seinen Beruf, Wohn- oder Aufenthaltsort gibt.

Die Spannungen zwischen Protestanten und Katholiken spitzten sich 1586 zu, als Maria, Königin von Schottland, in eine Verschwörung zum Sturz der Königin verwickelt wurde und Elisabeth kein Pardon kannte. Maria Stuart wurde im Februar 1587 hingerichtet. Eine Monarchenkollegin umzubringen, sei diese auch noch so gefährlich, war durchaus von einiger Tragweite, und entsprechende Reaktionen ließen nicht auf sich warten. Im Frühjahr des folgenden Jahres schickte Spanien eine mächtige Kriegsflotte, um Elisabeth abzusetzen und den englischen Thron zu übernehmen.

Die größte Flotte, »die je die Meere befuhr«, die spanische Armada, galt als unbesiegbar. In Schlachtordnung breitete sie sich sieben Meilen weit auf dem Meer aus und besaß eine überwältigende Feuerkraft: fast 3000 Kanonen und 123 000 Kanonenkugeln sowie, auf 30 000 Mann verteilt, Musketen und kleinere Waffen aller Art. Die Spanier rechneten selbstbewusst mit einem zügigen Triumph – im wahrsten Sinne des Wortes zu Gottes Ehre. Denn wenn England erst einmal fiel und die englische Flotte in spanischer Hand war, gab es allen Grund zu der Hoffnung, dass das ganze protestantische Europa zu Fall gebracht werden würde.

Es lief nicht nach Plan – gelinde ausgedrückt. Die englischen Schiffe waren wendiger und lagen tiefer im Wasser, so dass sie schwer zu treffen waren. Sie konnten hin und her flitzen und mal hier, mal dort Schaden anrichten, während die spanischen Geschütze auf den hohen Decks über sie hinwegfeuerten. Außerdem standen sie unter einem besseren Kommando (erzählen uns jedenfalls die englischen Geschichtsbücher). Gerechterweise muss man aber sagen, dass die meisten spanischen Schiffe keine Kriegsschiffe, sondern überladene Truppentransporter waren, klobige, sich schwerfällig bewegende Ziele. Die Engländer hatten auch einen entscheidenden Vorteil insofern, als sie ihre genauen Kenntnisse der lokalen Gezeiten und Strömungen nutzen und in die kuscheligen Heimathäfen zurückeilen konnten, um sich zu erholen und Reparaturen durchzuführen. Vor allem aber hatten sie einen entscheidenden technischen Vorsprung: gusseiserne Kanonen, eine englische Erfindung, über die andere Nationen noch nicht verfügten. Die schossen gerader und waren bei weitem robuster als die schlecht gebohrten spanischen Bronzegeschütze, die viel weniger genau trafen und nach zwei, drei Runden immer gekühlt werden mussten. Mannschaften, die das nicht beachteten – und im Eifer des Gefechts verlor man schon mal den Überblick –, jagten sich oft selbst in die Luft. Die Spanier bildeten ihre Leute an den Geschützen ohnehin kaum aus. Ihre Strategie bestand ja darin, längsseits an die feindlichen Schiffe heranzufahren, sie zu entern und im Kampf Mann gegen Mann zu erobern.

Die Niederlage war spektakulär. Die Engländer brauchten

gerade mal drei Wochen, die Kriegsflotte des Gegners kurz und klein zu schießen. An einem einzigen Tag mussten die Spanier 8000 Opfer beklagen. Entsetzt und konfus floh die ramponierte Armada an der Ostküste Englands hinauf, um Schottland herum in die Irische See, wo das Schicksal ihr weitere Schläge in Form von peitschenden Sturmwinden versetzte, in denen wenigsten zwei Dutzend der Schiffe untergingen. 1000 spanische Leichen, so die Berichte, wurden an die irischen Strände gespült. Und wer es an Land schaffte, wurde oft wegen seiner letzten Habseligkeiten niedergemetzelt. Als der Rest der Flotte sich nach Hause schleppte, hatten die Spanier von den 30 000 Männern, die losgezogen waren, 17 000 verloren. England büßte kein einziges Schiff ein.

Die Niederlage der Spanischen Armada änderte den Verlauf der Geschichte. Sie löste in England eine Welle des Patriotismus aus, mit dem Shakespeare sich auch in seinen Geschichtsdramen beschäftigte (die er fast alle im folgenden Jahrzehnt schrieb). England gewann nun das Selbstvertrauen und die Macht, um die Herrschaft über die Meere anzustreben und ein weltumspannendes Empire zu errichten, und fing gleich mit Nordamerika an. Vor allem aber war der Protestantismus im Land gefestigt. Hätte die Armada gesiegt, hätte die spanische Inquisition Einzug gehalten – mit wer weiß welchen Konsequenzen für das elisabethanische England und den jungen Mann aus Warwickshire, der sich anschickte, das Theater seiner Zeit grundlegend zu verändern.

Etwas Interessantes sei der ganzen Diskussion noch hinzugefügt. Als eineinhalb Jahrhunderte nach John Shakespeares Tod Arbeiter im Gebälk des Hauses der Familie Shakespeare in der Henley Street in Stratford herumstöberten, fanden sie ein schriftliches Testament – »Letzter Wille der Seele« hieß es –, in dem John sich zum katholischen Glauben bekannte. Es war eine formale Erklärung von der Art, wie sie Edmund Campion nach England schmuggelte.

Seit damals debattieren die Gelehrten darüber, ob das Dokument echt ist, ob John Shakespeares Unterschrift darauf echt ist und was das alles für die religiösen Überzeugungen William Shakespeares bedeutet. Die ersten beiden Fragen werden wahrscheinlich nie beantwortet werden, da das Dokument irgendwann nach seiner Entdeckung verloren ging, und die dritte ist wieder mal nur eine Sache von Vermutungen.

VIERTES KAPITEL

In London

Als im Jahre 1596 ein Niederländer namens Johannes de Witt eine Vorstellung im neuen Swan Theatre in London besuchte, tat er etwas sehr Sinnvolles, auf das offenbar noch niemand gekommen war. Er machte eine – ziemlich grobe, perspektivisch keineswegs perfekte – Skizze des Theaterinneren, das heißt von dem, was man von einem Platz in der Mitte der oberen Galerien sah: eine große, teilweise überdachte, vorragende Bühne und einen Turm dahinter mit einem »tiring house« (kurz für »attiring house«, unsre Kammer zum Anziehen – ein Begriff, der nachweislich zum ersten Mal von William Shakespeare in *Ein Sommernachtstraum* verwendet wurde), wo die Schauspieler die Kostüme wechselten und sich Requisiten schnappten. Über der Ankleidekammer befanden sich Galerien für Musiker und Publikum ebenso wie Räume, die man für Balkonszenen und dergleichen in die Aufführung einbeziehen konnte. Das Ganze hat auffallende Ähnlichkeit mit dem Inneren des 1997 nachgebauten Globe Theatre auf der Londoner Bankside.

De Witts Skizze ging später verloren, doch zum Glück zeichnete ein Freund von ihm eine getreue Kopie in ein Notizbuch, das schließlich seinen Weg in die Archive der Universität im niederländischen Utrecht fand und dort unbeachtet fast 300 Jahre lang lag. 1888 entdeckte es ein Deutscher namens Karl Gaedertz, und der erkannte glücklicherweise – na, wundersamerweise! – die Bedeutung der Skizze, denn sie ist die einzige, uns erhaltene Darstellung des Inneren eines elisabethanischen Schauspielhauses in London. Ohne sie wüssten wir im Grunde nichts über die Raumaufteilung eines damaligen Theaters, und damit ist auch die Ähnlichkeit mit der Innengestaltung des heutigen Globe erklärt. Die Skizze war nämlich die einzige Vorlage, die man hatte. Zwei Jahrzehnte nach de Witts Besuch schuf ein anderer Holländer, ein Künstler namens Claes Jan Visscher, einen berühmten Stich von London, und da sehen wir im Vordergrund die Theater an der Bankside mitsamt dem Globe. Mehr oder weniger kreisrund mit Reetdach war es wirklich Shakespeares »hölzernes O« und ist, in Ermangelung anderer, seitdem *das* Bild des Globe. 1948 allerdings bewies der Forscher I. A. Shapiro mehr oder weniger schlüssig, dass Visscher seinen Stich nach einem früheren aus dem Jahre 1572 angefertigt hatte, als noch keines der Theater, die er in Kupfer stach, erbaut worden war. Ja, es hatte ganz den Anschein, als sei Visscher nie in London gewesen und deshalb kaum der zuverlässigste Zeuge.

Damit gibt es nur noch eine Abbildung aus der Zeit, die nach dem Leben gezeichnet ist, und das ist eine Ansicht des böhmischen Künstlers Wenzel Hollar vom Ende der 1630er/Anfang der 1640er Jahre. Sie heißt *The Long View* und ist wunderschön – Peter Ackroyds Einschätzung nach »vielleicht das schönste und harmonischste aller Londoner Panoramen« –, doch ein wenig eigenartig insofern, als die Stadt von einer Position ein wenig über und hinter dem Turm der Southwark Cathedral (damals noch der Church of St. Saviour and St. Mary Overie) dargestellt wird, als habe Hollar von einem Gebäude hinuntergeblickt, das in Wirklichkeit nie existiert hat.

Den Long View – vollkommen akkurat, soweit man das feststellen kann –, hat also nie ein menschliches Auge genossen. Er zeigt auch, um genau zu sein, nicht das erste Globe, das 1613, drei Jahre vor Shakespeares Tod, abbrannte, sondern das zweite. Es war ein feines Theater, und wir haben Glück, dass wir Hollars Stich haben, denn in den 1640er Jahren wurde es abgerissen. Andererseits ist es nicht der Ort, an dem *Julius Cäsar*, *Macbeth* und ungefähr ein Dutzend anderer Shakespeare-Stücke (mit an Sicherheit grenzender Wahrscheinlichkeit) uraufgeführt wurden. Das Globe ist auf dem Panorama im Übrigen sehr klein und aus einer Entfernung von fast 300 Metern abgebildet, Einzelheiten sieht man kaum.

Und damit haben Sie die gesamten bildlichen Nachweise, die wir von Theatern aus der Zeit Shakespeares und ein paar Jahre darüber hinaus haben: eine grobe Skizze des Inneren eines Schauspielhauses, mit dem Shakespeare nichts zu tun hatte, ein fragwürdiges Panorama von jemandem, der vielleicht nie in London war, und eines, das Jahre, nachdem Shakespeare den Schauplatz verlassen hatte, angefertigt wurde und ein Theater zeigt, für das er nie geschrieben hat. Mit Sicherheit sagen kann man also nur, dass die Abbildungen dem Theater, das Shakespeare kannte, vielleicht ähnlich sind – vielleicht aber auch nicht.

Die schriftlichen Zeugnisse aus der Zeit sind kaum aufschlussreicher. Unser karges Wissen über Theaterbesuche in Shakespeares Zeit stammt meist aus Briefen und Reisejournalen von Besuchern, für die die Sehenswürdigkeiten Londons so neu waren, dass sie darüber berichteten. Bisweilen weiß man freilich nicht recht, inwieweit man ihnen Glauben schenken kann. 1587 schrieb ein Besucher vom Land seinem Vater aufgeregt von einem unerhörten Zwischenfall, den er bei einer Vorstellung der Admiral's Men erlebt hatte: Ein Schauspieler legte eine Muskete an, um auf einen anderen zu schießen, doch die Kugel »verpasste den Kerl, auf den er gezielt hatte, tötete hurtig ein Kind und eine Frau gesegneten Leibes und traf noch einen Mann übel am Kopfe«. Wenn man schon staunt, dass Schauspieler in der Enge eines Theaters mit echten Musketen herumballerten – im 16. Jahrhundert allerdings kaum mehr als explodierende Stöcke –, fragt man sich spätestens als Nächstes, wo die Musketenkugel eigentlich hätte stecken bleiben sollen. Da die Admiral's Men keine Einladung zu den im folgenden Monat stattfindenden Weihnachtslustbarkeiten bei Hofe erhielten (die normalerweise mehr oder weniger automatisch erfolgte), sieht alles danach aus, als seien sie zeitweilig in Ungnade gefallen.

Wir wüssten sogar noch weniger darüber, wie das elisabethanische Theaterleben funktionierte und organisiert war, wenn wir nicht das Tagebuch und ähnliche Papiere von Philip Henslowe hätten, dem Besitzer des Rose und des Fortune Theatre. Henslowe war Zeit seines Lebens ein Mann mit vielen Talenten, nicht alle rühmlich. Er war Impresario, Geldverleiher, Immobilienhai, Holzhändler, Färber, Stärkefabrikant, in sehr großem Stil Bordellbetreiber und vieles andere mehr. Er war quasi berühmt dafür, dass er Autoren kleine Vorschüsse gab und sie dann in wohldosierter Armut hielt, um ihnen umso besser Stücke abschwatzen zu können. Doch trotz all seiner Schwächen machte er sich um die Theatergeschichte insofern verdient, als er alles haargenau aufschrieb. Und die Aufzeichnungen von 1592 bis 1603 blieben erhalten. Sein »Tagebuch«, wie es gemeinhin heißt, war weniger ein Tagebuch als vielmehr ein Sammelsurium von Dingen: Man findet darin ein Rezept zum Kurieren von Taubheit, Notizen zum Verhängen von Zaubersprüchen, selbst Ratschläge, wie und wo man am besten Pferde weidet. Doch es enthielt auch unschätzbar wertvolle Einzelheiten zum tagtäglichen Theaterbetrieb, einschließlich der Titel von Stücken, die seine Truppe aufführte, mitsamt den eingesetzten Schauspielern, sowie vollständige Listen von Bühnenrequisiten und Kostümen (unter anderem ein wunderbar mysteriöses »Gewand zum Unsichtbarwerden«).

In Henslowes Papieren gibt es auch einen detaillierten Vertrag aus dem Jahr 1600 über den Bau des Fortune Theatre, zum vereinbarten Preis von 440 £. Das Fortune war dem Globe zwar nicht sehr ähnlich – es war ein wenig größer und eher eckig als rund –, und der Vertrag enthielt auch keine Zeichnungen, aber genaue Angaben zu Höhe und Tiefe der Galerien, der Dicke der Bretter für die Böden, der Zusammensetzung des Gipses für die Wände und andere Details, die sich als unendlich nützlich bei der Errichtung des heutigen Globe auf der Bankside erwiesen.

Eigens für das Theater errichtete Gebäude waren zu Shakespeares Lebzeiten ein neues Phänomen in England. Bisher waren die Schauspieler in Gasthaushöfen, den Festsälen von Adelssitzen oder Lokalitäten aufgetreten, die normalerweise anderen Nutzungen vorbehalten waren. Londons erstes echtes Schauspielhaus war, nach allem, was wir wissen, das Red Lion in Whitechapel, das 1567 von einem Theaterunternehmer namens John Brayne erbaut wurde. Über das Red Lion weiß man fast nichts, auch nicht, wie viel Erfolg es hatte, doch war ihm offenbar nur ein kurzes Dasein beschieden. Trotzdem: Ganz ohne Potenzial scheint ein solches Unternehmen nicht gewesen zu sein, denn neun Jahre nach Erbauung des Red Lion errichtete Brayne schon wieder ein Theater, diesmal mit seinem Schwager James Burbage, der von Beruf Zimmermann, doch mit Leib und Seele Schauspieler und Impresario war. Ihr neues Haus hieß Theatre und begann 1576 ein paar hundert Meter nördlich der Stadtmauer unweit der Finsbury Fields in Shoreditch mit dem Betrieb. Kurz danach eröffnete Henslowe, der ewige Rivale Burbages, ganz in der Nähe das Curtain Theatre, und London war nun wirklich eine Theaterstadt.

William Shakespeare hätte keinen günstigeren Moment wählen können, um als Schauspieler und Bühnenschriftsteller zu beginnen. Als er nämlich (vermutlich!) Ende der 1580er Jahre nach London kam, gab es überall in den Vororten Theater, und während seiner gesamten Laufbahn wurden immer noch neue errichtet. Alle mussten auf Freibezirken stehen, Gebieten, meist außerhalb der Londoner Stadtmauern, wo die Stadtgesetze und – Verordnungen nicht galten. Dorthin waren sie ebenso verbannt wie Bordelle, Gefängnisse, Pulvermagazine, ungeweihte Friedhöfe, Irrenhäuser (das berüchtigte Bedlam befand sich nicht weit vom Theatre) und übel riechende Werkstätten wie Seifensiedereien, Färbereien und Gerbereien, die oft bestialisch stanken. Leim- und Seifensieder verarbeiteten üppige Mengen Knochen und Tierfett und verbreiteten einen widerwärtig süßen Duft, den man nicht unbedingt als Parfüm erkoren hätte, während die Gerber Leder in Fässern mit Hundeexkrementen einweichten, damit es geschmeidig wurde. Jeder, der in ein Theater ging, musste sich dieser Vielfalt an Gerüchen stellen.

Die neuen Schauspielhäuser florierten nicht gleichermaßen. Drei Jahre nach seiner Eröffnung fanden im Curtain schon Fechtturniere statt, und auch alle anderen Londoner Schauspielhäuser öffneten sich (mit letztlich der einzigen Ausnahme des Globe) anderen Unterhaltungssparten, insbesondere Tierhatzen, um höhere Einnahmen zu erzielen. Diesem Gaudium frönte man nicht nur in England, doch es wurde als englische Besonderheit betrachtet. Königin Elisabeth ließ Besucher aus dem Ausland oft in Whitehall mit Bärenhatzen unterhalten. In der klassischen Form sperrte man einen Bären in eine Arena, band ihn manchmal noch an einen Pfahl, und hetzte dann englische Doggen auf ihn; doch da Bären viel Geld kosteten, nahm man häufig andere Tiere wie Bullen oder Pferde. Eine weitere Variante der Tierhatz war, einen Schimpansen auf den Rücken eines Pferdes zu setzen und die Hunde auf beide zu hetzen. Der Anblick eines kreischenden Affen, der sich verzweifelt an ein bockendes Pferd klammert, während die Hunde ihn von unten anspringen, wurde als eines der tollsten Vergnügen betrachtet, die man geboten bekam. Dass ein Publikum, das sich an einem Tag bei einer Vorstellung von *Doctor Faustus* zu Tränen rühren lässt, am nächsten an denselben Ort zurückkehrt und sich am grausamen Tod hilfloser Tiere weidet, sagt viel über ein Zeitalter.

Gleichzeitig wurden immer mehr Menschen Puritaner, die sinnliche Freuden derart ablehnten, dass sie lieber in der weit entfernten Wildnis in der Neuen Welt leben wollten, als ein wenig Toleranz walten zu lassen. Selbstredend verabscheuten sie auch das Theater und behaupteten bei jeder Naturkatastrophe wie zum Beispiel nach den kurzen, aber erschreckenden Erdbeben von 1580 in London, die Schauspielhäuser seien schuld. Wegen der anzüglichen Wortspiele und widernatürlichen Kostüme waren sie für die Puritaner die Schlupfwinkel für Prostituierte und dubioses Gesindel, Brutstätten für ansteckende Krankheiten, Sündenpfuhle, die vom Kirchgang abhielten und ungesunder sexueller Erregung Vorschub leisteten. Da alle weiblichen Rollen bis zur Restauration in den 1660er Jahren von Knaben gespielt wurden, hielten die Puritaner die Theater dann zusätzlich für Horte der Knabenliebe – zu Shakespeares Lebzeiten immer noch ein Kapitalverbrechen[6] – und allen anderen sittenwidrigen Verkehrs.

Das war vielleicht auch nicht vollends aus der Luft gegriffen – damals kursierenden Geschichten nach zu urteilen. In einer fleht eine junge Frau ihren Mann an, ein populäres Theaterstück besuchen zu dürfen. Widerstrebend und mit der strikten Ermahnung, sie solle sich vor Langfingern in Acht nehmen und ihre Börse tief in ihren Unterröcken verbergen, erlaubt er es ihr. Als die Frau wieder nach Hause kommt, bricht sie in Tränen aus und gesteht, dass man ihr die Börse gestohlen habe. Der Mann ist natürlich höchst erstaunt. Ob sie denn nicht gespürt habe, wie eine Hand unter ihrem Kleid herumgestochert habe? O doch, erwidert sie freimütig, sie habe die Hand ihres Nachbarn dort gespürt – »aber ich dachte doch nicht, dass er es auf die Börse abgesehen hatte«.

Zum Glück für Shakespeare und die Nachwelt unterband die Königin alle Versuche, öffentliche – auch sonntägliche – Unterhaltungsveranstaltungen einzuschränken. Zum einen mochte sie sie selbst, zum anderen erfreute sich ihre Regierung kräftig sprudelnder Einkünfte aus den Konzessionen für die Kegelbahnen, Theateraufführungen, Spielhäuser (dabei war Glücksspiel in London illegal) und dem Verkauf und der Herstellung von vielem, was damit einherging.

Theaterstücke wurden toleriert, aber streng kontrolliert. Der königliche Master of the Revels musste alle dramatischen Werke genehmigen (was sieben Shilling pro Konzession kostete) und dafür sorgen, dass die Schauspieltruppen ihre Aufführungen gesittet gestalteten. Wer sein Missfallen erregte, konnte theoretisch unbegrenzt in Haft genommen werden; Strafen wurden durchaus verhängt. 1605, kurz nach der Thronbesteigung Jakob I., erlaubten sich Ben Jonson und seine Mitautoren in *Eastward Ho!* ein paar fabelhafte, aber leichtfertig übertriebene Scherze über den plötzlichen Zustrom ungehobelter, schlecht gewaschener Schotten am königlichen Hof. Sie wurden verhaftet, und man drohte, ihnen Ohren und Nasen abzuhacken. Wegen solcher Gefahren (und des Gesetzes gegen die Landstreicherei von 1572, das insbesondere das Auspeitschen nicht registrierter Landfahrender erlaubte) bemühten sich Schauspieltruppen um adlige Schirmherren. Diese boten den Mitgliedern ein gewisses Maß an Schutz, die dafür den Namen ihrer Gönner im Land verbreiteten und ihnen öffentliche Aufmerksamkeit und Ansehen verschafften. Eine Zeit lang legten sich solche Patrone Schauspieltruppen zu wie in späteren Zeiten reiche Leute Rennpferde oder Jachten.

Die Aufführungen begannen gegen zwei Uhr nachmittags. In den Straßen verteilte man Handzettel mit dem, was geboten wurde, und erinnerte die Bürger an den baldigen Beginn einer Vorstellung, indem man auf dem höchsten Teil des Gebäudes, in dem das Ganze stattfand, eine Flagge wehen sowie eine Fanfare ertönen ließ, die fast in der ganzen Stadt zu hören war.

Der Eintritt für die sogenannten Gründlinge, die im Stehparkett ohne Überdachung um die Bühne herumstanden, betrug im Allgemeinen einen Penny. Wer sitzen wollte, zahlte das Doppelte, und wer ein Kissen wollte, zahlte noch einen Penny drauf – und all das in einer Zeit, in der ein Tageslohn einen Shilling (12 Pence) oder weniger betrug. Das Geld wurde in eine Schachtel, eine box, geworfen, die dann in einen gesonderten Raum in sicheren Gewahrsam gebracht wurde, in das »box office« (wie heute ja noch auf Englisch eine Theaterkasse heißt).

Für diejenigen, die sich außerdem noch etwas gönnen konnten, waren Äpfel und Birnen (in Augenblicken der Enttäuschung gern als Wurfgeschosse eingesetzt) sowie Nüsse, Lebkuchen und Bier in Flaschen ebenso im Angebot wie ein seit kurzem modischer Artikel, der Tabak. Eine kleine Pfeife voll kostete drei Pence, erheblich mehr als der Eintritt. Toiletten gab es nicht, zumindest keine offiziellen. Trotz des großen Fassungsvermögens war die Atmosphäre in den Theatern ziemlich intim. Kein Zuschauer befand sich mehr als 15 Meter vom Bühnenrand entfernt.

Das Bühnenbild war karg, und es gab keinen Vorhang (nicht mal im Curtain Theatre); Tag und Nacht, Nebel und Sonnenschein, Schlachtfeld und Boudoir konnte man nur durch Worte voneinander unterscheiden. Das Geschehen musste also mit ein paar prägnanten Sätzen und der Fantasie eines Publikums, das bereit war mitzugehen, in Szene gesetzt werden. »Oberon und Prospero müssen nur verkünden, sie seien unsichtbar, und dann sind sie es«, schreiben Wells und Taylor.

Keiner setzte etwas brillanter und effizienter in Szene als Shakespeare. Man muss sich nur die ersten Zeilen von *Hamlet* anschauen.

Bernardo: Wer da?
Francisco: Nein, mir antwortet; steht und gebt Euch kund!
Bernardo: Lang lebe der König!
Francisco: Bernardo?
Bernardo: Er selbst.

In fünf kurzen Zeilen macht Shakespeare klar, dass Nacht herrscht und es kalt ist[7], dass die Sprechenden Soldaten auf Wache sind und die Atmosphäre angespannt ist. Mit gerade einmal 17 (im Original 15) Worten – 13(11) davon einsilbig – hat Shakespeare sofort die gebannte Aufmerksamkeit seines Publikums.

Die Kostüme waren aufwändig und sehr kostbar, wenn auch offenbar nicht immer um historische Authentizität bemüht. Das wissen wir, weil ein Mann namens Henry Peacham eine Skizze von einer Szene in *Titus Andronicus* während einer Aufführung gemacht hat. (Man vermutet zumindest, dass er der Zeichner ist, weil sein Name an den Rand gekritzelt ist.) Wo und wann das passierte, ist nicht bekannt, doch man sieht einen entscheidenden Moment in dem Drama, als Tamora Titus anfleht, ihre Söhne zu verschonen. Die Körperhaltungen und überraschend verschiedenartigen Kostüme (manche, wie es sich gehört, antik, andere unbekümmert aus der Tudorzeit) der Darsteller sind einigermaßen sorgfältig ausgeführt. Sowohl für das Publikum als auch für die Mimen reichte offenbar hier und da ein Tupfer Antike aus. Realistisch wurde es beim Blut. Organe von Schafen und Schweinen und ein wenig Fingerfertigkeit ermöglichten es, in Mordszenen Herzen aus Körpern zu heben, und auf Schwerter und Fleischwunden verspritztes Schafsblut sorgte für einen Klacks echter Farbe. Manchmal wurden künstliche Gliedmaßen auf imaginären Schlachtfeldern verstreut – »so blutig wie möglich«, riet eine Liste mit Bühnenanweisungen. Traditionell endeten die Stücke, selbst die ernsten, mit einer Gigue als vergnüglicher Zugabe.

Die Bühnentechnik entwickelte sich in der Zeit rapide. Stanley Wells schreibt: »Die Stücke wurden länger, ehrgeiziger, spektakulärer, komplexer im Aufbau, breiter im Spektrum der Gefühle und besser darauf zugeschnitten, das Talent der Darsteller zu zeigen.« Die Schauspieler spielten auch weniger bombastisch. Im Lauf von Shakespeares Lebenszeit agierten sie – kräftig von ihm befördert – allmählich viel natürlicher; was Thema und Schauplatz betraf, genossen er und seine Zeitgenossen große Freiheit. Italienische Theaterautoren mussten der klassischen römischen Tradition folgen und ihre Stücke um einen Stadtplatz spielen lassen. Shakespeare aber konnte seine Handlung nach Belieben auf Berge oder an Berghänge, in Festungen, Burgen, auf Schlachtfelder, einsame Inseln, in Waldhaine versetzen, ja, überall dorthin, wohin er ein fantasiebegabtes Publikum entführen konnte.

Die Stücke, zumindest in ihrer schriftlichen Form, unterschieden sich in der Länge sehr. Selbst wenn *Hamlet* ohne Pausen flott durchgespielt wurde, dauerte er fast viereinhalb Stunden. *Richard III.*, *Coriolanus* und *Troilus und Cressida* waren nur unwesentlich kürzer. Jonsons *Bartholomäusmarkt* brauchte geschlagene fünf Stunden zur Aufführung, wenn man nicht so vernünftig war, es zu kürzen – was man höchstwahrscheinlich tat. (Shakespeare und Jonson waren berüchtigt für ihre Weitschweifigkeit. Von den 29 Stücken mit 3000 Zeilen und mehr, die aus der Zeit von 1590 bis 1616 erhalten sind, stammen 22 von diesen beiden.)

Eine besondere Herausforderung für Publikum und Schauspieler gleichermaßen muss der Brauch gewesen, weibliche Rollen mit männlichen Schauspielern zu besetzen. Wenn wir bedenken, wie viele packende, ausdrucksstarke weibliche Rollen Shakespeare schuf – Kleopatra, Lady Macbeth, Ophelia, Julia, Desdemona –, müssen die Schauspieler wirklich Meister ihres Fachs gewesen sein. Rosalind in *Wie es euch gefällt* hat etwa ein Viertel aller Zeilen in dem Stück; ganz offensichtlich hatte Shakespeare enormes Vertrauen in einen jungen Mimen. Doch obwohl wir recht viel über die damaligen Akteure in männlichen Rollen wissen, wissen wir fast nichts darüber, wie die weiblichen gespielt wurden. Judith Cook schreibt in ihrem Buch *Women in Shakespeare*, sie habe keinen einzigen Nachweis gefunden, aus dem namentlich hervorgehe, welche Knaben eine Frau gespielt hätten. Wir wissen grundsätzlich nicht viel über diese Knaben, nicht einmal, wie alt sie waren. Für viele konservative Naturen war der Transvestismus auf der Bühne ein Quell echter Besorgnis. Man befürchtete, dass die Zuschauer sowohl für die weibliche Figur als auch den Knaben darunter entbrennen und sie doppelt korrumpiert würden.

Schauspielerinnen wurden übrigens überall im Norden Europas verschmäht. In Spanien, Frankreich und Italien hingegen wurden Frauen von Frauen gespielt – was britische Reisende derartig erstaunte, dass sie häufig mit größter Verblüffung zur Kenntnis nahmen, dass Frauen ebenso kompetent Frauen auf der Bühne wie im Leben spielen konnten. Shakespeare nutzte die Geschlechterkonfusion insofern maximal aus, als er oft seine weiblichen Figuren – wie Rosalind in *Wie es euch gefällt* und Viola in *Was ihr wollt* – sich als Knaben verkleiden ließ und somit die angenehm kitzlige Situation schuf, dass ein Knabe eine Frau spielte, die einen Knaben spielte.

Die Blütezeit des Theaters dauerte nur etwa so lange wie ein gut bemessenes Menschenleben, doch was war es für eine wunderbar fruchtbare, erfolgreiche Zeit! Von der Eröffnung des Red Lion 1567 bis zur Schließung aller Theater durch die Puritaner 75 Jahre später haben, so schätzt man, Londons Schauspielhäuser 50 Millionen zahlende Besucher angezogen, ungefähr zehnmal die Bevölkerung des gesamten Landes zu Shakespeares Zeiten.

Um zu florieren, brauchte ein Theater in London bis zu 2000 Zuschauer am Tag, ungefähr ein Prozent der Einwohnerschaft rund 200 Mal im Jahr, und zwar kontinuierlich, trotz der harten Konkurrenz. Damit die Besucher auch wiederkamen, musste man ständig andere Stücke geben. Die meisten Truppen führten fünf, manchmal sogar sechs verschiedene pro Woche auf und nutzten das bisschen freie Zeit, das sie erübrigen konnten, um neue zu lernen und zu proben.

Ein neues Stück wurde vielleicht im ersten Monat dreimal, dann erst wieder nach ein paar Monaten oder gar nicht mehr aufgeführt. Nur wenige Stücke schafften zehn Vorstellungen in einem Jahr. Sehr rasch gab es dringenden Bedarf an Nachschub. Erstaunlich ist dabei nur, wie viel Qualität unter diesen Umständen entstand. Nur wenige Dramatiker konnten allerdings von ihrer Arbeit leben. Ein gutes Stück erbrachte vielleicht 10 £, doch da meist bis zu einem halben Dutzend Autoren daran mitarbeiteten, bekam der Einzelne nur einen bescheidenen Anteil (und keine Tantiemen oder andere Zahlungen darüber hinaus). Thomas Dekker produzierte allein oder in Zusammenarbeit mit anderen nicht weniger als 32 Dramen in drei Jahren, nahm aber nie mehr als zwölf Shilling in der Woche ein und saß während langer Phasen seiner Laufbahn im Schuldgefängnis. Selbst Ben Jonson, der durchweg große Erfolge feierte und hochgeachtet war, starb verarmt.

Übrigens gehörten die Stücke der Schauspieltruppe, nicht

dem Autor. Da ein fertiges Stück mit der Konzession des Master of the Revels abgestempelt sein musste, damit es aufgeführt werden durfte, musste es zwangsläufig bei der Gruppe bleiben. Man hat es eigenartig gefunden, dass bei Shakespeares Tod in seiner persönlichen Habe keine Handschriften von Stücken oder »prompt books« (Souffleurbücher mit Bühnenanweisungen u.a., am ehesten mit heutigen Drehbüchern zu vergleichen) gefunden wurden. Dabei wäre das Umgekehrte eigenartig gewesen!

Sowohl Autoren als auch Schauspieler standen im Theaterbetrieb unter permanentem Druck; William Shakespeare, der Autor, Schauspieler, Teilhaber und de facto vermutlich auch Regisseur war (damals gab es keine formalen Regisseure), muss sich manchmal wie im Tollhaus gefühlt haben. Schauspielgruppen hatten damals bis zu 30 Stücke in ihrem Repertoire, so dass sich ein Hauptdarsteller nicht nur 15 000 Zeilen pro Saison merken musste – was ungefähr so wäre, als müsste er jedes Wort in diesem Buch auswendig können –, sondern auch jeden Tanz, jeden Schwerthieb und Kostümwechsel. Denn selbst die erfolgreichsten Truppen hatten gewiss nicht mehr als ein Dutzend Schauspieler in Lohn und Brot, was ständig Doppel- und Mehrfachbesetzungen bedeutete. In *Julius Cäsar* gibt es 40 verschiedene Rollen mit Namen sowie unzählige namenlose »Diener«, »andere Plebejer«, »Senatoren, Wachen« und »Gefolge«. Wenn auch viele von ihnen nur wenige anspruchsvolle Zeilen oder gar keine hatten, mussten sie trotzdem stets mit den nötigen Requisiten, Stichworten, Positionen, Auftritten und Abgängen vertraut sein und rechtzeitig korrekt kostümiert erscheinen. Schon allein Letzteres war bestimmt nervenaufreibend, denn fast alle Kleidung hatte damals ellenlange Schnüre oder komplizierte Verschlüsse – zwei Dutzend oder mehr störrische Stoffhaken an einem normalen Wams.

In einem solchen Tohuwabohu war Zuverlässigkeit oberstes

Gebot. Aus Henslowes Papieren geht hervor, dass die Schauspieler peinlich genaue vertragliche Verpflichtungen hatten mit gestaffelten Strafen für Versäumen der Proben, Trunkenheit, Unpünktlichkeit, nicht im richtigen Moment »im rechten Gewand« zu sein und sogar für das Tragen der Bühnenkleidung außerhalb des Theaters. Da betrug die Strafe die stattliche (aber vermutlich nie verlangte) Summe von 40 £, weil die Kostüme eben so extrem kostbar waren. Doch selbst ganz geringe Verstöße wie Verspätungen konnten einen Schauspieler zwei Tagesgagen kosten.

Shakespeare hat offenbar während seines gesamten Berufslebens als Schauspieler gearbeitet (im Gegensatz zu Ben Jonson, der aufhörte, sobald er es sich leisten konnte), denn er wird 1592, 1598, 1603 und 1608 – mit anderen Worten, in jeder Phase seiner Karriere – als Darsteller genannt. Die Doppelbelastung als Schauspieler und Stückeschreiber war bestimmt sehr groß, doch zweifellos hatte er dadurch viel mehr Kontrolle (falls er sie wollte), als wenn er seinen Text einfach nur den anderen überlassen hätte wie die meisten Dramatiker. Überliefert ist, dass Shakespeare sich in seinen eigenen Stücken auf gute, aber eher anspruchslose Parts verlegte. Am häufigsten wird er mit dem Geist in *Hamlet* in Verbindung gebracht; doch eigentlich wissen wir nicht, welche Rollen er übernahm. Wenn man allerdings bedenkt, dass er nicht nur Stücke schrieb, sondern sie auch inszenierte, dürfte ihm eigentlich keine Zeit für tragende Rollen geblieben sein. Es kann aber ebenso gut sein, dass ihm die Schauspielerei gefiel und er mit Vorliebe in großen Rollen glänzte, wenn er nicht durch seine Schreibverpflichtungen abgehalten wurde. 1598 wurde er als Hauptdarsteller in Ben Jonsons *Every Man in His Humour* und 1603 in dessen *Sturz des Sejanus* genannt.

Die Vermutung, dass es ihn nach seiner Ankunft in London nach Shoreditch zog, gleich nördlich der Stadtmauern, ist reizvoll, ja, naheliegend. Dort waren sowohl das Theatre als auch das Curtain beheimatet, und hier wohnten – zechten, prassten, rauften und starben dabei gelegentlich – viele Bühnenschriftsteller und Schauspieler. In Shoreditch, sehr nahe beim Theatre, geriet zum Beispiel im September 1589 der junge Heißsporn und aufgehende Stern Christopher Marlowe, der gerade mit *Tamerlan* Triumphe feierte, in einen heftigen Streit mit einem Gastwirt namens William Bradley. Man zückte die Schwerter. Marlowes Freund Thomas Watson, auch ein Theaterautor, mischte sich ein und stach Bradley unter den zwangsläufig konfusen Umständen in die Brust. Mit tödlichen Folgen. Beide Autoren verbrachten einige Zeit im Gefängnis – Marlowe sehr wenig, Watson fünf Monate –, wurden aber mit der Begründung freigesprochen, sie hätten in Notwehr gehandelt und Bradley habe sein Ende selbst provoziert. Wir können durchaus davon ausgehen, dass abends überall im Viertel über den Mord an Bradley gesprochen wurde, doch ob Shakespeare da war und es gehört hat, wissen wir nicht. Wenn er aber noch nicht da war, sollte sich das bald ändern, denn irgendwann kurz nach diesem Vorfall wurde er ziemlich plötzlich eine vielbeachtete, wichtige Figur im Londoner Theaterleben.

Wann genau das war, ist nicht bekannt. Nicht einmal der Zeitpunkt, als zum ersten Mal ein Werk von ihm auf der Bühne zu sehen war. In den Aufzeichnungen des stets akribisch alles notierenden Henslowe finden wir die Notiz, dass in der ersten Märzwoche des Jahres 1592 eine Aufführung von »*harey VI.*« im Rose stattgefunden hatte. Viele glauben, dass es sich dabei um Shakespeares *Heinrich VI., Erster Teil* handelte, was Shakespeare-Fans erfreuen mag, denn »*harey VI.*« war ein rauschender Erfolg. Bei seiner Uraufführung betrugen die Kasseneinnahmen 3£. 16s. 8d. – eine sehr beträchtliche Summe –, und er wurde in den nächsten vier Monaten weitere 13 Mal gegeben, anders gesagt, mehr als fast alle Stücke der Zeit. Doch der Erfolg, vor allem bei der Uraufführung, wirft eine Frage auf: Kamen die Leute wirklich in Scharen, um der Premiere des Stücks eines kaum bekannten Autors beizuwohnen, oder war es vielleicht doch ein heute verlorenes Stück über das gleiche Thema von jemandem, der etablierter war?

Bauchschmerzen bereitet nämlich, dass über eine Beziehung Shakespeares zu Henslowes Schauspieltruppe weder als Schauspieler noch als Stückeschreiber etwas überliefert ist.

Die erste gesicherte, wenn auch unfreundliche Erwähnung Shakespeares als Bühnenschriftsteller erfolgt reichlich unerwartet in einem dünnen, sehr merkwürdigen Pamphlet, als er schon etliche Dramen verfasst hatte – vermutlich fünf, vielleicht mehr, von denen aber keineswegs klar ist, um welche es sich handelte.

Der volle, verschwenderisch deskriptive Titel des Pamphlets lautete *Greene's Groat's-Worth of Wit, Bought with a Million of Repentance. Describing the folly of youth, the falsehood of make-shift flatterers, the misery of the negligent, and mischiefs of deceiving Courtesans. Written before his death and published at his dying request*[8] von Robert Greene, der sein Versprechen im Titel prompt einhielt und starb, während es zur Veröffentlichung fertiggemacht wurde. (Im selben Monat noch schaffte er es, einen Folgeband Sterbebettgedanken zu verfertigen. Der unwiderstehliche Titel: *Greene's Vision, Written at the instant of his death*[9].)

Greene war Pamphletist, Bühnendichter und einer der Stars einer Gruppe Theaterschriftsteller, die der Nachwelt als die University Wits bekannt sind. Hauptsächlich aber war er ein Taugenichts und Bruder Leichtfuß. Er heiratete vorteilhaft, brachte das Geld seiner Frau im Handumdrehen durch, verließ sie und ihr gemeinsames Kind, tat sich mit einer Geliebten von zweifelhaftem Ruf zusammen, mit der er ein weiteres

Kind zeugte, das den hochtrabenden Namen Fortunatus erhielt, und lebte mit ihnen in einer verlotterten Mietwohnung in Dowgate unweit der London Bridge. Als er sich hier einmal mit Rheinwein und Salzheringen den Bauch vollschlug (das berichten jedenfalls alle Geschichten), wurde er krank und begann, von Läusen übersät und voll jeden berauschenden Getränks, dessen er mit seinen schwindenden Ressourcen habhaft werden konnte, langsam und sehr unattraktiv zu sterben. Während seines vierwöchigen Verfalls gelang es ihm irgendwie (aber sicher nicht ohne tatkräftige Hilfe), seine zwei Sammlungen von Gedanken zu verfassen, die lose auf seinem eigenen Leben basierten und mit beißenden Bemerkungen über andere Schriftsteller gespickt waren, und tat am 3. September 1592 seinen letzten Schnaufer. Er war 31 oder vielleicht 32 – für einen Londoner ein passables Sterbealter.

Von *Greene's Groat's-Worth* sind nur zwei Exemplare erhalten, und auch auf die könnte man verzichten, wenn nicht in einen der vielen wortreichen Absätze ein spannender Satz gepackt wäre: »Ja, traut ihnen nicht: denn es gibt einen mit unseren Federn geschmückten Parvenü, eine Krähe, die ihr Tigerherz in eines Mimen Haut gesteckt hat und meint, sie kann es mit den Besten aufnehmen und die Blankverse nur so aus dem Ärmel schütteln: ein wahrer Hans Dampf in allen Gassen, dünkt er sich, als Einziger im Land die Bühne zu erschüttern.«

Wenn die nicht sehr feine Anspielung »die Bühne zu erschüttern« den Gemeinten nicht deutlich genug benannte, dann auf jeden Fall die Formulierung »ihr Tigerherz in eines Mimen Haut gesteckt hat«, denn die ist eine Parodie auf eine Zeile in *Heinrich VI., Dritter Teil*: »O Tigerherz, in Weiberhaut gesteckt!« Shakespeare war also einerseits schon so berühmt, dass er in einem Sterbenden Neid erregte, andererseits noch so neu, dass er als Emporkömmling geschmäht werden konnte.

Niemand weiß, warum Shakespeare sich den todkranken Greene zum Feind gemacht hatte. Nach dem wenigen, das wir wissen, können es sehr persönliche Gründe gewesen sein, doch viel wahrscheinlicher war es Berufsneid. Greene war offenkundig der Auffassung, dass Shakespeares Stellung als Schauspieler ihn zwar berechtigte, Text zu sprechen, aber nicht zu erschaffen, und dass man Letzteres bitte schön Universitätsabsolventen überlassen solle – seien sie auch noch so verkommen. (Greene war ein Snob von der schlimmsten Sorte: ein Akademiker bescheidener Herkunft – sein Vater war Sattler.) Doch wie dem auch sei, Shakespeare oder ein Fürsprecher müssen diskret protestiert haben, denn bald danach bot Greenes Herausgeber und Adlatus Henry Chettle eine Entschuldigung von überbordender Bescheidenheit und Unterwürfigkeit an und pries Shakespeares Ehrbarkeit und guten Charakter, »sein spöttisch-elegantes Schreiben« und vieles andere mehr.

Chettle war weit unwilliger, bei Christopher Marlowe Abbitte zu leisten, obwohl Greene ihn viel übler verleumdet und ebenfalls namentlich nicht genannt hatte. (Aber das war ja in solchen Traktaten üblich.) Greene klagte Marlowe in seinem schmalen Bändchen des Atheismus an – ein sehr schwerwiegender Vorwurf in der damaligen Zeit. Warum Chettle Shakespeare so viel mehr Respekt entgegenbrachte als Marlowe (oder so viel mehr Angst vor ihm hatte?), ist ein interessantes, doch unlösbares Rätsel. Schließlich hatte Marlowe vergleichsweise gute Beziehungen und konnte stets gefährlich werden. Auf jeden Fall sollte Shakespeare nie wieder derartig attackiert werden.

Gerade in dem Moment, in dem Shakespeare in die Theatergeschichte eintritt, wird diese wegen eines besonders schweren Ausbruchs der Pest unterbrochen. Vier Tage nach Robert

Greenes Tod mussten die Londoner Theater auf Anordnung der Obrigkeit schließen und sollten mit nur ganz kurzen Unterbrechungen fast zwei Jahre lang geschlossen bleiben. Es herrschte unermessliches Leid. In London starben in einem einzigen Jahr mindestens 10 000 Menschen. Für die Schauspieltruppen bedeutete das Verbannung aus der Hauptstadt und eine deprimierende Existenz auf nicht enden wollenden Tourneen über Land.

Was Shakespeare in dieser Zeit mit sich anfing, ist nicht bekannt. Ohnehin schwer fassbar, verschwindet er nun auf weitere zwei Jahre aus den Annalen. Wie immer gibt es viele Theorien dazu, wo er die Pestjahre 1592/93 verbrachte. Eine besagt, dass er eine Zeit lang in Italien herumreiste, was die Flut italienischer Stücke erklärt – *Der Widerspenstigen Zähmung, Die beiden Veroneser, Der Kaufmann von Venedig, Romeo und Julia* –, doch zumindest eines war schon geschrieben und für keines eine Reise nach Italien notwendig. Sicher ist nur, dass er im April 1593, kurz vor seinem 29. Geburtstag und wenig mehr als ein halbes Jahr nach Schließung der Theater, eine Verserzählung mit dem Titel *»Venus und Adonis«* verfasste und eine derartig schwülstige, salbungsvolle Widmung voranstellte, dass man sich heute noch mitleidig windet. Die Zueignung lautet:

Höchst Ehrenwerter, ich weiß nicht, wie sehr ich Euch beleidige, wenn ich Eurer Lordschaft meine ungehobelten Zeilen zueigne, noch wie die Welt mich tadeln wird, wenn ich eine so starke Stütze für eine so schwache Last wähle. Doch wenn es Euer Ehren nur ergötzet, erachte ich mich als hochgepriesen und gelobe, alle müßigen Stunden zu nutzen, bis ich Euch mit einer gewichtigeren Arbeit Ehre getan habe. Doch wenn der Erstgeborene meiner Fantasie sich als missraten erweist, werde ich der Verächtlichen einer sein, da er einen so noblen Paten hatte …

Und so weiter und so fort.

Derjenige, an den sich dieser Erguss richtete, war kein betagter, in Ehren ergrauter Herr, sondern ein bleicher, schlanker, überaus femininer Jüngling von neunzehn Jahren, Henry Wriothesley (»rizzly« ausgesprochen), dritter Earl of Southampton und Baron of Titchfield. Southampton wuchs im innersten Kreis des Hofes auf und, da sein Vater gestorben war, als er gerade mal sieben Jahre zählte, unter der Vormundschaft von William Cecil, Lord Burghley, dem Schatzkanzler der Königin, de facto ihrem Premierminister. Burghley sorgte für seine Erziehung und wollte ihn, kaum dass er siebzehn wurde, mit seiner Enkelin Lady Elizabeth de Vere vermählen, der Tochter Edward de Veres, des 17. Earl of Oxford und lange Zeit Lieblingskandidat derer, die meinen, Shakespeare sei nicht Shakespeare gewesen. Southampton weigerte sich, mit der Dame die Ehe einzugehen, und musste die kolossale Strafe von 5000 £ bezahlen (etwa 2,5 Millionen £ in heutigem Geld). Er wollte Burghleys Enkelin also wirklich nicht heiraten.

Anscheinend genoss er die intime Gesellschaft sowohl von Männern wie von Frauen. Am Hof hatte er eine Geliebte, eine gewisse Elizabeth Vernon, doch als er in Irland unter seinem engen Freund, dem Earl of Essex, als Lord-General of Horse diente, teilte er das Quartier mit einem Offizierskameraden, den er, mit den Worten eines empörten Beobachters, »zärtlich umarmte und unzüchtig mit ihm koste«. Er muss einen interessanten Soldaten abgegeben haben, denn er tat sich vor allem durch extrem weibliches Verhalten hervor. Wir wissen genau, wie er aussah – das heißt, wie man sich an ihn erinnern sollte –, denn der berühmte Porträtist Nicholas Hilliard verfertigte eine Miniatur von ihm, auf der er mit wallenden kastanienbraunen Locken zu sehen ist, die über seine linke Schulter drapiert sind, zu einer Zeit, in der Männer normalerweise ihr Haar nicht so lang trugen oder eine so aufreizende Pose einnahmen.

Im Frühling 2002 kriegte die Sache noch einmal einen interessanten Dreh, denn in dem Herrenhaus Hatchlands Park in Surrey wurde ein weiteres Bildnis von Southampton entdeckt. Darauf posiert er, als Frau gekleidet (oder wahnsinnig tuntiger Mann), und erinnert auffallend an den schönen Jüngling mit dem »Frauenantlitz« (das »Natur mit eigner Hand gemalt«), wie er mit solch zärtlicher Bewunderung in Sonett 20 beschrieben wird. Genau in den Jahren, die dem Bild als Entstehungszeit zugeschrieben werden, 1590–93, bat Shakespeare Southampton so flehentlich um Unterstützung.

Wir haben keine Ahnung, wie sehr oder wie wenig dieser das ihm gewidmete Gedicht »*Venus und Adonis*« zu schätzen wusste, doch das allgemeine Publikum liebte es. Es wurde zum größten verlegerischen Erfolg Shakespeares in seiner gesamten Laufbahn – gedruckt weit erfolgreicher als irgendeines seiner Stücke – und zu seinen Lebzeiten mindestens zehn Mal nachgedruckt. (Aber nur ein Exemplar der Erstauflage ist erhalten, in der Bodleian Library in Oxford.) Es ist, wie gesagt, eine Verserzählung, umfasst 1194 Zeilen und war drastisch und äußerst gewagt für seine Zeit, obwohl es im Vergleich zu dem Werk, auf dem es basiert, den *Metamorphosen* des Ovid, regelrecht zahm anmutet. Bei Ovid kommen außer vielem anderen 18 Vergewaltigungen und unzählige Plünderungen vor. Shakespeare verzichtete großteils auf die Gewaltszenen und spielte mit Themen – Liebe, Lust, Tod und der raschen Vergänglichkeit von Schönheit –, die den elisabethanischen Geschmack ansprachen und das Gedicht so populär machten.

Für moderne Geschmäcker ist einiges eher schwer verdaulich – zum Beispiel:

Und nun schlägt sie ihr Herz, worauf es stöhnt …
»Weh mir!«, schreit sie und zwanzig Mal »Ach, ach!«

Doch solche Zeilen trafen den Nerv der Zeit und machten das Werk sofort zum Hit. Mit dem Verleger Richard Field war Shakespeare in Stratford aufgewachsen, das Gedicht verkaufte sich aber so gut, dass ein erfolgreicherer Verleger, John Harrison, Field die Rechte abkaufte. Im folgenden Jahr publizierte Harrison dann ein weiteres Gedicht von Shakespeare, *»Die Schändung der Lucretia«*, das Ovids *Fasti* zur Vorlage hatte. Es war mit 1855 Zeilen beträchtlich länger, in siebenzeiliger Strophenform, dem sogenannten rhyme royal, geschrieben, vor allem ein Loblied auf die Keuschheit und, wie die Keuschheit selbst, eher ein Flop.

Wieder gab es eine wortreiche Widmung für den geckigen Earl:

> Dem Ehrenwerten Henry Wriothesley,
> Earl of Southampton und Baron of Titchfield.
>
> Die Liebe, die ich für Eure Lordschaft hege, hat kein Ende; wovon dieses Pamphlet, ohne Beginn, nur ein entbehrlicher kleiner Teil ist. Die Gewähr Eurer edelmütigen Gunst, nicht der Wert meiner ungeübten Zeilen, lässt sie auf Aufnahme hoffen. Was ich verfertigt habe, ist Euer; was ich verfertigen muss, ist Euer; Ihr seid Teil all dessen, was ich habe. Wäre mein Wert größer, würde meine Ehrerbietung Größeres säen; zuvörderst ist es so, wie es ist, sie gehört Eurer Lordschaft, dem ich ein langes Leben wünsche, das noch länger wird, mit aller Glückseligkeit.
>
> Eurer Lordschaft in aller Ehrerbietung,
> William Shakespeare

Da Shakespeare in diesen Widmungen zum einzigen Mal selbst zur Welt spricht, haben die Forscher sie natürlich immer wieder durchgekämmt, um zu sehen, was man nicht alles daraus ableiten könne. Viele glauben, dass die zweite Zueignung von mehr Selbstbewusstsein und Ungezwungenheit, ja, womöglich Zuneigung zeugt als die erste. A. L. Rowse fiel zum Beispiel »keine Widmung aus elisabethanischen Zeiten« ein, die er »als intimer empfand«, und das wird mal mit mehr, mal mit weniger Elan in vielen anderen Studien wiederholt.

Dabei wissen wir absolut nichts über das Verhältnis, das – wenn überhaupt – zwischen Shakespeare und Southampton bestand. Doch wie Wells und Taylor es in ihrer Ausgabe der *Sämtlichen Werke* formulieren, »deutet die Zuneigung, mit der Shakespeare von ihm in der Widmung zu *»Lucretia«* spricht, auf eine starke persönliche Bindung«. Man vermutet, dass Southampton der schöne Jüngling war, mit dem Shakespeare vielleicht eine Beziehung hatte, wie sie in den Sonetten beschrieben wird – die unter Umständen zur selben Zeit verfasst, doch erst fünfzehn Jahre später veröffentlicht wurden. Aber Martin Wiggins von der University of Birmingham meint, solche Widmungen an einen Aristokraten seien »gemeinhin nur ein hoffnungsvoller Versuch, einen Patron zu gewinnen«. Shakespeare war nur einer von vielen – wie zum Beispiel Thomas Nashe, Gervase Markham, John Clapham und Barnabe Barnes –, die zu dieser Zeit um Southamptons Fürsprache konkurrierten. (Und angesichts der kriecherischen Widmungen seiner Rivalen muten seine geradezu zurückhaltend und ehrlich, ja, würdevoll an.)

Doch Southampton war gar nicht in der Lage, den großartig Spendablen zu geben. Obwohl er mit Erreichen der Volljährigkeit über ein jährliches Einkommen von 3000 £ verfügte (etwa 1,5 Millionen £ in heutigem Geld), erbte er auch riesige Unkosten und lebte selbst auf luxuriösem Fuße. Zu allem Überfluss musste er ein Drittel seiner sämtlichen Einkünfte an seine Mutter abführen. Binnen weniger Jahre war er, um noch einmal Wiggins zu zitieren, »praktisch bankrott«. Deshalb ist es unwahrscheinlich, dass er Shakespeare 1000 £ gab – oder überhaupt geben konnte –, wie es Shakespeares erster Biograf Nicholas Rowe Anfang des 18. Jahrhunderts schrieb und wie es seitdem überraschend oft wiederholt wurde, auch von dem Shakespeareforscher Sidney Lee im *Oxford Dictionary of National Biography*.

Trotzdem befand sich Shakespeare als Verfasser zweier überragend gelungener Gedichte und unter der Patronage eines hohen Adligen im Jahre 1594 eindeutig auf dem Weg zum Erfolg. Doch anstatt aus diesem vielversprechenden Beginn Kapital zu schlagen, wandte er sich fast ausschließlich wieder dem Theater zu, was zumindest einen Hauch wunderlich, wenn nicht ausgesprochen eigenwillig gewirkt haben muss. Denn das Schreiben fürs Theater war kein angesehener Beruf, und auch wenn man noch so versiert war, erntete man wenig Respekt bei der Kritik.

Doch genau in diese Welt stürzte sich Shakespeare jetzt rückhaltlos. Nie wieder widmete er ein Werk Southampton oder einem anderen Adligen und suchte auch nie mehr jemandes Patronage. Zur Veröffentlichung schrieb er, soweit wir wissen, nur noch einmal etwas – das Gedicht *»Phönix und Taube«*, das 1601 erschien. Offenbar ist während seiner Lebenszeit mit seiner Einwilligung nichts unter seinem Namen publiziert worden, auch nicht die Stücke, an denen er von nun an überwiegend saß.

Die Theaterwelt, die Shakespeare vorfand, war allerdings ganz anders als zwei Jahre zuvor. Zum einen fehlte sein größter Rivale Christopher Marlowe, der im Vorjahr gestorben war. Marlowe war nur zwei Monate älter als Shakespeare und hatte, wenn auch als Sohn eines Schusters in Canterbury einfacher Herkunft, (mit einem Stipendium) in Cambridge studiert und deshalb einen höheren Status genossen.

Gott weiß, was er noch alles erreicht hätte, doch 1593 bekam er ernsthaft Ärger. Im Frühling diesen Jahres tauchten überall in London gegen Immigranten gerichtete Einblattdrucke auf, auf denen in Versen gehetzt wurde, die von populären Theaterstücken inspiriert waren, und einmal auch mit einer bitterbösen Parodie auf Marlowes *Tamerlan.* Zu dieser Zeit war die Regierung so misstrauisch gegenüber ihren eigenen Bürgern, dass sie 12 000 £ – eine irrwitzig hohe Summe – im Jahr ausgab, um ihre Untertanen zu bespitzeln. Es war eine Ära, in der man wirklich nicht gern die missbilligende Aufmerksamkeit der Obrigkeit auf sich lenkte. Zu denen, die einem Verhör unterzogen wurden, gehörte Marlowes Freund und früherer Zimmergenosse Thomas Kyd, Autor der ungeheuer populären *Spanischen Tragödie.* Unter der Folter (vielleicht auch nur deren Androhung) beschuldigte Kyd im Gefängnis von Bridewell Marlowe, »vom Glauben abgefallen, maßlos und von grausamem Herzen«, doch vor allem »ein Gotteslästerer und -leugner« zu sein. Wenn das keine gravierenden Vorwürfe waren.

Marlowe wurde vor den Kronrat gebracht, verhört und unter der Bedingung freigelassen, dass er in einem Umkreis von zwölf Meilen um den königlichen Hof blieb (wo immer der sich befand), damit sich seine Ankläger rasch mit seinem Fall befassen konnten, wenn sie denn Lust dazu verspürten. Der Dichter musste zuallermindest damit rechnen, dass man ihm die Ohren abschnitt – das heißt, wenn alles gut lief –; es muss also eine zutiefst verstörende Zeit für ihn gewesen sein. Sein Biograf David Riggs schreibt: »In Tudorzeiten gab es keine Freisprüche bei den obersten Gerichten.«

So standen also die Dinge, als Marlowe mit drei wenig gut beleumdeten Männern auf einen Schoppen ins Haus der Witwe Eleanor Bull in Deptford in Südwestlondon ging. Laut dem Bericht einer späteren gerichtlichen Untersuchung entflammte dort ein Streit wegen der Rechnung, und Marlowe, stets gewaltbereit, packte einen Dolch und versuchte einen gewissen Ingram Frizer zu erstechen. Frizer wiederum richtete die Waffe in Notwehr gegen Marlowe und stach ihm über dem rechten Auge in die Stirn – nicht leicht, dort einen tödlichen Stich zu platzieren, würde man meinen, doch Marlowe starb sofort. So jedenfalls lautete die amtliche Version. Manche Historiker glauben, dass Marlowe auf Geheiß der Krone oder ihrer hohen Amtsträger umgebracht wurde. Warum auch immer, er war mit 29 tot.

In dem Alter schrieb Shakespeare vergleichsweise Triviales – *Liebes Leid und Lust*, *Die beiden Veroneser* und *Die Komödie der Irrungen* gehören vermutlich alle in diese Periode. Im Gegensatz dazu hatte Marlowe beachtliche, anspruchsvolle Dramen geschrieben: *Der Jude von Malta*, *Die tragische Geschichte des Doctor Faustus* und *Tamerlan*. »Wenn auch Shakespeare in dem Jahr gestorben wäre«, schreibt Stanley Wells, »würden wir heute Marlowe als den größeren Autor betrachten.«

Zweifellos. Aber wenn beide weitergelebt hätten? Hätten sie weiter miteinander konkurriert? Shakespeare, sollte man gerechterweise sagen, besaß langfristig gesehen mehr Potenzial. Marlowe hatte kein sonderliches Talent für die Komödie und, soweit wir sehen können, überhaupt keines für starke Frauenrollen – Bereiche, in denen Shakespeare brillierte. Vor allem aber kann man sich unmöglich vorstellen, dass ein Mann, der immer gleich derartig gewalttätig wurde und so unberechenbar war wie Christopher Marlowe, ein weises, kreatives Alter erreicht hätte. Shakespeare war eher ein Typ für die Langstrecke.

Kyd starb übrigens im Jahr darauf; da war er gerade mal 36 und hatte sich von dem Martyrium im Gefängnis nie wieder erholt. Greene war natürlich schon tot, und Watson folgte ihm kurz danach. Bis Ben Jonson 1598 auf den Plan trat, hatte Shakespeare keinen ernsthaften Rivalen.

Auch für die Schauspieltruppen waren die Pestjahre ein tödlicher Schlag. Die ewige, kräftezehrende Suche nach Engagements in der Provinz erwies sich für so manche als zu viel, und eine nach der anderen löste sich auf – Hertford's, Sussex's, Derby's und Pembroke's verschwanden mehr oder weniger sofort von der Bildfläche, und 1594 gab es nur noch zwei Gruppen von Bedeutung: die Admiral's Men unter Edward Alleyn und eine neue Gruppe, die Lord Chamberlain's Men (benannt nach dem Oberhofmeister der Königin), die von Richard Burbage geleitet wurde und der sich nun etliche Talente aus den kürzlich aufgelösten Gruppen anschlossen. Darunter John Heminges, der ein enger Freund Shakespeares und (in knapp 30 Jahren) Mitherausgeber der ersten Folioausgabe werden sollte, sowie der gefeierte Komiker Will Kemp, für den Shakespeare (nimmt man mit einigem Recht an) viele seiner berühmtesten komischen Rollen schrieb, wie zum Beispiel die des Holzapfel in *Viel Lärm um nichts*.

Sein gesamtes restliches Arbeitsleben verbrachte Shakespeare mit den Lord Chamberlain's Men, den späteren King's Men. Wells und Taylor bemerken: »Er ist der einzige herausragende Dramatiker seiner Zeit, der so lange mit einer einzigen Truppe zusammenarbeitete.« Es war aber auch wirklich ein munterer, gut geführter Haufen, und die Mitglieder lobenswert oder jedenfalls einigermaßen nüchtern und fleißig, ja, von untadeligem Lebenswandel. Shakespeare scheint sich insofern von ihnen unterschieden zu haben, als er kein auffallend engagierter Familienmensch war. Burbage war zärtlicher Gatte und Vater von sieben Kindern in Shoreditch, und auch Heminges und Condell waren solide Burschen, die als Nachbarn in der blühenden Gemeinde von St. Mary Aldermanbury lebten, wo sie Stützen ihrer Kirche waren und sich wunderbar mehrten – zusammen brachten sie es auf nicht weniger als 23 Kinder.

Kurzum, sie waren friedliebende Gesellen. Zückten in Pubs keine Dolche und fingen keine Raufereien an. Handelten wie Geschäftsleute. Und trafen sich sechs Mal die Woche, zogen Kostüme an, schminkten sich und schenkten der Welt einige der exquisitesten Stunden der Unterhaltung, die diese je gekannt hat.

FÜNFTES KAPITEL

Die Stücke

Fast alle Experten sind sich einig, dass William Shakespeares Karriere als Bühnenschriftsteller etwa 1590 begann; weniger einig sind sie sich, mit welchem Stück. Zur Auswahl stehen die folgenden acht: *Die Komödie der Irrungen*, *Die beiden Veroneser*, *Der Widerspenstigen Zähmung*, *Titus Andronicus*, *König Johann* oder die drei Teile von *Heinrich VI*.

Der US-amerikanische Shakespearekenner Sylvan Barnet meint, *Die Komödie der Irrungen* sei Shakespeares erstes Stück und *Liebes Leid und Lust* das zweite, doch Stanley Wells und Gary Taylor halten in der Oxforder Gesamtausgabe dagegen, dass er zehn andere Stücke geschrieben habe – mehr als ein Viertel seines gesamten dramatischen Werks –, bevor eines der beiden genannten entstand. Ihr Favorit sind *Die beiden Veroneser* – nicht auf Grund irgendwelcher Belege, wie sie freimütig bekennen, sondern weil es auffallend ungeschliffen ist oder, wie sie es eleganter formulieren, »eine Unsicherheit im Handwerklichen aufweist, die auf Unerfahrenheit hindeutet«. Im *Arden Shakespeare* wiederum steht *Der Widerspenstigen Zähmung* an erster Stelle, während der *Riverside Shakespeare* den ersten Teil von *Heinrich VI.* dort anführt. Kaum zwei Auflistungen sind identisch.

Für viele Stücke können wir mit Gewissheit nur einen terminus ad quem anführen: ein Datum, vor dem sie geschrieben sein müssen. Manchmal glaubt man einen Beweis für die zeitliche Einordnung in Erwähnungen äußerer Ereignisse gefunden zu haben, wie zum Beispiel im *Sommernachtstraum*. Da ist von dem für die Jahreszeit ungewöhnlichen Wetter und den schlechten Ernten die Rede (die in England 1594 und 1595 miserabel waren). In *Romeo und Julia* spricht die Wärterin von einem Erdbeben vor elf Jahren (und ein solches gab es, wie erwähnt, im Jahre 1580). Doch derlei Hinweise sind selten und ohnehin oft fragwürdig. Viele Urteile stützen sich auf wenig mehr als das Argument Stil. Demnach »umweht« *Die Komödie der Irrungen* und *Titus Andronicus* (mit den Worten Samuel Schoenbaums) »ein Duft nach Jugend«, während Barnet, ohne zu erröten, meint, *Romeo und Julia* komme einzig und allein deshalb vor *Othello*, weil »man spürt, dass *Othello* später geschrieben worden ist«.

Die Gelehrten würden sich noch viel heftiger streiten, wenn es nicht das kleine, dicke Buch von Francis Meres mit dem Titel *Palladis Tamia: Wit's Treasury* gäbe. Dieses »Schatzhaus des Geistes« ist 1598 erschienen und ein 700-Seiten-Kompendium von Plattitüden und philosophischen Betrachtungen, wenig originell, geschweige denn historisch interessant. Doch eine unermesslich nützliche Passage wurde etwa 200 Jahre nach Shakespeares Tod von Forschern entdeckt: »So wie Plautus und Seneca bei den Römern als Beste für Komödien und Tragödien erachtet werden, so gilt Shakespeare unter den Engländern als vortrefflichster Bühnendichter für beide Gattungen. Als Komödie schaue man sich seine *Beiden Veroneser* an, seine *Irrungen* sowie *Liebes Leid und Lust* und *Love's Labour's Won* [*Liebes Leid und Freud*], seinen *Sommernachtstraum* und *Kaufmann von Venedig*, als Tragödie *Richard den Zweiten*, *Richard den Dritten*, *Heinrich den Vierten*, *König Johann*, *Titus Andronicus* und *Romeo und Julia*.«

Na, das war ein Ding! Nicht nur wurden vier seiner Stücke hier zum ersten Mal erwähnt – *Der Kaufmann von Venedig*, *Kö-*

nig Johann, *Die beiden Veroneser* und *Ein Sommernachtstraum* –, sondern darüber hinaus in einem Extraabsatz gesagt, dass er bis zu dem Zeitpunkt zumindest einige Sonette verfasst hatte (die erst elf Jahre später in einem Sammelband publiziert werden sollten).

Rätselhaft ist die Erwähnung von *Love's Labour's Won*, über das nichts weiter bekannt ist. Lange nahm man an, dass es ein anderer Titel für ein Stück sei, das wir schon kennen – aller Wahrscheinlichkeit nach *Der Widerspenstigen Zähmung*, die in Meres' Aufzählung auffallend fehlt. Shakespeares Stücke waren ja manchmal unter verschiedenen Titeln bekannt: *Was ihr wollt* hieß auch *Malvolio* und *Viel Lärm um nichts Benedikt und Beatrice*, deshalb war die Möglichkeit, dass es einen zweiten Titel gab, so abwegig nicht.

1953 wurde die Sache noch geheimnisvoller. Da räumte ein Antiquar in London um und stieß auf eine teilweise erhaltene Inventurliste eines Buchhändlers aus dem Jahre 1603, auf der beide, *Love's Labour's Won* und *Der Widerspenstigen Zähmung* verzeichnet waren – also waren sie nicht identisch und *Love's Labour's Won* ein eigenes Stück! Wenn es in veröffentlichter Form existierte, was man nach der Inventurliste ebenfalls annehmen muss, waren bis zu 1500 Exemplare im Umlauf, und es ist durchaus möglich, dass eines Tages irgendwo doch noch eins auftaucht (worauf man bei Shakespeares anderem verlorenen Stück, *Cardenio*, vergeblich hoffen würde, da es offenbar nur als Handschrift vorlag.) Doch die Rätselraterei geht weiter. Wenn *Love's Labour's Won* ein separates Stück war und publiziert wurde, liegt natürlich die Frage nahe, warum Heminges und Condell es nicht in die erste Folioausgabe aufgenommen haben. Das weiß nämlich keiner.

Einerlei, in welcher Reihenfolge die Stücke entstanden, dank Meres wissen wir, dass sich Shakespeare 1598, als er vermutlich noch kein Jahrzehnt dabei war, schon als wahrer Meister in Komödie, Historie und Tragödie erwiesen und soviel geschrieben hatte – mehr als genug –, dass er einen soliden Ruf genoss. Auf seinem Weg zum Erfolg, muss man sagen, benutzte er durchaus Abkürzungen. Er hatte keine Skrupel, je nach Zweckdienlichkeit Handlungen, Dialoge, Namen und Titel zu stehlen. Frei nach George Bernard Shaw war Shakespeare ein begnadeter Geschichtenerzähler, solange jemand anderes die Geschichte schon einmal erzählt hatte.

Das war allerdings ein Vorwurf, den man zu der Zeit fast allen Schreibern hätte machen können. Für elisabethanische Bühnenschriftsteller waren Handlungen und Charaktere Allgemeingut. Marlowe nahm seinen *Doctor Faustus* aus einer (ins Englische übersetzten) deutschen *Historia von D. Johann Fausten* und *Dido, Königin von Karthago* geradewegs aus der *Aeneis* des Vergil. Shakespeares *Hamlet* ging ein früherer *Hamlet* voraus, der leider heute verschollen und dessen Autor unbekannt ist (wenn auch manche glauben, es war das obskure Genie Thomas Kyd), und wir stehen da und können nur raten, wieviel Shakespeares Version dem Original verdankt. Sein *König Lear* war gleichfalls von einem früheren *King Leir* inspiriert. Seine *Most Excellent and Lamentable Tragedy of Romeo and Juliet* (um einmal ihren ursprünglichen offiziellen Titel zu nennen) basierte frei auf dem Gedicht »The Tragicall History of Romeus and Juliet« eines verheißungsvollen jungen Talents namens Arthur Brooke, der es 1562 schrieb und dann bedauerlicherweise ertrank. Brooke wiederum hatte die Geschichte von einem Italiner namens Matteo Bandello. *Wie es euch gefällt* war recht durchsichtig von Thomas Lodges Prosaromanze *Rosalynde* geborgt, und *Das Wintermärchen* ist eine Wiederaufbereitung von *Pandosto*, einem vergessenen Roman von Shakespeares verbittertem Kritiker Robert Greene. Nur in wenigen von Shakespeares Werken – besonders in den Komödien *Ein Sommernachtstraum*, *Liebes Leid und Lust* und im *Sturm* – scheint nichts entlehnt worden zu sein.

Shakespeares große Kunst allerdings bestand darin, mittelmäßige Stücke zu nehmen und ihnen Bedeutung und oftmals Größe zu verleihen. Bevor er sich *Othello* vornahm, war es ein fades Melodram. Im *Lear* in seiner früheren Gestalt war der König nicht wahnsinnig, und die Geschichte hatte ein Happyend. *Was ihr wollt* und *Viel Lärm um nichts* waren belanglose Geschichtchen aus einer Sammlung populärer italienischer Erzählungen. Shakespeare hatte die geniale Gabe, eine spannende Idee aufzugreifen und sie noch spannender zu machen. In der *Komödie der Irrungen* borgte er einen schlichten, aber effektvollen Handlungstrick von Plautus – Zwillingsbrüder, die sich noch nie gesehen haben, tauchen zur gleichen Zeit in derselben Stadt auf – und machte alles viel komischer, indem er den Brüdern Zwillingsdiener gab, die gleichermaßen schlecht informiert waren.

Auf weniger Verständnis stößt heute Shakespeares Angewohnheit, ganze Textpassagen praktisch wortwörtlich aus anderen Quellen zu stehlen und sie in seine Stücke zu packen. Sowohl *Julius Cäsar* als auch *Antonius und Kleopatra* enthalten erkleckliche Passagen mit lediglich sparsamen Änderungen aus Sir Thomas Norths maßgeblicher Übersetzung Plutarchs, ähnlich wie *Der Sturm* einer populären Übersetzung Ovids seine Reverenz erweist, ohne sie zu nennen. Marlowes »Wer liebte je, wenn nicht beim ersten Blick?« aus *Hero und Leander* taucht unverändert in Shakespeares *Wie es euch gefällt* auf, während ein Reimpaar von Marlowe aus *Tamerlan*

Holla, ihr schlaffen Mähren Asiens!
Könnt ihr nur zwanzig Meilen zieh'n am Tag?

seinen Weg in *Heinrich IV., Zweiter Teil*, findet als

Solln Packpferde und hohl gestopfte Mähren Asiens,
Die dreißig Meilen nur des Tages laufen …

Von seiner schlechtesten Seite zeigt sich Shakespeare, wenn er »fast durchgängig« (so Stanley Wells) aus anderen Texten borgte. Wells zitiert dazu eine Passage aus *Heinrich V.*, in der der jugendliche König und wichtiger noch, die Zuschauer, einen Auffrischungskurs in französischer Geschichte bekommen, der mehr oder weniger Wort für Wort aus Holinsheds *Chronicles* übernommen ist. *Coriolanus* enthält zwei Zeilen, die überhaupt keinen Sinn ergeben, wenn man nicht zurück zu Sir Thomas Norths *Lives of the Nobel Grecians and Romans* geht und sich eben diese Zeilen und die unmittelbar vorhergehende anschaut, die Shakespeare (oder wahrscheinlich ein späterer Kopist oder Setzer) ausgelassen haben muss. Doch auch solche »Entlehnungen« waren gang und gäbe. Marlowe selbst nahm mehrere Zeilen aus Spensers *Faerie Queene* und verwendete sie fast unverändert in *Tamerlan*. In *The Faerie Queene* wiederum gibt es ganze Passagen (wenn auch übersetzt) aus dem Werk von Ariost, dem italienischen Dichter Ludovico Ariosto.

Unter dem Druck, immer wieder Massen von Menschen unterhalten zu müssen, wurden die Regeln des dramatischen Schreibens und Aufführens überaus flexibel. Im klassischen Drama waren die Stücke strikt entweder Komödien oder Tragödien. Die elisabethanischen Stückeschreiber verweigerten sich jedoch solch starren Vorgaben und brachten komische Szenen in den düstersten Tragödien – zum Beispiel, wenn der Pförtner in *Macbeth* auf ein spätes Klopfen das Tor öffnet. Das war nie dagewesener befreiender Humor. Im klassischen Drama durften auch nur drei Schauspieler in einer Szene reden und keine Figur zu sich selbst oder zum Publikum sprechen – es gab also keine Monologe und keine Aparts. Doch ohne diese Kunstgriffe wäre Shakespeare niemals Shakespeare geworden. Vor allem aber wurden Dramen vor Shakespeares Zeit gemäß dem aristotelischen Prinzip der drei Einheiten geschrieben, denen entsprechend sie an einem Tag und an einem Ort stattfinden und eine in sich geschlossene Handlung haben mussten. Shakespeare beachtete diese Einschränkung gern, wenn es ihm denn passte (wie in der *Komödie der Irrungen*), doch *Hamlet*, *Macbeth* oder überhaupt eines seiner größten Werke hätte er nie schreiben können, wenn er sich streng daran gehalten hätte.

Andere Gesetze des dramatischen Schreibens und der Aufführungspraxis waren noch nicht ausgebildet oder entstanden gerade erst. Die Unterteilung in Aufzüge und Szenen – auch die im klassischen Drama strikt geregelt – war in England noch nicht festgelegt. Ben Jonson begann jedes Mal dann eine neue Szene mit neuer Nummerierung, wenn eine zusätzliche Figur die Bühne betrat, einerlei, wie kurz oder unerheblich ihr Auftritt, und andere unterteilten gar nicht in Szenen. Für die Zuschauer war das unwichtig, denn die Handlung ging ja weiter. Zwischen Akten Pausen zu machen wurde erst üblich, als man, spät in Shakespeares Laufbahn, im Inneren von Gebäuden spielte und von Zeit zu Zeit eine Unterbrechung brauchte, um die Kerzen zu schnäuzen.

Eigentlich die einzige »Regel«, die auf den Londoner Bühnen noch getreu befolgt wurde, war diejenige, die wir der Einfachheit halber heute das Gesetz des Wiederauftritts nennen; es besagt, dass keine Figur aus einer Szene ab- und sofort darauf in der nächsten wieder auftreten durfte. Nein, sie musste ein Weilchen verschwinden. Johann von Gaunt macht in *Richard II.* einzig und allein deshalb einen abrupten, unverständlichen Abgang, weil er in einer folgenden entscheidenden Szene wieder mitspielen soll. Warum ausgerechnet diese Vorschrift strikt beherzigt wurde, ist meines Wissens nie zufriedenstellend erklärt worden.

Selbst nach den für diese Zeit sehr lockeren Maßstäben war Shakespeare erfrischend eigenwillig. Er ließ, wie in *Julius Cäsar*, die titelgebende Figur ermorden, noch bevor die Hälfte des Stücks um war. (Cäsar kehrt aber später kurz noch einmal als Geist zurück.) Oder er schrieb ein Stück wie *Hamlet*, in dem die Hauptfigur 1495 Zeilen spricht (fast so viele wie alle Figuren zusammen in der *Komödie der Irrungen*), aber nervtötend lange Zeitspannen verschwindet – einmal fast eine halbe Stunde lang. Shakespeare spielte in einem fort mit der Realität und erinnerte das Publikum daran, dass es nicht in der realen Welt, sondern im Theater war. In *Heinrich V.* fragte er zum Beispiel: »Diese Hahnengrube/Fasst sie die Ebnen Frankreichs?« und in *Heinrich VI., Dritter Teil*, beschwört er die Zuschauer, »unsere Vorstellung mit Eurer Fantasie zu ergänzen«.

Seine Dramen waren wunderbar unterschiedlich; die Zahl der Szenen reichte von sieben bis 47 und die der Sprechrollen von 14 bis über 50. Durchschnittlich kamen die damaligen Stücke auf 2700 Zeilen, was eine Aufführungszeit von zweieinhalb Stunden bedeutete, und konnten von 1800 (*Die Komödie der Irrungen*) bis zu über 4000 Zeilen enthalten (*Hamlet*). In der Regel bestanden die Dramen zu etwa 70 Prozent aus Blankversen, zu fünf aus gereimten Versen und zu 25 aus Prosa, doch Shakespeare scherte sich nicht um diese Aufteilung und schrieb so, wie es ihm gerade zupasskam. Wenn man von seinen Geschichtsdramen absieht, siedelte er nur zwei Stücke eindeutig in England an, *Die lustigen Weiber von Windsor* und *König Lear*, aber keines in London, und es handelte auch keines in seiner eigenen Zeit.

Sonderlich viel schrieb er nie. Thomas Heywood war Autor und Co-Autor von mehr als 200 Stücken, fünfmal so vielen, wie Shakespeare in einer ähnlich langen Laufbahn verfasste. Trotzdem erkennen wir allenthalben Anzeichen von Hast, selbst in den größten Dramen. Am Beginn von *Hamlet* ist der

Protagonist Student und am Ende 30 Jahre alt, obwohl in der Handlung beileibe nicht so viel Zeit verstrichen ist. Der Herzog in *Die beiden Veroneser* sagt, er sei in Verona, kann aber nur Mailand gemeint haben. *Maß für Maß* spielt in Wien, und die Figuren haben fast alle italienische Namen.

Shakespeare ist vielleicht das größte Genie der englischen Sprache, doch unterliefen ihm durchaus auch Fehler. Ein gewisser chaotischer Überschwang kennzeichnet vieles, was er schrieb, und manchmal ist partout nicht zu verstehen, was er meinte. Jonathan Bate stellt in seinem *The Genius of Shakespeare* fest, dass ein dahingeworfenes, aus sechs Worten bestehendes Kompliment an die Königin in *Ein Sommernachtstraum* (»eine holde/Vestal', im Westen thronend«) so viele mögliche Interpretationen nach sich zog, dass in einer von verschiedenen Autoren kommentierten Ausgabe von Shakespeares sämtlichen Werken eine 20 Seiten lange lebhafte Debatte darüber abgedruckt ist. Auch fast alle anderen Stücke enthalten mindestens eine oder zwei Zeilen, die sich der Deutung hartnäckig widersetzen, wie diese aus *Liebes Leid und Lust*:

> Sophisterei! Schwarz ist Livrei der Hölle,
> Des Kerkers Farbe, Schule finstrer Nacht.

Was genau Shakespeare mit »Schule finstrer Nacht« meinte, muss sich jeder selbst zusammenreimen. Gleichermaßen dunkel ist am Anfang von *Der Kaufmann von Venedig* der Satz »sah meinen ›reichen Hans‹ im Sande fest«, der sich auf ein Schiff, aber auch auf einen Menschen beziehen kann. Doch die allervieldeutigste Stelle ist die Zeile in *König Lear*, die (im Quarto von 1608) »swithald footed thrice the old, a nellthu night more and her nine fold« lautet. Obwohl der Satz in den 400 Jahren seit damals in vielen Versionen erschienen ist, hat es niemand geschafft, ihm auch nur den geringsten Sinn zu entlocken. Graf

Baudissin macht daraus: »Sankt Withold ins Feld dreimal wollt' schreiten: Kommt die Nachtmähr' und ihre neun Füllen von weitem.«

»Shakespeare konnte weitschweifig sein, unverständlich, unbeholfen im Ausdruck, unelegant im Stil und nach Schema F Verse schmieden«, schreibt Stanley Wells. »Selbst in seinen größten Stücken spüren wir manchmal, wie er auf Kosten der Sprache mit der Handlung kämpft oder es zulässt, dass ihm die Feder überfließt und die Schauspieler oft länger reden müssen, als es die Situation erfordern würde.« Charles Lamb hatte schon viel früher angemerkt: Shakespeare »lässt eine Zeile in die andere laufen, verdreht Sätze und Metaphern, und bevor eine Idee ganz aus dem Ei geschlüpft ist, hat schon eine andere ihre Schalen angepickt und schreit nach Befreiung«.

Unter seinen Zeitgenossen war Shakespeare berühmt für sein Schreibtempo und dafür, wie sauber er schrieb – das jedenfalls wollen uns seine Kollegen John Heminges und Henry Cordell glauben machen. »Hand und Geist waren bei ihm eins«, schrieben sie in der Einleitung zur ersten Folioausgabe, »und er drückte seine Gedanken mit einer Leichtigkeit aus, dass man wohl schwerlich ein Blatt findet, auf dem etwas durchgestrichen ist.« Worauf Ben Jonson giftig erwiderte: »Hätte er doch tausend [Zeilen] durchgestrichen!«

Hat er vielleicht ja auch. Doch wir haben betrüblicherweise nur eine Quelle, die handschriftliche Fassung eines Stücks über das Leben von Thomas Morus, die uns vielleicht, vielleicht einen kleinen Einblick in Shakespeares Arbeitsweise gewährt. Das Stück wurde mehrfach überarbeitet, in sechs Handschriften abgefasst und, wie gesagt, nie aufgeführt. (Einer der Autoren war Henry Chettle, der Mann, der sich so schleimig für seine Rolle bei der Veröffentlichung von Greene's Groat's-Worth bei Shakespeare entschuldigte.) Da der Protagonist ein loyaler, glühender Katholik war, der einem Tudormonarchen die Stirn bot, überrascht es wohl eher, dass er überhaupt jemandem als geeignete Hauptfigur für ein Drama erschien.

Manche Experten glauben, dass Shakespeare drei der erhaltenen Seiten schrieb. Wenn dem so ist, gewinnen wir auch hier wieder interessante Einblicke, denn es werden darauf fast keine Zeichen gesetzt, und die Rechtschreibung ist so frei, dass einem geradezu schwindlig wird. Stanley Wells hat festgestellt, dass das Wort »sheriff« in fünf Zeilen fünf Mal verschieden geschrieben wird – »shreiff«, »shreef, »shreeve«, »Shreiue« und »Shreue« –, was selbst bei dem lockeren, fantasievollen Umgang der Elisabethaner mit der Orthografie rekordverdächtig ist. In dem Text sind auch Zeilen gestrichen und welche eingefügt – Shakespeare hat also gestrichen! Wenn er denn der Schreiber war. Die Beweise dafür gründen auf Ähnlichkeiten im Buchstaben a in Shakespeares Unterschrift und dem Morus-Manuskript, der häufigen Schreibweise eines Wortes mit y (beispielsweise »tyger« und nicht »tiger«), die man für altmodisch und provinziell hielt, und auf der Tatsache, dass die sehr merkwürdige Schreibweise »scilens« für »silence« auftaucht – wie auch in der Quartausgabe von *Heinrich IV., Zweiter Teil.* (Bei der geht man davon aus, dass der Drucker Shakespeares Manuskript benutzte und sich brav an dessen Schreibweise hielt, wobei beides keineswegs sicher oder auch nur wahrscheinlich ist.) Darüber hinaus hat man außer einem Bauchgefühl, dass die Passage in *Sir Thomas More* erkennbar den Ton Shakespeares hat, eigentlich nichts.

Man sollte auch darauf hinweisen, dass die Idee, Shakespeare habe an dem Stück mitgeschrieben, erst aus dem Jahre 1871 stammt. Und nicht vergessen sollte man, dass Sir Edward Maunde Thompson, der Mann, der die Passagen als von Shakespeare identifizierte, ein pensionierter Verwaltungsbeamter im Britischen Museum und kein versierter Paläograf war und schon gar keine formale Ausbildung in der wenig exakten

Handschriftenkunde besaß. Auf jeden Fall deutet nichts aus Shakespeares eigener Zeit darauf, dass er an der Niederschrift des Stücks beteiligt war.

Viel wird oft aus Shakespeares Gelehrtheit gemacht – dass er ebenso viel wusste wie jeder Anwalt, Arzt, Staatsmann oder andere kluge Angehörige eines akademischen Berufsstandes. Man hat sogar – allen Ernstes – gemeint, dass zwei Zeilen in *Hamlet* (»Doubt that the stars are fire/Doubt that the sun doth move«)[10] darauf hindeuten, dass er die Bewegung der Himmelskörper viel früher als alle Astronomen begriffen hatte. Mit genug Enthusiasmus und selektiver Wahrnehmung kann man aus Shakespeare jemanden machen, der so viel wusste wie eine ganze Expertenrunde. Dabei ist er bei nüchterner Betrachtung einfach nur sehr menschlich.

Er sprach offenbar ein wenig Französisch und ganz bestimmt richtig gut Italienisch (oder er hatte jemanden an der Hand, der ihm mit richtig gutem Italienisch aushalf), denn *Othello* und *Der Kaufmann von Venedig* halten sich eng an italienische Vorlagen, die zu der Zeit, als er schrieb, noch nicht auf Englisch existierten. Sein Wortschatz zeigt ein mehr als übliches Interesse an Medizin, Rechts- und Militärangelegenheiten sowie Naturgeschichte (er erwähnt 180 verschiedene Pflanzen und benutzt 200 juristische Termini, beides eine erkleckliche Anzahl), doch in anderen Bereichen waren seine Kenntnisse keineswegs berauschend. Zum Beispiel ließ er sich regelmäßig Anatopismen zuschulden kommen – das heißt, mit der Geografie hatte er's nicht so –, besonders in Italien, wo sehr viele seiner Stücke spielen. In *Der Widerspenstigen Zähmung* versetzt er einen Segelmacher nach Bergamo, die wohl am weitesten von der See entfernt liegende Stadt in ganz Italien, während er im *Sturm* Prospero und in den Beiden Veronesern Valentin in Mailand beziehungsweise Verona in See stechen lässt, obwohl beide Städte gut zwei Tagesreisen von jeglicher Meereswelle entfernt waren und sind. Falls er wusste, dass es in Venedig Kanäle gab, verschwieg er es uns in beiden Stücken, die er dort spielen ließ. Welche Stärken er auch immer hatte, eine Leuchte in Geografie war er nicht.

In seinen Stücken wimmelt es auch von Anachronismen. Bei ihm spielen die alten Ägypter Billard, und er führt die Uhr in Cäsars Rom ein – 1400 Jahre bevor dort das erste mechanische Ticken zu vernehmen war. Ob mit Absicht oder aus Unkenntnis ging er, wenn es seinen Zwecken diente, atemberaubend lässig mit Fakten um. Im ersten Teil von *Heinrich VI.* schickt er beispielsweise Lord Talbot 22 Jahre zu früh über den Jordan, damit er vor Jeanne d'Arc stirbt. Im *Coriolanus* lässt er Lartius von Cato reden, der erst 300 Jahre später geboren wurde.

Shakespeare war nicht bei Fakten genial, sondern wenn es um Ehrgeiz, Intrigen, Liebe, Leid ging – bei all dem also, was in der Schule nicht gelehrt wird. Er hatte eine Art sich aneignender Intelligenz, mit deren Hilfe er Dinge aus völlig disparaten Wissensgebieten zusammenbrachte, doch so gut wie nichts in seinen Stücken spricht von eifrigen intellektuellen Studien – im Gegensatz etwa zu Ben Jonson, der seine klassische Bildung wie ein Fähnchen an jedes Wort hängte. Nichts bei Shakespeare verrät auch nur die geringste Kenntnis von Tacitus, Plinius, Sueton oder anderen, die Jonson beeinflussten und Francis Bacon in Fleisch und Blut übergegangen waren. Und das ist gut so – ja, sogar sehr gut –, denn Shakespeare wäre vielleicht weniger Shakespeare als einer dieser Angeberdichter geworden, wenn er belesener gewesen wäre. John Dryden drückte es 1668 so aus: »Diejenigen, die ihm vorwerfen, es gebreche ihm an Bildung, lobpreisen ihn umso mehr: Denn er besaß eine natürliche Bildung.«

Viel ist über den Umfang von Shakespeares Wortschatz geschrieben worden. Man kann unmöglich sagen, wie viele Worte er kannte, und der Versuch, es herauszufinden, wäre auch recht sinnlos. Spevack zählt in seiner bewundernswerten, stattlichen Konkordanz – der skrupulösesten, um nicht zu sagen, manischsten Bestandsaufnahme von Shakespeares Sprache, die je durchgeführt wurde – 29 066 verschiedene Worte in den Werken, wobei er jedoch großzügig flektierte Formen und Verkürzungen miteinbezieht. Wenn man alle Varianten wie »take, takes, taketh, taking, tak'n, taken, tak'st, tak't, took, tooke, took'st und tookst« als ein Wort (oder Lexem, um den wissenschaftlichen Terminus zu gebrauchen) betrachtet, was üblich ist, verringert sich die Anzahl auf etwa 20 000, die so eindrucksvoll auch wieder nicht ist. Der Normalbürger von heute, schätzt man, kennt ungefähr 50 000 Worte. Was nicht daran liegt, dass die Menschen heute eloquenter oder fantasievoller im Ausdruck sind, sondern einzig und allein daran, dass wir heute tausende ganz alltäglicher Worte zur Verfügung haben – Fernseher, Sicherheitsgurt, Chardonnay, Kameramann –, die Shakespeare nicht kennen konnte, weil es sie und die Dinge noch nicht gab.

Wie dem auch sei, es geht weniger darum, wie viele Worte er benutzte, als darum, was er mit ihnen machte – und nie hat jemand mehr mit Worten gemacht. Es heißt oft, Shakespeares Einzigartigkeit bestehe in seiner Begabung, die Regungen der menschlichen Seele auszuleuchten, und das kann er ja auch, weiß Gott, meisterhaft. Was sein Werk aber eigentlich kennzeichnet – alles, bis ins letzte i-Tüpfelchen, in Gedichten und Stücken und selbst in Widmungen, sein Leben lang! –, ist ein unvergleichliches, offenkundiges Gespür für die faszinierende Macht der Sprache. *Ein Sommernachtstraum* ist auch nach 400 Jahren noch ein bezauberndes Werk, doch kaum jemand würde behaupten, es dringe ins Innerste menschlichen Verhaltens vor. Nein, es hat Riesenspaß an den beglückenden Möglichkeiten, sich mit Worten auszudrücken, und vermittelt diesen Spaß auch.

Eine bessere Zeit als das 16. Jahrhundert gab es nicht, seine Lust in der Sprache zu suchen; denn wie eine Frühlingsbrise wehten alle möglichen neuen Ausdrücke und Begriffe durchs Englische. Zwischen 1500 und 1650 entstanden nicht nur um die 12 000 neue Worte, eine phänomenale Zahl (von der etwa die Hälfte heute noch verwendet wird), sondern alte Worte wurden in einer Weise benutzt, die man noch nie ausprobiert hatte, Substantive wurden Verben und Adverbien, Adverbien Adjektive. Wendungen, die es aus grammatischen Gründen bisher nicht gegeben hatte – wie zum Beispiel »breathing one's last« (sein Leben aushauchen) und »backing a horse« (auf ein Pferd setzen), beide von Shakespeare geprägt –, waren plötzlich in aller Munde. Doppelte Verneinungen und doppelte Superlative – »the most unkindest cut of all« (»Kein Stich von allen schmerzte so wie der«) – scherten niemanden und erlaubten ein viel größeres Maß an Emphase, das seitdem wieder verloren gegangen ist.

Auch die Rechtschreibung schwelgte in Variationen. Ob man »St. Paul's« oder »St. Powles« schrieb, schien niemand zu bemerken, ja, niemanden zu stören. Die Gracechurch Street war wahlweise die »Gracious Street« oder »Grass Street«, Stratford-upon-Avon auch schon mal »Stratford upon Haven«. Die Leute konnten sogar erstaunlich salopp mit der Schreibweise ihrer eigenen Namen umgehen. In der einzig erhaltenen Unterschrift signierte Christopher Marlowe mit »Cristofer Marley« und wurde in Cambridge als »Christopher Marlen« immatrikuliert. Anderswo ist er auch als »Morley« und »Merlin« verewigt. Ähnlich unterschrieb Philip Henslowe, der Impresario, mit »Henslowe« oder »Hensley«, und andere machten aus seinem Namen »Hinshley«, »Hinchlow«, »Hensclow«, »Hynchlowes«, »Inclow«, »Hinchloe« und ein Dutzend mehr daraus. Shakespeares Name ist in mehr als 80 Schreibweisen überliefert, von »Shappere« bis »Shaxberd«. (Erwähnenswert ist vielleicht, dass die Variante, die wir alle benutzen, nicht die aus dem *Oxford English Dictionary* ist; dort bevorzugt man »Shakspere«.) Vielleicht spricht nichts schlagender über die Vielfalt der Schreibweisen in der Epoche als die Tatsache, dass auf dem Titelblatt eines 1604 veröffentlichten Wörterbuchs, *A Table Alphabeticall of Hard Words*, »words« auf zweierlei Weise geschrieben wurde.

Auch die Aussprache unterschied sich häufig sehr von der heutigen. Wir wissen von Shakespeare, dass sich bei ihm »knees« auf »grease«, »grass« auf »grace« reimte (na ja, mehr oder weniger), und dass er Wortspiele mit »reason« und »raisin« und mit »Rome« und »room« machen konnte. Die ersten etwa 100 Zeilen von *»Venus und Adonis«* bieten so umwerfende Reimpaare wie »satiety« und »variety«, »fast« und »haste«, »bone« und »gone«, »entreats« and »frets«, »swears« and »tears (Tränen!)«, »heat« und »get«. In anderen Werken reimen sich »plague« auf »wage«, »grapes« auf »mishaps«, »Calais« auf »challice« (allerdings wurde die französische Stadt oft »Callis« oder »Callice« geschrieben).

Ob man alle Buchstaben in einem Wort aussprechen musste – wie die Ks in »knight« und »knee« –, war heiß umstritten. Shakespeare macht sich in *Liebes Lust und Leid* darüber lustig, wenn er den drögen Holofernes die »rackers of orthography«, »solche Folterknechte Orthographiae«, attackieren lässt, die »calf cauf, half hauf, neighbour nebour« und »neigh ne« aussprechen. Ohne zusätzliche Informationen verstehen wir von Shakespeares Sprache vieles heute nicht mehr. Bei einem Experiment im Jahr 2005 brachte das Globe in London eine Inszenierung von *Troilus und Cressida* in »frühem Neuenglisch« oder »der originalen Aussprache«. Der Kritiker John Lahr schätzte im *New Yorker*, dass er nur etwa ein Drittel des Gesagten verstanden habe. Doch selbst mit moderner Aussprache versteht man oft den Sinn nicht mehr. Wenige heutige Hörer würden mitkriegen, dass die französische Prinzessin Catherine in *Heinrich V.* einen derben (für Shakespeares Publikum hochkomischen), vulgären Ausdruck benutzt, als sie das englische »neck« wie »nick« ausspricht – dabei ist Shakespeares Sprache im Großen und Ganzen sehr sauber, ja, fast prüde. Während Ben Jonson seine Stücke ständig mit beleidigenden Sprüchen wie »Friss doch einen Haufen Kacke«, »Es soll scheißen auf deinen Kopf« und »Ich furz dich an« sozusagen vollmistete, musste sich Shakespeares Publikum mit einem sehr gelegentlichen »Hol sie der Henker!«, »Gotts Sakrament!« oder einem »solch verwünschten Maulaffen« begnügen. (Nach 1606 wurden Flüche mit heftigen Geldstrafen belegt und sehr viel seltener.)

In vielerlei Hinsicht war Shakespeares Sprache sehr modern. Er benutzte nie das altmodische »seeth«, sondern das flottere »sees« und zog »spoke spake«, »cleft clave« und »goes goeth« vor. In der neuen King-James-Bibel entschied man sich in allen diesen Fällen für die alte Form. Gleichzeitig bewahrte Shakespeare sich eine lebenslange Zuneigung für »thou« anstatt »you«, obwohl Ende des 16. Jahrhunderts »thou« verschroben und veraltet klang. Ben Jonson benutzte es kaum. Shakespeare hegte auch eine große, erstaunlich unbekümmerte Zuneigung zu Ausdrücken, die in London keineswegs in waren, wie »forefathers« und »aggravate«, von denen viele sich dank seines Einflusses im Englischen durchsetzten, anfangs aber kultivierten Leuten in den Ohren wehtaten.

Er prägte oder – um vorsichtiger und präziser zu sein – machte schriftlich zum ersten Mal Gebrauch von 2035 Wörter und zwar interessanterweise von Anfang an in seiner Karriere. *Titus Andronicus* und *Liebes Leid und Lust* enthalten zusammen allein 140 neue Wörter.

Nicht jeder wusste diesen schöpferischen Elan zu schätzen. Als Robert Greene ihn in *Greene's Groat's-Worth* als »beautified by our feathers« bezeichnete, mokierte er sich über den Shakespeare'schen Neologismus »beautified«. Doch unverdrossen schuf Shakespeare im Verlauf seines Schaffens immer schneller immer mehr. In den Stücken, die er während seiner produktivsten, einfallsreichsten Phase verfasste, (*Macbeth*, *Hamlet*, *Lear*), kommen neue Wortschöpfungen in geradezu rasantem Tempo vor, nämlich alle zweieinhalb Zeilen. Allein *Hamlet* beglückte das Publikum mit 600 Wörtern, die es allem Anschein nach noch nie gehört hatte.

Zu den erstmals bei Shakespeare gefundenen Wörtern gehören »abstemious, antipathy, critical, dwindle, extract, frugal, horrid, vast, hereditary, excellent, eventful, barefaced, assassination, lonely, well-read, foul play« und zahllose andere. (Zahllos, »countless«, übrigens auch!) Wo wären wir heute ohne sie?

Shakespeare war besonders fleißig, wenn es galt, die Vorsilbe un- vor ein schon vorhandenes Wort zu setzen, um neue Wörter zu bilden, an die noch niemand gedacht hatte – »unmask, unhand, unlock, untie, unveil« und nicht weniger als 309 weitere der Art. Wenn man bedenkt, wie hoffnungslos umständlich die Alternativen zu all diesen Begriffen sind, weiß man zu schätzen, wie viel Schwung Shakespeare ins Englische brachte.

Ihm floss ein solcher Schwall von neuen Wörtern und Bedeutungen aus der Feder, dass er viele davon, wie Otto Jespersen einst ganz verwirrt bemerkte, »vielleicht nicht einmal selbst verstand«. Es hielten sich auch nicht alle: Worten wie »undeaf«, »untent« und »unhappy« (als Verb!), »exsufflicate« oder »insultment« war kein langes Leben beschieden. Doch eine überraschend große Anzahl verbreitete sich, und etwa 800 werden heute noch benutzt – das ist nicht wenig. David Crystal sagt dazu: »Die meisten modernen Autoren würden sich wahrscheinlich glücklich schätzen, wenn sie nur ein bleibendes Lexem beisteuern könnten.«

Shakespeares wahres Talent lag aber auf dem Gebiet der Wendungen wie »beggar all description«, »be in a pickle«, »go down the primrose path«, »cold comfort« oder »pomp and circumstances«. »Shakespeares Sprache«, sagt Stanley Wells, »hat die schwer zu definierende Eigenschaft, dass sie so prägnant und leicht zu merken ist, dass viele Wendungen in den allgemeinen Sprachgebrauch eingegangen sind.« Einige sogar in den Deutschen, wie zum Beispiel »da war der Wunsch der Vater des Gedankens« oder die »Milch der frommen Denkungsart«, die auf dem Umweg über Schiller auf uns kam, bei dem es noch »Denkart« heißt und Lady Macbeths Worte über ihren Gatten anklingen, dessen »Gemüt zu voll Milch der Menschenliebe« sei. Laut dem *Oxford Dictionary of Quotations* schuf Shakespeare ungefähr ein Zehntel aller am häufigsten zitierten mündlichen oder schriftlichen Äußerungen in der englischen Sprache. Also, wenn das nicht bemerkenswert ist.

Doch komischerweise kämpfte das Englische damals immer noch um seine Anerkennung. Die Sprache amtlicher Dokumente und ernster literarischer und gelehrter Werke war nach wie vor Latein. Thomas Morus' *Utopia*, Francis Bacons *Novum Organum* und Isaac Newtons *Principia Mathematica* waren alle auf Latein verfasst. Von den knapp 6000 Büchern, die die Bodleian Library in Oxford 1605 besaß, waren nur 36 englischsprachig. Man fühlte sich immer noch derart ans Lateinische gebunden, dass ein gewisser Thomas Smith 1568 das erste Lehrbuch zur englischen Sprache auf Latein abfasste.

In nicht geringem Umfang dank der Arbeit Shakespeares und seiner Kollegen rückte das Englische endlich im Land seiner Entstehung an die erste Stelle. »Es sagt alles«, bemerkt Stanley Wells, »dass William Shakespeares Geburt auf Latein registriert wurde, er aber auf Englisch als ›William Shakespeare, gentleman‹ starb.«

SECHSTES KAPITEL

Jahre des Ruhms, 1596–1603

Gegen Ende war das elisabethanische Zeitalter nicht in jeder Hinsicht golden. Für die Historikerin Joyce Youings gehört der Glaube an das blühende Zeitalter der Good Queen Bess »zu den Mythen der englisch sprechenden Völker«, und sie fügt hinzu, dass »nur wenige Menschen, die in den 1590er Jahren in einem von Armut, Arbeitslosigkeit und Wirtschaftskrise gebeutelten England lebten, der Meinung gewesen wären, ihre Welt sei besser oder die Gesellschaft dank des menschlichen Erfindungsreichtums nun wieder gut und gerecht«.

Nach der Pest waren viele Familien ihres Oberhaupts und ihrer Einkommensquelle beraubt, und die Kriege und überseeischen Abenteuer hatten eine notleidende Unterschicht von Krüppeln und humpelnden Versehrten geschaffen, die alle unversorgt waren. Rücksicht auf die Schwachen nahm man in diesem Zeitalter nicht. Während sich Sir Thomas Gresham in London dumm und dämlich verdiente, warf er fast alle seine Pächter von seinen Landbesitzungen in der Grafschaft Durham und lieferte sie einem sehr wahrscheinlichen Hungertod aus, um das Land von Ackerland in Weidefläche zu verwandeln und geringfügig mehr Einkünfte aus seinen Ländereien zu beziehen. Dergestalt wurde er prompt der reichste Nichtadlige im Königreich.

Auch die Natur spielte den Menschen übel mit. Nach Missernten stiegen die Preise in schwindelerregende Höhen. In

London brachen Hungerrevolten aus, man musste Truppen rufen, um die Ordnung wiederherzustellen. »Vermutlich zum ersten Mal im Tudor-England starben in manchen Gegenden viele Menschen an Hunger«, schreibt Youings. Die Leute waren chronisch unterernährt. 1597 hatte das Durchschnittseinkommen nicht einmal mehr ein Drittel der Kaufkraft wie ein Jahrhundert zuvor. Und in den letzten vier Jahren waren viele Grundnahrungsmittel der Armen doppelt so teuer geworden. Ein Brot kostete zwar immer noch einen Penny, doch während man einst für einen Penny einen Laib von circa 1600 Gramm bekam, war der Standardlaib jetzt auf gerade mal 227 Gramm geschrumpft und noch dazu oft mit Linsen, zerdrückten Eicheln und allem Möglichen, das man gerade zur Hand hatte, versetzt. Für die arbeitende Bevölkerung war 1597 laut Stephen Inwood nicht nur seit langer Zeit das schlimmste Jahr, sondern das schlimmste seit Menschengedenken.

Da ist es ein Wunder, dass sich überhaupt ein Werktätiger einen Ausflug ins Theater leisten konnte, doch fast alle einschlägigen zeitgenössischen Berichte sagen klar und deutlich, dass während der gesamten Krisenjahre das Theater nichts an Popularität verloren hatte. Was umso rätselhafter ist, als im London des 16. Jahrhunderts die Arbeiter wirklich arbeiteten – von sechs Uhr morgens bis sechs Uhr abends im Winter und bis acht Uhr abends im Sommer. Da die Stücke mitten an einem solchen Arbeitstag aufgeführt wurden, kann es für Menschen, die in Lohn und Brot waren, nicht einfach gewesen sein, sich freizumachen. Doch irgendwie gelang es ihnen.

Für Shakespeare war dieses finstere Jahrzehnt auch privat finster. Im August 1596 starb sein elfjähriger Sohn Hamnet in Stratford; woran, weiß man nicht. Man weiß auch nicht, wie Shakespeare diesen Verlust ertrug, doch wenn es überhaupt einen Moment gibt, in dem wir in den Theaterstücken auf den Menschen Shakespeare einen Blick erwischen, dann sicher in diesen Zeilen, die er vermutlich in dem Jahr für *König Johann* schrieb:

> Gram füllt die Stelle des entfernten Kindes,
> Legt in sein Bett sich, geht mit mir umher
> Nimmt seine allerliebsten Blicke an,
> Spricht seine Worte nach, erinnert mich
> An alle seine holden Gaben, füllt
> Die leeren Kleider aus mit seiner Bildung.

Andererseits trifft zu, was der Theaterhistoriker Sir Edmund Chambers schon vor langer Zeit bemerkt hat: »In den drei, vier Jahren nach dem Verlust seines Sohnes schrieb Shakespeare seine fröhlichsten Stücke: Er erschuf Falstaff, Prinz Hal, König Heinrich V., Beatrice und Benedict, Rosalind und Orlando. Dann kamen Viola, Sir Toby und Lady Rülp.« Ein unerklärlicher Widerspruch.

Wie auch immer Shakespeares Seelenlage war, es war auf jeden Fall eine Periode wachsenden Ruhms und beruflichen Glücks für ihn. Ab 1598 erschien sein Name auf den Titelseiten der Quartos seiner Stücke – ein deutliches Indiz dafür, dass er sich gut verkaufte. In dem Jahr auch fand Francis Meres in seiner *Palladis Tamia* bewundernde Worte für ihn. 1599 wurde der Gedichtband *The Passionate Pilgrim* mit Shakespeares Namen auf der Titelseite veröffentlicht, obwohl Shakespeare (vermutlich unfreiwillig) nur zwei Sonette und drei poetische Passagen aus *Liebes Leid und Lust* beisteuerte. Ein wenig später (das Datum steht nicht fest), wurde von Studenten in Cambridge ein Stück mit dem Titel *The Return from Parnassus: Part I* aufgeführt, in dem »O holder Mr. Shakespeare! Sein Abbild hängt in meiner Studierstube im College« vorkommt, womit Shakespeare es zum Pin-up-Dichter gebracht hätte.

Auch die erste nicht mit dem Theater verbundene Erwähnung Shakespeares in London erfolgte in der Zeit und ist vollkommen mysteriös. 1596 erteilte ein Gericht ihm und drei anderen – Francis Langley, Dorothy Soer und Ann Lee – die Auflage, den Frieden zu wahren, nachdem ein William Wayte sie beschuldigt hatte, ihm »Todesfurcht« einzujagen. Langley war der Besitzer des Swan Theatre, also im gleichen Gewerbe tätig wie Shakespeare, doch zusammengearbeitet haben sie nie, soweit wir wissen. Wer die Frauen waren, ist völlig unbekannt; trotz manch gelehrten Suchens sind sie nie identifiziert, ja, nicht einmal halbwegs plausibel erraten worden. Wieso sich die Leute stritten und welche Rolle Shakespeare dabei spielte, ist ebenfalls unbekannt.

Man weiß, dass Wayte ein unappetitlicher Zeitgenosse war – in einem anderen Fall wurde er als »liederlicher Mensch ohne Ansehen oder Wert« beschrieben –, doch worum genau es bei seiner Beschwerde ging, lässt sich nicht sagen. Den Parteien gemeinsam war nur, dass sie im selben Viertel wohnten; es kann also sein, wie Schoenbaum meint, dass Shakespeare nur als unschuldiger Zeuge in den Streit zweier Männer hineingezogen wurde. Auf jeden Fall aber illustriert das Ganze treffend, wie wenige Einzelheiten wir aus Shakespeares Leben kennen, und dass die wenigen, die wir kennen alles immer nur geheimnisvoller machen, anstatt Licht hineinzubringen.

Ganz unabhängig davon stellt sich die Frage, warum Shakespeare in dieser Zeit, als er noch mit dem Theatre zusammenarbeitete, zur Bankside zog, in ein nicht sonderlich gut beleumundetes Viertel am anderen Ende der Stadt. Auch muss es ein ziemlicher Gewaltmarsch gewesen sein, zwischen den beiden Orten zu pendeln (mit dem ständigen Risiko, dass die Stadttore bei Anbruch der Dämmerung geschlossen wurden und einem der Weg versperrt war), und Shakespeare hatte zu der Zeit viel zu tun. Er schrieb nicht nur Stücke und überarbeitete sie, lernte seine Texte, war bei Proben mit Rat und Tat zur Stelle, trat auf und hatte ein persönliches Interesse an den geschäftlichen Belangen der Truppe, sondern er musste auch viel Zeit für Privatangelegenheiten aufwenden – für Rechtsstreitigkeiten, Immobilienkäufe und, so viel scheint sicher, für Reisen nach Hause.

Neun Monate nach Hamnets Tod, im Mai 1597, kaufte Shakespeare ein vornehmes, aber leicht baufälliges Haus in Stratford, an der Ecke Chapel Street/Chapel Lane. New Place war das zweitgrößte Wohnhaus der Stadt, aus Balken und Backsteinen erbaut, mit zehn Kaminen, fünf schönen Giebeln und einem so großen Grundstück darum herum, dass zwei Scheunen und ein Obstgarten Platz darauf fanden. Wie es zu Shakespeares Zeit aussah, wissen wir nicht, denn die einzige Abbildung, die wir haben, ist eine Skizze, die aus dem Gedächtnis von George Vertue fast eineinhalb Jahrhunderte später angefertigt wurde. Doch imposant war es sicher. Weil aber geringfügig lädiert, hatte Shakespeare es für den sehr zivilen Preis von 60 £ bekommen – wenn auch Schoenbaum darauf hinwies, dass solche Summen oft fiktiv waren, weil man sich vor Steuerzahlungen drücken wollte, und dass unter der Hand wahrscheinlich zusätzliche Barzahlungen erfolgten.

In kaum mehr als einem Jahrzehnt war William Shakespeare ein vermögender Mann geworden, so viel steht fest, und er unterstrich seine Stellung damit, dass er sich (auf den Namen seines Vaters und zu nicht geringen Kosten für ihn) ein Wappen besorgte, womit sich Vater, Sohn und alle ihre männlichen Nachkommen auf ewig Gentlemen nennen durften, obwohl es nach Hamnets Tod wohl um solche Nachkommen schlecht bestellt war. Der Wunsch nach einem Wappen sieht aus unserer Perspektive vielleicht wie das eher platte Gebaren eines Emporkömmlings aus, und das stimmt ja vielleicht auch, doch unter Theaterleuten war ein solcher Wunsch nicht ungewöhnlich. John Heminges, Richard Burbage, Augustine Phillips und

Thomas Pope bemühten sich alle um Wappen und bekamen sie samt dem damit verbundenen Ansehen. Wir sollten nicht vergessen, dass die Berufe dieser Männer gesellschaftlich wenig Renommee hatten, und das zu einer Zeit, in der es gerade darauf sehr ankam.

John Shakespeare konnte sich der Privilegien eines Gentleman nicht lange erfreuen. Er starb 1601 im Alter von etwa 70 Jahren, nachdem er ein Vierteljahrhundert, mehr als ein Drittel seines Lebens, finanziell nicht mehr auf die Beine gekommen war.

Wie wohlhabend der Sohn in diesen Jahren wurde, ist schwer zu sagen. Der größte Teil seiner Einkünfte kam aus seiner Teilhaberschaft an der Theatertruppe. An den Stücken selbst kann er nur relativ wenig verdient haben – das Durchschnittshonorar für einen fertigen Text betrug damals 6 £ und stieg vielleicht auf 10 £ für eine Arbeit erster Güte. Ben Jonson verdiente sein Leben lang nicht einmal 200 £ an seinen Stücken, Shakespeare gewiss nicht viel mehr.

Mehrere Leute, die sich auskennen, schätzen seine Einkünfte in seinen besten Jahren auf nicht weniger als 200 £ jährlich, sie können aber auch bis zu 700 £ betragen haben. Alles in allem betrachtet, hält Schoenbaum die niedrigere Zahl für zutreffend und meint, dass Shakespeare nicht einmal immer auf diese Summe kam. Wenn die Theater in den Pestjahren geschlossen wurden, schrumpften die Einnahmen aus allem, was damit verbunden war, garantiert sehr.

Trotzdem steht außer Frage, dass Shakespeare mit Anfang dreißig ein geachteter, wohlsituierter Bürger war – obgleich wir diesen Wohlstand erst dann richtig einschätzen können, wenn wir seine 200 bis 700 £ im Jahr mit den 3300 £ vergleichen, die der Höfling James Hay für ein einziges Bankett ausgab, oder mit den 190 000 £, die der Earl of Suffolk in seinen Landsitz Audley End in Essex steckte. Sir Francis Drake brachte 1580 von einer einzigen lukrativen Seefahrt 600 000 £ an Beute mit nach Hause. Shakespeare ging es gut, doch er war beileibe kein Krösus. Und allem Anschein nach blieb er, einerlei, wie gut er verdiente, immer knauserig. In dem Jahr, in dem er New Place kaufte, wurde er in London für schuldig befunden, mit Steuerzahlungen von fünf Shilling im Verzug zu sein, und im nächsten Jahr passierte ihm das schon wieder.

Obwohl man nicht weiß, wie viel Zeit er in diesen Jahren in Stratford verbrachte, wurde er sicherlich als Grundbesitzer und gelegentlich Prozess führende Partei eine markante Persönlichkeit in der Stadt. Und offensichtlich bei seinen Nachbarn als vermögend bekannt. Im Oktober 1598 schrieb ihm Richard Quiney aus Stratford (dessen Sohn schließlich eine seiner Töchter ehelichte) und bat ihn um einen Kredit von 30 £ – ungefähr 15 000 £ in heutigem Geld, also kein Pappenstiel. Letztendlich überlegte es sich Quiney aber wohl noch einmal oder wurde sonst wie von seiner Bitte abgebracht, denn der Brief scheint nie abgeschickt worden zu sein und fand sich bei seinem Tod unter seinen Papieren.

Sonderbarerweise überschnitt sich die Phase, in der Shakespeare von seinem Vermögen ungewöhnlich selbstgewiss Gebrauch machte, mit einer finanziell sicher sehr problematischen Zeit für die Lord Chamberlain's Men. Im Januar 1597 starb James Burbage, der große Lenker der Truppe und erfahrenste Mann, im Alter von 67 Jahren, gerade als der Pachtvertrag für das Theatre auslief. Burbage hatte kurz zuvor noch mit einem Riesenbatzen Geld – mindestens 1000 £ – das alte Blackfriarskloster in der City gekauft und renovieren lassen, weil er ein Theater daraus machen wollte. Leider hatten die Anwohner in der Umgebung erfolgreich dagegen Einspruch erhoben, und er musste seine Pläne fallen lassen.

Sein Sohn Cuthbert verhandelte mit dem Besitzer des Theatre um Erneuerung des Pachtvertrags – normalerweise ein unkomplizierter Vorgang –, doch diesmal erwies sich der Herr als eigenartig spröde und hielt den Sohn hin. Es sah ganz so aus, als hätte er mit Grundstück und Gebäude anderes vor. Als die Truppe nach einem Jahr immer noch keine Einigung mit ihm erzielt hatte, ergriff sie die Initiative.

Am Abend des 28. Dezember 1598 baute sie mit Hilfe von einem Dutzend Arbeitern das Theatre klammheimlich auseinander, transportierte es über die zugefrorene Themse und baute es der Legende nach noch in derselben Nacht wieder auf. In Wirklichkeit (und nicht überraschend) dauerte Letzteres erheblich länger, doch wie lange genau, ist eine Frage beharrlich anhaltender Dispute. Der Vertrag zum Bau des konkurrierenden Fortune Theatre nennt eine Bauzeit von sechs Monaten, was darauf hindeutet, dass das neue Theater frühestens im Sommer fertig wurde (pünktlich zum Ausklang der Londoner Theatersaison).

Das neue Globe, wie es von nun an hieß, stand etwa 30 Meter vom Fluss entfernt ein wenig westlich der London Bridge und des Palastes des Bischofs von Westminster. (Das heutige Globe Theatre befindet sich nicht an diesem Standort, wie Besucher oft natürlich meinen, sondern nur in der Nähe.) Obwohl Southwark im Allgemeinen als Gegend von Bordellen, Straßenräubern und anderem urbanen Ungemach geschildert wird, ist es bemerkenswert, dass es sowohl auf Visschers als auch auf Hollars Ansicht wie ein sehr grüner Bezirk aussieht und das Globe am Rand schöner, heiterer Auen steht, auf denen bis zu seinen Mauern Kühe weiden.

Die Mitglieder von Shakespeares Truppe besaßen das Globe gemeinsam. Im Februar 1599 pachteten Cuthbert Burbage und sein Bruder Richard zusammen mit Shakespeare, Heminges, Augustine Phillips, Thomas Pope und Will Kemp das Gelände für das Theater für 31 Jahre. Shakespeares Anteil variierte im Lauf der Zeit – von einem Vierzehntel bis zu einem Zehntel –, je nachdem, wie andere Investoren Anteile kauften oder verkauften.

Manchmal bezeichnet man das Globe als »Theater, das Schauspieler für Schauspieler erbauten«, und da ist natürlich einiges dran. In *Heinrich V.* wird es bekanntlich »dieses hölzerne O« genannt, und andere zeitgenössische Berichte beschreiben es als rund, obwohl es das wahrscheinlich nicht war. »In der Tudorzeit bogen Zimmerleute Eiche nicht«, so der Theaterhistoriker Andrew Gurr; zu einem runden Gebäude hätte man gebogenes Holz gebraucht. Es war vermutlich ein Polygon mit sehr vielen Seiten.

Das Besondere am Globe war, dass es ausschließlich für Theaterproduktionen geplant war und nicht mit Hahnenkämpfen, Bärenhatzen oder anderen solch vulgären Belustigungen Geld verdienen wollte. Zum ersten Mal schriftlich erwähnt wurde es im Frühherbst des Jahres 1599, als ein junger Schweizer London-Besucher namens Thomas Platter einen recht umfassenden Bericht dessen hinterließ, was er gesehen hatte – unter anderem am 21. September im Globe eine Aufführung von *Julius Cäsar*, der von einem Ensemble von etwa 15 Schauspielern, mit Platters Worten, »sehr angenehm dargeboten wurde«. Es ist die erste Erwähnung nicht nur des Globe, sondern auch von *Julius Cäsar*. (Viele unserer Kenntnisse über die Aufführungen in den elisabethanischen Theatern in London verdanken wir Platter und seinem Tagebuch – was umso ironischer ist, als er fast kein Englisch sprach und das meiste von dem, was er sah, gar nicht verstanden haben kann.)

Das neue Theater stellte seinen Hauptkonkurrenten, das Rose, Heimat von Edward Alleyn und der Admiral's Men, sofort in den Schatten. Das Rose war nur einen Katzensprung entfernt in einer benachbarten Gasse und erst sieben Jahre alt, doch stets ungemütlich und feucht, da es auf morastigem Boden stand. Als Alleyns Gruppe nicht mehr mithalten konnte, zog sie sich auf einen neuen Standort auf der anderen Seite der Themse zurück, in die Golden Lane in Cripplegate Without, und errichtete das Fortune, das sogar noch größer als das Globe war. Da es das einzige Londoner Theater aus der Zeit ist, von dem Informationen zu baulichen Einzelheiten erhalten sind, stammt unser »Wissen« über das Globe zumeist von dort. 1621 brannte das Fortune in zwei Stunden nieder, womit die Admiral's Men »gänzlich ruiniert waren«.

Auch das Globe hielt sich nicht lang. Als 1613 Funken aus einer Bühnenkanone das Reetdach entzündeten, brannte es ebenfalls ab. Aber was für eine Zeit hatte es erlebt! Kein Theater – vielleicht kein menschliches Unternehmen überhaupt – hat in nur gut einer Dekade solche Herrlichkeit erlebt wie das Globe in seiner ersten Gestalt. Shakespeare war in dieser Periode auf höchstem Niveau überwältigend kreativ und schaffensfreudig – in der englischen Literatur beispiellos. Ein unübertroffen grandioses Stück nach dem anderen floss ihm aus der Feder: *Julius Cäsar*, *Hamlet*, *Was ihr wollt*, *Maß für Maß*, *Othello*, *König Lear*, *Macbeth*, *Antonius und Kleopatra*.

Heute begeistern sie uns. Wie aber muss es gewesen sein, als sie brandneu waren, als alle Anspielungen zur rechten Zeit und punktgenau kamen und alle Worte noch nie gehört worden waren? Stellen Sie sich vor, wie es gewesen sein muss, *Macbeth* zu sehen, ohne das Ende zu kennen, in einem mucksmäuschenstillen Publikum zu sitzen, das zum ersten Mal Hamlets Monolog hört oder miterlebt, wie Shakespeare seine eigenen Verse spricht. Einen schöneren Ort kann es in der Geschichte der Menschheit eigentlich nicht gegeben haben.

Shakespeare steuerte zu dieser Zeit auch ein (vielleicht viel früher verfasstes) allegorisches Gedicht ohne Titel – später als »Phönix und Taube« bekannt –, zu einem Gedichtband namens *Love's Martyr: or Rosalind's Complaint* bei, den Robert Chester zusammenstellte und seinen Schirmherren Sir John und

Lady Salusbury widmete. Was für eine Beziehung Shakespeare zu Chester oder den Salusburys hatte, wissen wir nicht. Das schwierige Gedicht ist 67 Zeilen lang und wird in Biografien gern übersehen. (Greenblatt und Schoenbaum kommen in *Will in der Welt* respektive *William Shakespeare: Eine Dokumentation seines Lebens* überraschenderweise gar nicht darauf zu sprechen.) Doch Frank Kermode schätzt es sehr, nennt es »ein bedeutsames Werk, im gesamten Schaffen offenbar ohnegleichen«, und lobt seine außergewöhnliche Sprache und reiche Symbolik.

Doch – und bei Shakespeare gibt es immer ein »doch« – gerade als der Dichter wie im Fieber einige seiner größten Werke schuf und auf dem Gipfel seines Erfolgs war, deutet in seinem Privatleben alles auf den ausgeprägten Wunsch, nach Stratford zurückzugehen. Zuerst kaufte er New Place – für jemanden, der noch nie ein Haus besessen hatte, machte er wirklich gleich Nägel mit Köpfen – und wenig später ein Cottage mit einem Stück Land auf der anderen Straßenseite. (Vermutlich, um dort einen Diener unterzubringen; für eine rentable Geldanlage war es zu klein.) Dann erwarb er für 320£ 107 Morgen verpachtetes Ackerland nördlich von Stratford und gab im Sommer 1605 die stattliche Summe von 440£ aus, um den 50-prozentigen Anteil am Zehnten von »Getreide, Saatgut, Gras und Heu« in drei Nachbardörfern zu kaufen, wovon er Einkünfte von 60£ im Jahr erwarten konnte.

Während er all diese Käufe tätigte, sahen er und seine Kollegen sich zu Winteranfang des Jahres 1601 mit einem sicher sehr enervierenden, bedrohlichen Geschehen konfrontiert, denn sie wurden am Rande in einen Versuch verwickelt, die Königin zu stürzen. Anstifter dieses leichtsinnigen Unternehmens war Robert Devereux, der Zweite Earl of Essex.

Essex war der Stiefsohn des Earl of Leicester, Elisabeths

langjährigem Favoriten und während des Großteils ihrer Regentschaft de facto ihr Gemahl. Essex war zwar 30 Jahre jünger als Elisabeth, erfreute sich aber auch ihrer besonderen Gunst. Doch in seiner jugendlichen Torheit war er eigensinnig, unbesonnen und ungehorsam. Wieder und wieder stellte er ihre Geduld auf die Probe. Im Jahre 1599 schließlich schlug der königliche Ärger in heftiges Missfallen um: Essex schloss als Vizekönig von Irland mit irischen Aufständischen einen Waffenstillstand, ohne dazu befugt zu sein, und kehrte danach gegen ausdrücklichen Befehl nach England zurück. Zornentbrannt stellte ihn die Königin unter strengen Hausarrest. Er durfte keinen Kontakt zu seiner Frau aufnehmen und nicht einmal in seinem eigenen Garten spazieren gehen. Schlimmer noch, Elisabeth nahm ihm die einträglichen Ämter weg, von deren Einkünften er sich finanziert hatte. Der Hausarrest wurde im folgenden Sommer aufgehoben, doch da hatten sein Stolz und seine Tasche schon derartigen Schaden gelitten, dass er mit ein paar getreuen Gefolgsleuten den Plan ausheckte, eine Volkserhebung anzuzetteln und die Königin abzusetzen. Zu den getreuen Gefolgsleuten gehörte der Earl of Southampton.

Schon bald, im Februar 1601, trat Sir Gelly Meyrick, einer von Essex' Männern, an die Lord Chamberlain's Men heran und verpflichtete sie, gegen ein Extrahonorar von 2 £ auf besonderen Wunsch von höherer Stelle *Richard II.* zur Aufführung zu bringen. Meyricks Anweisungen lauteten explizit, dass das Stück im Globe aufgeführt werde und die Truppe namentlich auch die Szenen bringen solle, in denen der Monarch gestürzt und ermordet wird. Das war eine mutwillige Anstachelung zum Aufruhr, denn die Szenen waren zu der Zeit politisch ohnehin schon so heikel, dass kein Drucker sie zu drucken wagte.

Man muss immer im Kopf behalten, dass ein Historiendrama einem elisabethanischen Publikum nicht von lange vergangenen Ereignissen berichtete, sondern ihm wie ein Spiegel aktuelle Geschehnisse und Dinge vor Augen hielt, die es beschäftigten. Klar also, dass eine Aufführung *Richard II.* als absichtlich und provokant aufrührerisches Manöver betrachtet wurde. Erst kurz zuvor war ein junger Autor namens John Hayward im Tower gelandet, weil er in *The First Part of the Life and Reign of King Henry IV* verständnisvoll über die Absetzung Richard II. geschrieben und diesen Patzer leider nicht dadurch ausgebügelt hatte, dass er das Werk dem Earl of Essex widmete. Es war nicht die Zeit, mit königlichen Befindlichkeiten zu spielen.

Doch die Chamberlain's Men spielten *Richard II.* am siebten Februar pflichtbewusst wie gewünscht. Tags darauf brach der Earl of Essex mit Unterstützung von 300 Männern von seinem Domizil am Strand in die City auf, um den Tower und dann Whitehall einzunehmen und dort die Königin zu arretieren. Es war ein hirnrissiger Plan. Offenkundig hoffte Essex, Jakob VI. von Scotland inthronisieren zu können, und erwartete voller Gottvertrauen, auf dem Weg weitere Unterstützer einzusammeln. Aber Fehlanzeige – keiner machte mit. Seine Mannen ritten durch gespenstisch stille Straßen, ihre Schlachtrufe stießen bei der missmutig gaffenden Bürgerschaft auf taube Ohren. Ohne Rückendeckung einer Volksmenge aber waren jegliche Aussichten auf Erfolg illusorisch. Unsicher, was nun zu tun sei, legte Essex erst mal eine Lunchpause ein und zog sich dann mit seiner kleinen (und rasch kleiner werdenden) Armee in Richtung Strand zurück. Am Ludgate stießen sie auf einen Trupp überraschter Soldaten, die in gehöriger Verwirrung die Waffen zückten und es schafften, ein paar Schüsse abzufeuern. Eine Kugel durchschlug Essex' Hut.

Als seine Revolution zur Farce geworden war, floh er in sein Haus, wo er die kurze Spanne der Freiheit, die ihm verblieb, nutzte, um belastende Dokumente zu vernichten. Schon bald kamen Soldaten und verhafteten ihn und seinen eifrigsten Anhänger Southampton.

In dem folgenden Verfahren sprach Augustine Phillips für die Chamberlain's Men. Wir wissen wenig über Phillips, nur dass er ein bewährtes Mitglied der Truppe war. Er muss überzeugende Argumente dafür vorgetragen haben, dass sie unschuldige Opfer seien oder unter Zwang gehandelt hätten, denn sie wurden jedweder Gesetzesübertretung freigesprochen – ja, sogar aufgefordert, an dem Tag, an dem die Königin Essex' Todesurteil unterzeichnete, am Faschingsdienstag 1601, in Whitehall ein anderes Stück vor ihr aufzuführen. Essex wurde am nächsten Tag hingerichtet. Meyrick und fünf andere Gefolgsleute wurden ebenfalls geköpft. Southampton dräute ein ähnlich unseliges Los, doch dank der wirkungsvollen Bitten seiner Mutter entging er der Exekution. Er verbrachte zwei Jahre als Gefangener im Londoner Tower, sehr komfortabel in einer Suite, die ihn 9 £ die Woche an Miete kostete.

Essex hätte seinen Kopf gerettet und sich eine Menge Ärger erspart, wenn er ein wenig geduldiger gewesen wäre. Nur zwei Jahre nach seiner grotesken Rebellion war die Königin tot – ihr folgte prompt der Mann, für dessen Thronbesteigung er sein Leben gegeben hatte.

SIEBTES KAPITEL

Die Regierungszeit König Jakobs, 1603–1616

Wenn man dem Bericht des französischen Gesandten André Hurault aus dem Winter 1603 trauen darf, bot Königin Elisabeth I. im Alter einen seltsamen Anblick. Ihr Gesicht war stets mit einer dicken Schicht weißer Schminke zugekleistert, ihre Zähne waren schwarz oder fehlten ganz, und sie hatte sich die verrückte Angewohnheit zugelegt, sich ständig das Mieder ihres Kleides aufzuschnüren. »Man erblickte ihren Busen ganz«, bemerkte Hurault mit einiger Verwunderung.

Kurz nach dem Dreikönigstag zog der Hof in den Palast in Richmond, wo die Chamberlain's Men, vermutlich mit William Shakespeare, Anfang Februar zum letzten Mal vor der Königin auftraten (mit welchem Stück, ist nicht bekannt). Bald danach fing sich Elisabeth eine Erkältung ein und glitt in eine krankhafte träumerische Melancholie, aus der sie nicht wieder herauskam. Am 24. März, dem letzten Tag des Jahres nach dem alten Julianischen Kalender, verschied sie im Schlaf, »sanft wie ein Lamm«. Sie war 69 Jahre alt.

Zur Freude fast aller ihrer Untertanen folgte ihr ohne jede Komplikation ihr Verwandter aus dem Norden auf dem Thron, Jakob, der Sohn der schottischen Königin Maria Stuart. Er war 36 Jahre alt und mit einer dänischen Katholikin verheiratet, selbst aber treuer Protestant. In Schottland hatte er schon 20 Jahre lang als Jakob VI. geherrscht, in England hieß er nun Jakob I. und sollte noch 22 Jahre herrschen.

Nach allem, was wir wissen, war er keine reine Augenweide. Er bewegte sich schwerfällig und hatte einen merkwürdig torkelnden Gang sowie die verstörende Neigung, mehr oder weniger ununterbrochen hingebungsvoll an seinem Hosenbeutel zu spielen. Da seine Zunge offenbar zu groß für seinen Mund war, »trank er auch sehr unansehnlich«, schrieb ein Zeitgenosse, »als ob er sein Getränk äße«. Weiter berichtete man, dass er als einziges Zugeständnis an Hygiene von Zeit zu Zeit seine Fingerspitzen mit einem Tropfen Wasser benetzte. Es hieß auch, dass man alle seine Mahlzeiten seit der Zeit seiner Thronbesteigung an den Flecken und Soßenkrusten auf seiner Kleidung erkennen konnte, die er im Übrigen trug, bis sie ihm »in Lumpen vom Leibe fiel«.

Seine unvorteilhafte Figur und sein Watscheln wurden dadurch noch ausgeprägter, dass er – um sich vor den Dolchen von Attentätern zu schützen – stets übertrieben dick gefütterte Jacken und Pantalons trug.

Hier dürfen wir uns jedoch einen Hauch Skepsis gestatten. Solch kritische Bemerkungen kamen nämlich meist von übelwollenden Höflingen, die den König gern und nicht grundlos zu einer Karikatur reduziert sehen wollten. Wie weit er zum schlurfenden Wrack heruntergekommen war, ist also nur schwer zu verifizieren. In einer Spanne von fünf Jahren erstand er immerhin 2000 Paar Handschuhe und gab 1604 sage und schreibe 47 000 £ für Schmuck aus, was ja wohl nicht auf völlige Gleichgültigkeit gegenüber dem eigenen Aussehen hinweist.

Aber er war schon sehr anders als andere Leute, besonders in seinem Sexualverhalten. Fast von Anfang an erregte er Bestürzung bei Hofe, wenn er an hübschen Jünglingen knabberte, während er den Vorträgen seiner Minister lauschte. Pflichtschuldigst produzierte er aber auch acht Kinder mit seiner Frau, Königin Anne. Bei Simon Thurley nachzulesen ist die

Geschichte, wie Jakob I. 1606 mit seinem Schwager, König Christian IV. von Dänemark, »betrunken und außer Rand und Band« einen »Zug« durch die Adelssitze im Themsetal unternahm, wobei Letzterer einmal »vollgeschmiert mit Gelee und Sahne« kollabierte. Ein, zwei Tage später saßen beide allerdings als aufmerksame Zuschauer in einer Vorstellung von *Macbeth.*

Doch einerlei, wie Jakob war, auf jeden Fall war er ein großzügiger Mäzen des Schauspiels. In einer seiner ersten Amtshandlungen verlieh er Shakespeare und seinen Kollegen ein königliches Patent: Sie wurden die King's Men. Für eine Theatergruppe die höchsten Weihen. Die Beförderung machte sie zu Kammerdienern und gab ihnen neben anderen Privilegien das Recht, sich in gut vier Meter scharlachroten Tuchs zu kleiden, das ihnen die Krone lieferte. Jakob unterstützte Shakespeares Truppe stets generös, beauftragte sie oft und bezahlte sie gut. In den 13 Jahren zwischen seiner Thronbesteigung und Shakespeares Tod traten die King's Men 187 Mal vor ihm auf, mehr als alle anderen Schauspielgruppen zusammen.

Obwohl Shakespeare häufig zu den elisabethanischen Theaterschriftstellern gezählt wird, schrieb er viele seiner größten Werke in jakobäischer Zeit: eine ganze Reihe grandioser Tragödien – *Othello*, *König Lear*, *Macbeth*, *Antonius und Cleopatra*, *Coriolan* – sowie ein, zwei unbedeutendere Stücke, vor allem *Timon von Athen*, ein derart schwieriges und scheinbar unvollendetes Stück, dass es heute nur noch selten inszeniert wird. Jakob seinerseits machte sich auch mit einem literarischen Beitrag um die Nachwelt verdient. Unter seiner Federführung erstellte man eine neue »autorisierte Fassung« der Bibel, die King-James-Bibel. Das Ganze kostete einen Kreis berühmter Gelehrter von 1604 bis 1611 sieben Jahre aufopferungsvoller Arbeit, die er kenntnisreich und maßgebend begleitete. Es war die einzige literarische Leistung des Zeitalters, die mit der von

Shakespeare um ewigen Ruhm wetteiferte und nicht zufällig in Großbritannien und den jungen überseeischen Kolonien eine einflussreiche Rolle dabei spielte, eine einheitliche Rechtschreibung und einen einheitlichen Gebrauch der Sprache zu fördern.

Bei Jakobs Regierungsantritt waren nur noch verhältnismäßig wenige Briten wirklich katholisch. Während Shakespeare in einem Land geboren worden war, das sicher (wenn auch insgeheim) zu zwei Dritteln der römischen Kirche anhing, hatte 1604 kaum noch jemand eine Messe gehört oder an irgendeinem katholischen Ritus teilgenommen. Knapp zwei Prozent der Bevölkerung (mehr in der Aristokratie), schätzt man, waren ausübende Katholiken. Als Jakob es 1604 für ungefährlich hielt, setzte er die Rekusanten-Gesetze außer Kraft und erlaubte sogar, dass in Privathäusern die Messe gelesen wurde.

Dabei organisierten sich gerade in dieser Zeit die schlimmsten katholischen Herausforderer der protestantischen Herrschaft. 1605 verbrachte eine Gruppe von Verschwörern vor der offiziellen Eröffnung des Parlaments 36 Fässer Schießpulver – um die 10 000 Pfund – in einen Keller im Palast von Westminster. Diese Sprengstoffmenge hätte ausgereicht, den Palast, Westminster Abbey, Westminster Hall und manches andere in der unmittelbaren Umgebung, vor allem aber den König, die Königin, deren beiden Söhne und viele hochrangige Kirchenleute, Adlige und geachtete Bürger in die Luft zu jagen. Die Konsequenzen eines solchen Ereignisses waren und sind gar nicht auszudenken.

Allerdings hatte der Plan den Nachteil, dass unweigerlich auch unschuldige katholische Parlamentarier umkommen würden. In der Hoffnung, sie zu verschonen, wurde einem führenden Katholiken, Lord Monteagle, ein anonymer Hinweis gegeben. In höchstem Maße gefährdet und aus Angst vor grässlichen Vergeltungsmaßnahmen übergab Monteagle den Brief schnurstracks den Behörden, die in den Palastkeller gingen und einen Guy Fawkes auf den Fässern sitzen sahen, der auf das Zeichen zum Streichholzanzünden wartete. Seitdem wird der fünfte November mit dem Verbrennen von Guy-Fawkes-Puppen gefeiert. Dabei war dieser Pechvogel eine vergleichsweise unbedeutende Figur bei dem Pulververrat, wie man damals sagte. Der führende Kopf war Robert Catesby, dessen Familie ein Anwesen nur zwölf Meilen von Stratford entfernt besaß und der durch Heirat mit William Shakespeare weitläufig verwandt war. Es gibt aber keinerlei Anzeichen, dass sich ihrer beider Lebenswege irgendwann einmal mehr als beiläufig kreuzten. Außerdem hatte Catesby sein Erwachsenenleben großteils als wackerer Protestant verbracht und war erst beim Tode seiner Frau fünf Jahre zuvor zum katholischen Glauben übergetreten.

Die Maßnahmen gegen die Katholiken erfolgten rasch und energisch. Sie wurden aus den wichtigsten Berufen ausgeschlossen und durften eine Zeit lang nicht weiter als fünf Meilen von zu Hause wegreisen. Man schlug sogar ein Gesetz vor, nach dem sie zwecks besserer Identifizierung auffallende, groteske Hüte tragen sollten, doch so weit kam es nie. Die Strafen für Rekusanten wurden freilich wieder eingeführt und rigoros eingetrieben. Aber der Katholizismus war von da an in England nie wieder eine Bedrohung. In Frage gestellt wurde die etablierte Kirche bald vom anderen Ende des Glaubensspektrums – von den Puritanern.

Obwohl Shakespeare als Haus- und Grundbesitzer in Stratford recht vermögend war, zeigen die erhaltenen Dokumente, dass er in London weiterhin sehr genügsam lebte. Er wohnte nach wie vor zur Untermiete, und der Wert seiner weltlichen Habe wurde von den Steuerschätzern auf bescheidene 5 £ veranschlagt. (Wer dem Bezahlen von Steuern allerdings so pathologisch abgeneigt war wie Shakespeare, unternahm zweifellos Schritte, um jeden Anschein von Wohlstand auf ein Minimum zu begrenzen.)

Dank der skrupulösen Suche von Charles und Hulda Wallace und der Akten über den Fall Belott-Mountjoy wissen wir, dass Shakespeare in dieser Phase im Haus des Hugenotten Christopher Mountjoy, Ecke Silver-/Monkswell Street, in der City lebte (wenn vielleicht auch nicht kontinuierlich, denn vom Mai 1603 bis zum April 1604 schlossen die Theater in London wieder einmal wegen der Pest). In dieser Zeit, daran sei erinnert, stritt sich Mountjoy mit seinem Schwiegersohn Stephen Belott über die finanziellen Vereinbarungen bezüglich der Heirat mit Mountjoys Tochter – und dieser Streit muss den späteren Aussagen nach für eine hitzige Atmosphäre im Haus gesorgt haben. Es ist unterhaltsam, sich einen müden und bestimmt überarbeiteten Shakespeare vorzustellen, der in einem Zimmer im oberen Stockwerk inmitten lautstarker Familienkräche versucht, *Maß für Maß* oder *Othello* zu schreiben (die vermutlich beide in dem Jahr entstanden sind). Aber natürlich kann er auch ganz woanders geschrieben haben, oder die Belotts und Mountjoys haben ihre Streitigkeiten im Flüsterton ausgefochten. Wir wissen, dass einer ihrer anderen Mieter, ein Schriftsteller namens George Wilkins, zu Zornesausbrüchen neigte, und sie waren vielleicht zu eingeschüchtert, um die Stimme zu erheben.

Stanley Wells, der berühmte Shakespeare-Experte, glaubt, Shakespeare habe sich von den King's Men eine Auszeit genommen und nach Stratford begeben, um dort Stücke zu schreiben. »Er bewahrte Zeit seines Lebens ein intensives Interesse an Stratford, und nichts deutet daraufhin, dass er sich nicht ab und an dorthin zurückzog, um in Ruhe zu schreiben«, erzählte mir Wells. »Gut möglich, dass die Truppe zu ihm gesagt hat: ›Wir brauchen ein neues Stück – geh nach Haus und schreib es.‹ New Place war ja ziemlich groß. Deshalb ist der Gedanke nicht abwegig, dass er den Rat der Kollegen befolgte.«

Außer dass er kreativ war und viel schrieb, wissen wir wieder einmal mit Gewissheit nichts Relevantes über Shakespeares Leben von 1603 bis 1607 beziehungsweise 1608. Aber dann starben zuerst sein Bruder Edmund und dann seine Mutter; bei beiden ist die Todesursache unbekannt. Edmund war 27 Jahre alt und Schauspieler in London, die Mutter über 70 – ein gesegnetes Alter. Das ist alles, was wir aus dieser Zeit über die beiden wissen.

In dem Jahr, in dem Shakespeares Mutter starb, erhielten die King's Men endlich die Erlaubnis, das Blackfriars Theatre zu eröffnen. Das Blackfriars wurde der Prototyp, nach dem alle folgenden Schauspielhäuser entstanden, und deshalb für die Nachwelt letztlich wichtiger als das Globe. Es passten nur etwa 600 Menschen hinein, doch es war profitabler als das Globe, weil die Eintrittspreise hoch waren: Sixpence schon für den billigsten Platz. Für Shakespeare war das sehr erfreulich, denn er war mit einem Sechstel an dem Unternehmen beteiligt. Das kleinere Theater erlaubte auch eine größere Intimität des Spiels und dezentere Musik – Streich- und Holzblasinstrumente statt Trompetenstöße. Ein wenig Licht kam durch die Fenster, für die Hauptbeleuchtung sorgten Kerzen. Gegen eine zusätzliche Gebühr konnten Zuschauer auf der Bühne sitzen – was im Globe nicht gestattet war –, wo sie sich ihrerseits in ihrem Sonntagsstaat zur Schau stellen konnten. Diese Praxis war zwar einträglich, brachte aber auch das Risiko mit sich, dass vom eigentlichen Geschehen abgelenkt wurde. Stephen Greenblatt berichtet von einem Vorfall, bei dem ein Adliger, der einen Sitz auf der Bühne ergattert hatte, einen ihm gegenüber eintretenden Freund erblickte und durch die Schauspieler ging, um ihn zu begrüßen. Als einer ihn wegen seiner Rücksichtslosigkeit zurechtwies, verpasste er dem dreisten Burschen eine Ohrfeige, woraufhin die Zuschauer zu randalieren begannen.

Abgesehen von der Bühne waren die besten Plätze im Parkett (nimmt man jedenfalls an), denn die hängenden Kandelaber müssen den höher sitzenden Zuschauern zumindest teilweise die Sicht versperrt haben. Nachdem das Blackfriars immer erfolgreicher wurde, schloss das Globe im darauffolgenden Winter.

Am 20. Mai 1609 kam ein Quartoband mit dem Titel *Shakespeare's Sonnets, Never Before Imprinted* für den Preis von fünf Pence in den Handel. Der Verleger war ein Thomas Thorpe, ein wenig überraschend, da er weder einen Verlag noch ein Verkaufslokal besaß. Aber die Sonette! Woher er sie hatte und was William Shakespeare dazu meinte, kann man nur vermuten. Wir haben keine Belege dafür, dass Shakespeare öffentlich auf die Publikation der Sonette reagierte.[11]

»Wahrscheinlich ist über die Sonette von Shakespeare mehr Unsinn geredet und geschrieben und mehr intellektuelle und emotionale Energie auf sie verschwendet worden als auf irgendein anderes Werk der Weltliteratur«, befand W.H. Auden zu Recht.

Wir wissen buchstäblich nichts Gesichertes über sie – weder, wann sie geschrieben wurden, noch, an wen sie gerichtet waren, unter welchen Umständen sie veröffentlicht wurden, ob sie heute auch nur im Entferntesten in der korrekten Reihenfolge angeordnet sind.

Nach Ansicht mancher Kritiker sind die Sonette die Krönung von Shakespeares Werk. »Kein Dichter hat mehr sprachliche Formen gefunden, um menschliche Regungen einzufangen, als Shakespeare in seinen Sonetten«, schrieb die Harvard-Professorin Helen Vendler in *The Art of Shakespeare's Sonnets.* »Die größeren Sonette zeigen Shakespeares Ideenreichtum und unerschöpfliche Imagination sowie seine formal mühelose Meisterschaft … sie sind der Inbegriff von Eleganz.«

Auf jeden Fall enthalten sie einige seiner berühmtesten Zeilen wie zum Beispiel die vier Anfangszeilen des Sonetts 18:

Soll ich dich einem Sommertag vergleichen –
Dich, der du lieblicher und milder bist?
Die Maienknospe muss dem Sturmwind weichen;
der Sommer allzu kurz bemessen ist.

Unüblich an diesen Versen und vielen anderen freimütigeren und direkteren ist, dass sie keine Frau besingen, sondern einen Mann. Ja, Shakespeare, der Schöpfer zärtlichster, bewegendster Szenen heterosexueller Liebe in so vielen Theaterstücken wird mit seinen Sonetten der vollendetste schwule Dichter der englischen Literatur.

Sonette erfreuten sich, ausgelöst durch Philip Sidneys *»Astrophil und Stella«* 1591, kurzer, aber phänomenaler Beliebtheit. Doch 1609 waren sie schon wieder fast aus der Mode, was zweifellos erklärt, warum Shakespeares Bändchen kommerziell nicht erfolgreicher war. Obwohl sich seine beiden Langgedichte gut verkauften, scheinen die Sonette relativ wenig Aufmerksamkeit erregt zu haben und wurden im Jahrhundert ihres Ersterscheinens nur einmal nachgedruckt.

In der Publikation aus dem Jahr 1609 sind sie in zwei ungleiche Teile unterteilt: 1 bis 126 sind an einen bildschönen jungen Mann (oder sogar Männer) gerichtet, traditionell als der *»schöne Jüngling«* bekannt, für den der Dichter ganz offen schwärmt; und 127 bis 154 wenden sich an eine »dunkle Dame« (obwohl sie an keiner Stelle so genannt wird), die dem Dichter mit dem angebeteten Jüngling der Sonette 1 bis 126 untreu gewesen ist. (Auch auf die Gefahr hin, immer wieder mit Einschüben zu nerven, möchte ich doch anmerken, dass Sonett 126 streng genommen kein Sonett ist, sondern eine Aneinanderreihung sich reimender Zweizeiler.) Außerdem gibt es noch eine rätselhafte Figur, die oft »der Dichterrivale« genannt wird, und als eine Art Koda enthielt der Band ein Gedicht, das keinen Bezug zu den anderen hat, nicht in Sonettform geschrieben ist und den Titel *»Der Liebenden Klage«* trägt. Weil es so viele Worte enthält (88 hat jemand gezählt), die man sonst nicht bei Shakespeare findet, stand es immer in dem Verdacht, nicht von ihm zu sein.

Viele Experten glauben auch, dass Shakespeare erschrocken und überrascht war – »entsetzt«, meint Auden –, als er feststellte, dass die Sonette im Druck erschienen waren. In Sonetten wird normalerweise die Liebe gefeiert, doch hier sind viele voller Selbsthass und großer Bitterkeit – und nicht wenige atemberaubend homoerotisch, mit Stellen wie »o du, mein süßer Knab«, »Herr-Herrin meiner Lust«, »Herr meiner Liebe«, »du mein, ich dein« und anderen kühnen, gefährlich unorthodoxen Liebeserklärungen und -schwüren. Dabei schickte es sich (gelinde gesagt) natürlich überhaupt nicht, ein Liebesgedicht an jemanden desselben Geschlechts zu richten. Einerlei, was der König am Hofe trieb – Homosexualität war kein erlaubtes Freizeitvergnügen im Stuart-England und homosexueller Geschlechtsverkehr streng genommen immer noch ein Kapitalverbrechen. (Wenn auch die Tatsache, dass es strafrechtlich selten verfolgt wurde, darauf hindeutet, dass es stillschweigend toleriert wurde.)

Fast alles an den Sonetten mutet merkwürdig an, angefangen bei der Widmung, die die Gelehrten im Grunde seit dem Moment der Veröffentlichung verwirrt und zu Spekulationen verleitet hat. Sie lautet: »Dem einzigen Schöpfer [oder Empfänger, begetter] dieser folgenden Sonette Mr W. H. wünscht alles Glück und die Ewigkeit, verheißen von unserem ewiglebenden Poeten, der wohlmeinende Unternehmer der Veröffentlichung.« Unterschrieben ist sie »T. T.« – was man natürlich als Thomas Thorpe versteht –, doch wer ist der mysteriöse »Mr W. H.«? Überraschend oft wird Henry Wriothesley als Kandidat vorgeschlagen – mit vertauschten Anfangsbuchstaben! –, doch niemand hat auch nur annähernd überzeugende Gründe dafür geliefert. Dann wieder kapriziert man sich auf William Herbert, Dritter Earl of Pembroke, dessen Initialen zumindest korrekt wären und der eine Verbindung zu Shakespeare hatte: 14 Jahre später sollten Heminges und Condell ihm und seinem Bruder die erste Folioausgabe widmen.

Das Problem mit beiden Kandidaten ist, dass sie adlig waren, der, dem die Widmung gilt, aber als »Mr« angeredet wird. Darauf hieß es flugs, Thorpe habe sich aus Unkenntnis diesen Fauxpas geleistet. Doch in einem anderen Band im selben Jahr sprach er Pembroke direkt an, und zwar durchaus mit den üblichen blumig servilen Floskeln: »Dem Sehr Ehrenwerten William, Earl of Pembroke, Haushofmeister Seiner Majestät, einer Seines höchst ehrenwerten Kronrats und Ritter des höchst edlen Hosenbandordens etc. pp …« Thorpe wusste also, was sich gehörte. Prosaischer, doch wahrscheinlicher ist, dass »Mr W. H.« ein Schreibwarenhändler war, der sich wie Thorpe auf unautorisierte Buchveröffentlichungen spezialisierte.

Ganz unabhängig davon ist umstritten, ob der »einzige *begetter*« derjenige ist, der in den Sonetten angesprochen wird, oder schlicht der, der den Text besorgt hat: ergo, ob die Person für die Inspiration oder lediglich für das Druckmanuskript sorgte. Die meisten Experten glauben Letzteres, doch die Widmung ist vage bis wahrhaft verschrullt. Schoenbaum schreibt, sie sei »in der Tat … so vieldeutig, dass die Interpreten eigentlich gar keine Einigkeit erzielen können«.

Wir wissen nicht, wann Shakespeare seine Sonette schrieb, doch er verwendete schon welche in *Liebes Leid und Lust* – nach einigen Einschätzungen einem seiner allerersten Stücke – und in *Romeo und Julia*, in dem ein Gespräch zwischen den beiden Liebenden kunstreich (und anrührend) in Sonettform gefasst ist. Mit dieser lyrischen Form hatte sich Shakespeare sicher Anfang bis Mitte der 1590er Jahre beschäftigt, ungefähr zu der Zeit, in der er eine Beziehung mit Southampton gehabt haben könnte (wenn überhaupt). Doch die Sonette zeitlich genau einzuordnen ist ein höchst kniffliges Unterfangen. Eine einzige Zeile in Nummer 107 (»Der Mond, der sterbliche verschattet«) hat man vier verschiedenen historischen Ereignissen zugeordnet: einer Mondfinsternis, Tod oder Krankheit der Königin, dem Sieg über die spanische Armada und obendrein der Auslegung eines Horoskops. Andere Sonette scheinen noch früher entstanden zu sein. Im 145. gibt es ein Wortspiel mit dem Namen »Hathaway« (»›I hate‹ from hate away she threw/And sav'd my life, saying – ›Not you‹.«[12]), was die Vermutung nahelegt, dass er es in Stratford schrieb, als er auf Freiersfüßen wandelte. Wenn es wirklich autobiografisch ist, wäre auch geklärt, dass Shakespeare nicht ein von der etwas älteren Anne verführtes Unschuldslamm war, sondern zunächst abblitzte und sich ordentlich ins Zeug legen musste, um ihr Herz doch noch zu erobern.

Die Sonette haben die Gelehrten schier zur Verzweiflung gebracht, denn trotz ihres bekenntnishaften Tons bleibt vieles im Dunkeln. In den ersten 17 wird die angesprochene Figur stets zum Heiraten gedrängt, woraufhin sich Biografen prompt gefragt haben, ob sie an Southampton gerichtet seien, der, wie wir wissen, ein Ehemuffel war. Der schöne Jüngling wird auch gedrängt, Nachkommen zu zeugen, um seine Schönheit weiterzuvererben – ein Vorschlag, der Southampton sicher sowohl wegen seiner Eitelkeit als auch aus dynastischen Gründen gefallen hätte. Man hat darüber hinaus gemeint, dass Shakespeare (von Burleigh oder Southamptons Mutter oder beiden) mit dem Schreiben der Gedichte beauftragt wurde und im Verlaufe dieser Abmachungen Southampton und die sogenannte dunkle Dame kennenlernte und sich in sie verliebte.

Ein reizvolles Szenario, doch auf nichts als Spekulationen gegründet. Wir haben keinerlei Beweis dafür, dass Shakespeare Southampton auch nur einmal vorstellt worden ist, geschweige denn, dass er ihn anschmachtete. Die wenigen ausdrücklichen Erwähnungen der äußeren Erscheinung in den Sonetten passt auch keineswegs immer zu den bekannten Fakten. Zum Beispiel war Southampton ungeheuer stolz auf sein kastanienbraunes Haar, doch der oder die Angebetete bei Shakespeare hat »goldene Locken«.

In den Sonetten nach biografischen Daten zu suchen – zu Shakespeare oder den anderen – ist vergebliche Liebesmüh[13]. Ja, wir wissen eigentlich nicht einmal, ob die ersten 126 Sonette alle an denselben jungen Mann gerichtet sind – und noch weniger, ob die Person immer ein Mann ist. Meist kann man nicht auf das Geschlecht schließen. Nur weil die Sonette in einer bestimmten Abfolge veröffentlicht worden sind – auch die vermutlich nicht autorisiert –, sehen wir sie als miteinander verbunden an. »Schon wenn wir das ›Ich‹ in allen Sonetten für dasselbe halten, erliegen wir vielleicht einer gewaltigen Täuschung«, sagte mir Paul Edmondson vom Shakespeare Birthplace Trust bei einem Besuch in Stratford. »Die Leute gehen immer umstandslos davon aus, dass die Sonette heute in der Reihenfolge nummeriert sind, in der sie geschrieben wurden. Das wissen wir aber nicht. Aus dem ›Ich‹ muss auch nicht Shakespeare selbst sprechen, es können verschiedene lyrische Ichs sein. Viele Schlussfolgerungen zum Geschlecht basieren schlicht auf dem Kontext und der Anordnung der Gedichte.« Edmondson stellt fest, dass man nur von 20 Sonetten schlüssig sagen kann, dass sie an einen männlichen, und nur von sieben, dass sie an einen weiblichen Adressaten gerichtet sind.

Die dunkle Dame ist kaum weniger umstritten. A. L. Rowse – den fehlende Gewissheit, ehrlich gesagt, nie davon abhielt, seine ganz eigenen Schlussfolgerungen zu ziehen – identifizierte 1973 die dunkle Dame als Emilia Bassano, Tochter eines

Musikers der Königin, und behauptete mit stolz geschwellter Literatenbrust, seine Ergebnisse »könnten nicht angefochten werden, weil sie die Antwort darstellen«. Dabei stützten sie sich auf nichts, das auch nur annähernd den Namen Beweis verdiente. Eine andere häufig erwähnte Kandidatin war Mary Fitton, die Geliebte des Earl of Pembroke. Doch wieder deutet eine Bildhaftigkeit im 130. Sonett – »Ist Schnee rein weiß, sind's ihre Brüste nicht/Ist Haar Gespinst/so ist ihrs schwarz gesponnen.« – auf jemand Dunklen.

Höchstwahrscheinlich werden wir nie Antworten auf unsere Fragen bekommen, und das ist auch gar nicht nötig. Auden zum Beispiel war der Auffassung, dass wir die Sonette trotz genauerer Kenntnisse nicht mit größerem Genuss lesen würden. »Ich finde es ja schon reichlich albern«, schrieb er, »viel Zeit auf Mutmaßungen zu verschwenden, die man nicht verifizieren kann. Völlig indiskutabel ist jedoch die trügerische Hoffnung, dass wir unser Verständnis der Sonette in irgendeiner Weise vertiefen könnten, wenn sich die Mutmaßungen als richtig erweisen und wir über jeden Zweifel erhaben die Identität des Freundes, der dunklen Dame, des Dichterrivalen etc. herausfinden würden.«

Shakespeares Sexualität – sowohl, ob er überhaupt großen Wert darauf legte, als auch, dass sie mal in diese, mal in jene Richtung tendierte – hat unter seinen Bewunderern von jeher für Unruhe gesorgt. Ein früher Herausgeber der Sonette löste das Problem kurzerhand dadurch, dass er alle maskulinen Pronomina in feminine umwandelte und somit auf einen Schlag jeglichen auch nur ansatzweise strittigen Punkt vom Tisch wischte. Die Viktorianer gerieten natürlich am heftigsten ins Flattern. Viele leugneten die Realität beharrlich und redeten sich ein, die Sonette seien nur »poetische Fingerübungen« oder Arbeitsproben eines Dichters. Der Biograf Sidney Lee meinte, Shakespeare habe verschiedene lyrische Ichs angenommen, »von guten Bekannten vermutlich dazu inspiriert«. Ihm zufolge schrieb der Dichter jedes Mal, wenn wir herauslesen können, er sehne sich danach, einen Kerl zu streicheln, mit weiblicher Stimme und demonstrierte damit seine Vielseitigkeit und Genialität. Shakespeares echte Freundschaften, darin war Lee eisern, seien »gesund und männlich« gewesen, und jede andere Auslegung »werfe ein schlechtes Licht auf Shakespeares angesehenen Namen, und man solle kein weiteres Wort mehr darüber verlieren«.

Bis tief ins 20. Jahrhundert herrschte Unbehagen. Marchette Chute verbannte 1949 in einer populären Biografie die Erörterung der Sonette in einen kurzen Anhang, in dem sie erklärte: »In der Renaissance benutzte man für Freundschaften zwischen Männern die drastischen, sinnlichen Worte, die in späteren Generationen sexueller Liebe vorbehalten waren. Shakespeares Gebrauch von Begriffen wie ›Herr-Herrin meiner Lust‹ klingt im 20. Jahrhundert widernatürlich, nicht aber Ende des 16.« Der Sache weiter nachzugehen verlockte sie und die meisten anderen Biografen nicht. Noch 1961 bemerkte der Historiker Will Durant, dass Sonett 20 »ein erotisches Spiel mit Worten« enthalte, Genaueres mitzuteilen brachte er nicht über sich.

Dabei besteht gar kein Grund zum Erröten. Die Zeilen, die er meint, lauten in dem deutlichen Deutsch von Christa Schuenke: »Gab sie das Ding dir, Frauen zu entzücken/Schenk mir die Liebe; sie magst du beglücken.« Nach dem Dafürhalten der meisten Literaturkritiker weisen diese Zeilen daraufhin, dass Shakespeares Liebe zu dem schönen Jüngling körperlich nie Erfüllung fand. Doch Stanley Wells bemerkt, »auch wenn Shakespeare selbst nicht im umfassenden Sinn des Wortes einen Mann liebte, verstand er gewiss die Gefühle derer, die Männer lieben«.

Die wichtigste Frage bei all dem ist aber vielleicht: Wenn

Shakespeare die Sonette nicht zur Veröffentlichung schrieb, wozu dann? Schließlich steckt eine immense, vermutlich jahrelange Arbeit in ihnen, und zwar auf höchstem schöpferischem Niveau. Waren sie wirklich nicht für ein Publikum gedacht? Sonett 55 prahlt:

> Nicht Marmor noch der Kön'ge Ehrensäule
> Wird diese mächt'ge Dichtung überdauern.

Glaubte Shakespeare wirklich, ein auf Papier gekritzeltes, in einer Mappe oder Schublade verstecktes Sonett sei beständiger als Marmor? Vielleicht gaukelte er das nur listig vor, oder es war ein Insiderscherz. Mehr als bei jedem anderen Schriftsteller lassen Shakespeares Worte keine Rückschlüsse auf sein Leben zu. Dieser Mann vermochte seine Gefühle so gut zu kaschieren, dass wir nie sicher sein können, ob er überhaupt welche hatte. Doch da wir wissen, wie mächtig und wirkungsvoll er Worte benutzte, können wir es mit Fug und Recht annehmen. Wir wissen eben nur nicht, ja, können es nicht einmal erraten, wo sich beides kreuzte.

In seinen letzten Lebensjahren begann Shakespeare mit anderen Leuten zusammenzuarbeiten – wahrscheinlich um 1608 mit George Wilkins bei *Perikles* und mit John Fletcher bei den *Beiden edlen Vettern*, *Heinrich VIII.* (oder *Alles ist wahr*) und an dem verschollenen Stück *Cardenio*, die alle um 1613 zum ersten Mal aufgeführt wurden. Wilkins war keine sympathische Figur. Er betrieb ein Wirtshaus und Bordell und geriet ständig mit dem Gesetz aneinander – einmal, weil er einer schwangeren Frau in den Bauch getreten, ein andermal, weil er eine Frau namens Judith Walton geschlagen hatte und auf ihr herumgetrampelt war. Er war jedoch auch ein hervorragender Autor und schrieb erfolgreich Stücke allein – sein *Miseries of Enforced*

Marriage wurde 1607 von den King's Men aufgeführt – sowie in Zusammenarbeit mit anderen. Über seine Beziehung zu Shakespeare weiß man nur, dass sie eine Zeit lang beide im Hause Mountjoy Mieter waren.

Fletcher war natürlich kultivierter, 15 Jahre jünger als Shakespeare und Sohn eines Bischofs von London (der sich unter anderem dadurch auszeichnete, dass er der Exekution Maria Stuarts als Vertreter der Kirche beiwohnte). Vater Fletcher erfreute sich außerdem eine Weile lang der Gunst Elisabeths, doch als seine erste Gattin verstarb und er eiligst wieder heiratete, zog er sich das Missfallen der Regentin zu und wurde vom Hof verbannt. Er starb in einiger finanzieller Bedrängnis.

Fletcher Junior studierte in Cambridge. Als Theaterschriftsteller – ja, auch als Mensch – hatte er eine enge, wahrhaft einzigartige Beziehung zu Francis Beaumont. Von 1607 bis 1613 waren sie sozusagen unzertrennlich. Sie schliefen im selben Bett, hatten eine gemeinsame Geliebte und kleideten sich laut John Aubrey sogar gleich. In diesen Jahren schrieben sie etwa zehn Stücke zusammen, darunter *The Maid's Tragedy* und das sehr erfolgreiche *A King and No King*. Doch dann heiratete Beaumont plötzlich, die Partnerschaft endete prompt, und Fletcher arbeitete von nun an mit vielen anderen zusammen, insbesondere mit Philip Massinger und William Rowley. Über das Verhältnis zwischen Shakespeare und Fletcher ist nichts bekannt. Es kann sein, dass sie separat voneinander arbeiteten, aber auch, dass Fletcher unfertige Manuskripte zum Beenden bekam, nachdem sich Shakespeare zurückgezogen hatte. Wells glaubt jedoch, dass sie eng zusammenarbeiteten, weil die Stücke wie aus einem Guss sind.

Obwohl *Die beiden edlen Vettern* höchstwahrscheinlich noch zu Lebzeiten Shakespeares aufgeführt wurden, wurde das Stück erst 1634 bekannt, als es mit einer Titelseite erschien, auf der Fletcher und Shakespeare als Ko-Autoren aufgeführt werden. Auch *Heinrich VIII.* und *Cardenio* werden ihnen beiden zugeschrieben. *Cardenio* basiert auf einer Figur in *Don Quijote* und wurde offenbar nie publiziert, obwohl es 1653 als »von Mr Fletcher und Shakespeare« zur Veröffentlichung eingereicht worden ist. Eine Kopie der Handschrift war angeblich im Besitz eines Museums in Covent Garden in London, doch sie ging 1808 unseligerweise zusammen mit dem Museum in Flammen auf. Fletcher starb 1625 an der Pest und wurde – ungelogen! – mit seinem Schriftstellerkollegen und gelegentlichen Ko-Autor Massinger zusammen begraben. Heute liegen sie im Chor der Southwark Cathedral neben Shakespeares jüngerem Bruder Edmund.

Vielleicht hat Shakespeare auch schon viel früher mit jemandem zusammengearbeitet, zum Beispiel bei *Edward III.*, das 1596 anonym publiziert wurde. Manche Experten meinen, dass zumindest einiges in dem Stück aus seiner Feder stammt, doch darüber entbrennen immer noch heftige Dispute. *Timon von Athen* wurde vermutlich mit Thomas Middleton geschrieben. Stanley Wells nennt als Zeitpunkt 1605, betont aber, dass das keineswegs gesichert ist. Als möglicher Mitarbeiter an *Titus Andronicus* wird häufig George Peele genannt.

»Mit dem Älterwerden wurde Shakespeare ein anderer Autor – immer noch brillant, aber anspruchsvoller«, sagte mir Wells in einem Interview. »Seine Sprache verdichtete sich und wurde nicht selten elliptisch. Er war auch nicht mehr so geneigt, die Bedürfnisse und Interessen des traditionellen Publikums zu bedienen. Die Stücke wurden weniger theatralisch und mehr nach innen gerichtet, psychologischer. In seinen letzten Lebensjahren geriet er vielleicht ein wenig aus der Mode. Selbst heute sind seine späteren Stücke – *Cymbeline, Das Wintermärchen, Coriolanus* – weniger beliebt als die seiner mittleren Schaffensperiode.«

Auch schrieb er weniger. Nach 1613, dem Jahr, in dem das

Globe niederbrannte, scheint er überhaupt nichts mehr geschrieben zu haben. Doch offenkundig machte er weiterhin Ausflüge nach London. 1613 erwarb er für die sehr stattliche Summe von 140 £ ein Haus in Blackfriars, offenbar als Investition. Interessanterweise verkomplizierte er den Kauf mehr als nötig, weil er eine Hypothek aufnahm, was wiederum die Aufsicht dreier Treuhänder erforderlich machte – seines Kollegen John Heminges, seines Freundes Thomas Pope und von William Johnson, Wirt der berühmten Mermaid Tavern. (Das ist übrigens trotz aller Legenden die einzige bekannte Verbindung, die Shakespeare zu diesem berühmten Wirtshaus hatte.) Die Folge des dergestalt getätigten Kaufs war, dass das Eigentum bei Shakespeares Tod nicht an seine Witwe Anne fiel, sondern an die Treuhänder. Zu den Gründen seines Handelns kann man wieder einmal nur Mutmaßungen anstellen.

ACHTES KAPITEL

Tod

Ende März 1616 änderte Shakespeare einiges in seinem Testament. Wahrscheinlich ging es ihm nicht gut, ja, vielleicht lag er schon im Sterben. Auf jeden Fall scheint er sehr schwach gewesen zu sein. Seine Unterschrift ist wackelig, und das Testament zeigt gewisse Anzeichen von Verwirrung: Offenbar wusste er nicht mehr, wie sein Schwager Thomas Hart und einer von dessen Söhnen hieß. Nicht minder seltsam ist allerdings, dass keiner der fünf Zeugen diese Details beisteuerte. Apropos Zeugen – warum Shakespeare überhaupt so viele brauchte, ist auch ein Rätsel. Zwei waren die Regel.

Zu der Zeit kamen viele unerfreuliche Dinge in seinem Leben zusammen. Einen Monat zuvor hatte seine Tochter Judith einen Mann fragwürdigen Charakters geehelicht, den Stratforder Weinhändler Thomas Quiney. Judith war 31 Jahre alt, und ihre Heiratsaussichten tendierten sicher schon gen null. Jedenfalls hatte sie eine schlechte Wahl getroffen, denn nur gut einen Monat nach der Hochzeit wurde Quiney wegen Hurerei mit einer Margaret Wheeler zu einer Geldbuße von fünf Shilling verurteilt – eine erhebliche Demütigung für seine frisch angetraute Braut und deren Familie. Schlimmer noch: Als Miss Wheeler bei der Geburt von Quineys Kind starb, nahm der Skandal auch noch tragische Züge an.

Als wäre das nicht genug, starb am 17. April der oben genannte Schwager, ein Hutmacher, und machte Wills Schwester Joan zur Witwe. Sechs Tage später starb Shakespeare selbst; Ursache unbekannt. Ein schlimmer Monat.

Heute befindet sich Shakespeares Testament in einer Schachtel in einem besonders verschlossenen Raum im britischen Staatsarchiv in Kew im Londoner Stadtteil Richmond. Es besteht aus drei unterschiedlich großen Pergamentbögen, auf denen auch drei der sechs bekannten Unterschriften Shakespeares stehen, auf jeder Seite eine. Es ist ein bemerkenswert trockener Text und »entbehrt wirklich des geringsten bisschens an Geist, der unseren großen Poeten beseelte«, schrieb Reverend Joseph Greene aus Stratford, der Antiquar, der es 1747 wiederentdeckte und über den nüchternen Ton unverhohlen enttäuscht war.

Shakespeare hinterließ 350£ an Bargeld, vier Häuser samt Inventar und reichlich Land, dessen Gesamtwert man auf knapp 1000£ geschätzt hat – ein stattliches, ansehnliches Erbe, wenn auch keineswegs ein großes. Wer was bekam, war ziemlich eindeutig geregelt: Seiner Schwester hinterließ er 20£ in bar und die lebenslängliche Nutzung des elterlichen Hauses in der Henley Street; jedem ihrer drei Kinder 5£ (auch dem, an dessen Namen er sich nicht erinnern konnte). Joan bekam außerdem seine Kleidung. Obwohl Kleidung einen gewissen Wert besaß, war es doch sehr ungewöhnlich, meint David Thomas, dass sie jemandem des anderen Geschlechts vererbt wurde. Aber vermutlich fiel Shakespeare sonst niemand ein, der sie haben wollte.

Die berühmteste Zeile des Dokuments steht auf der dritten Seite, die zwischen zwei Zeilen des ursprünglichen Textes eingefügt worden ist und kurz und knapp lautet: »Meinem Weibe gebe ich mein zweitbestes Bett mit dem Zubehör« (i.e. Bettwäsche). An keiner anderen Stelle im Testament wird Shakespeares Witwe erwähnt. Die Gelehrten haben sich lange darüber gestritten, was man daraus für die Beziehung zwischen den beiden schließen kann.

Betten und Bettzeug waren wertvolle Dinge und wurden oft in letzten Willen erwähnt. Manchmal wird als Argument angeführt, dass das beste Bett wichtigen Besuchern vorbehalten, das zweitbeste, das Ehebett, aber voll zärtlicher Assoziationen gewesen sei. Doch Thomas sagt, dafür spräche eigentlich nichts, Ehemänner hätten das beste Bett praktisch immer ihren Frauen oder ältesten Söhnen vermacht. Der Gattin das zweitbeste Bett zu vererben hält er für ein Zeichen der Geringschätzung. Bisweilen wird auch darauf verwiesen, dass Anne als Witwe automatisch das Recht auf ein Drittel von Shakespeares Erbe hatte und es deshalb nicht nötig war, dass er ihr ein bestimmtes Erbstück zukommen ließ. Doch selbst wenn man das berücksichtigt, ist es höchst ungewöhnlich, dass eine Gattin so schnöde und offensichtlich auch noch nachträglich abgefertigt wird.

Eine Kollegin von Thomas, Jane Cox, beschäftigte sich eingehend mit Testamenten aus dem 16. Jahrhundert und stellte fest, dass Ehegatten ihrer besseren Hälfte normalerweise liebevoll gedachten – wie zum Beispiel Condell, Heminges und Augustine Phillips – und ihnen häufig ein besonderes Andenken hinterließen. Shakespeare tut keins von beiden, doch er hat auch, wie Samuel Schoenbaum bemerkt, »kein liebevolles Wort für eines der anderen Familienmitglieder« übrig. Anne, meint Thomas, war vielleicht nicht mehr im Vollbesitz ihrer geistigen Kräfte. Oder vielleicht war Shakespeare selbst auch zu krank, um noch ein Kosewort niederzuschreiben. Thomas glaubt überdies, dass die Unterschriften Shakespeares im Testament gefälscht sein können – wahrscheinlich nicht aus betrügerischen Gründen, sondern, weil Shakespeare zu krank war, um selbst zur Feder zu greifen. Wenn die Unterschriften nicht echt sind, wäre das sicher ein Schock für die Geschichtsschreiber, denn in dem Testament befindet sich ja, wie gesagt, die Hälfte von Shakespeares sechs bekannten Unterschriften.

Den Armen von Stratford hinterließ er 10 £, was ihm manchmal als knickrig ausgelegt wird, Thomas aber recht großzügig findet. Üblicher waren für einen Mann seiner Stellung 2 £. 20 Shilling gingen an einen Patensohn und kleinere Summen (in noch einer Zeile zwischen den Zeilen) an verschiedene Freunde wie Heminges, Condell und Richard Burbage, die jeweils 26 Shilling bekamen, damit sie Erinnerungsringe kaufen konnten – eine übliche Geste. Der ganze Rest ging an die beiden Töchter, der größte Teil an Susanna.

Außer dem zweitbesten Bett und der Kleidung für Joan erwähnt er nur zwei andere persönliche Besitztümer – eine vergoldete Silberschale und einen Prunkdegen. Judith bekam die Schale. Aller Wahrscheinlichkeit nach steht sie heute unerkannt auf einem Büfett in einer Vorstadtsiedlung. Es war kein Gegenstand, den man wegwirft. Das Schwert erbte Thomas Combe, ein Freund in Stratford, doch was daraus geworden ist, weiß man auch nicht. Da Shakespeares Anteile am Globe und Blackfriars nirgendwo erwähnt werden, nimmt man an, dass er sie schon verkauft hatte. Die gesamte Inventarliste seiner Hinterlassenschaft, in der sicher seine Bücher und vieles andere Wertvolle für die Nachwelt aufgeführt worden wären, ist bestimmt nach London geschickt worden, wo sie vermutlich im Großen Brand von 1666 verbrannt ist. Erhalten ist sie nicht.

Shakespeares Frau starb 1623, kurz vor der Veröffentlichung der ersten Folioausgabe. Seine Tochter Susanna lebte bis 1649, bei ihrem Tod war sie 66. Seine jüngere Tochter Judith starb 1662 mit 77. Sie hatte drei Kinder, einschließlich eines Sohnes mit Namen Shakespeare, doch alle starben vor ihr und ohne Nachkommen. »Judith war die große verpasste Gelegenheit«, sagt Stanley Wells. »Hätte einer von Shakespeares ersten Biografen sie aufgesucht, hätte sie ihm alles Mögliche erzählen können, was wir jetzt so gern wüssten. Doch offenbar hielt es niemand der Mühe für wert, mit ihr zu sprechen.« Shakespeares Enkeltochter Elizabeth, die ebenfalls Licht in viele Shakespeare-Geheimnisse hätte bringen können, lebte bis 1670. Sie heiratete zwei Mal, doch da auch sie keine Kinder hatte, starb diese Linie der Shakespeares mit ihr aus.

In den Jahren direkt nach Shakespeares Tod boomten die Theater sogar noch mehr als zu seinen Lebzeiten. 1631 gab es 17 in London. Doch die guten Zeiten währten nicht lange. Als die Puritaner sie 1642 schlossen, blieben nur sechs – drei Freilichttheater und drei Privattheater in geschlossenen Räumen. Nie wieder sollte die Bühne derart breit gefächerte Gesellschaftsschichten anziehen und ein so allgemein beliebtes Freizeitvergnügen sein.

Auch Shakespeares Werke wären wohl verloren gegangen, hätten nicht seine engen Freunde und Kollegen John Heminges und Henry Condell sieben Jahre nach seinem Tod in einem heroischen Unterfangen eine Folioausgabe seines Gesamtwerks herausgegeben. 17 seiner Stücke wurden darin überhaupt zum ersten Mal gedruckt: *Macbeth, Der Sturm, Julius Cäsar, Zwei Herren aus Verona, Maß für Maß, Die Komödie der Irrungen, Wie es euch gefällt, Der Widerspenstigen Zähmung, König Johann, Ende gut, alles gut, Was ihr wollt, Das Wintermärchen, Heinrich VI, Coriolanus, Cymbeline, Timon von Athen* und *Antonius und Kleopatra*. Hätten Heminges und Condell sich nicht darum gekümmert, wären diese Stücke höchstwahrscheinlich für uns verloren gewesen. Wenn das keine Heldentat ist …

Heminges und Condell waren übrigens die letzten der ursprünglichen Chamberlain's Men. Wie über fast alle Personen in dieser Geschichte ist unser Wissen über sie nur spärlich. Heminges (Kermode schreibt *Heminge*, andere *Heming* oder *Hemings*) war der Geschäftsführer, manchmal aber auch Schauspieler und zumindest laut Überlieferung der erste Falstaff –

angeblich stotterte er, »ein betrüblisches Handicap für einen Schauspieler«, bemerkt Wells. In seinem Testament bezeichnete sich Heminges als »Bürger und Viktualienhändler in London«. Zu diesen Zeiten handelte ein Viktualienhändler mit Lebensmitteln en gros, er verkaufte sie nicht pfundweise in seinem Laden. Aber die Angabe bedeutete ohnehin nur, dass er zur Gilde der Lebensmittelhändler gehörte, nicht, dass er aktiv in der Branche tätig war. Er hatte 13, vielleicht 14 Kinder mit seiner Frau Rebecca, Witwe des Schauspielers William Knell, mit dessen Ermordung in Thame 1587 – wird man sich erinnern – eine Vakanz bei den Queen's Men entstand, auf die manche Experten unbedingt den jungen William Shakespeare schieben wollen.

Condell (oder manchmal, wie in seinem Testament: *Cundell)* war Schauspieler, der offenbar in komischen Rollen geschätzt wurde. Wie Shakespeare hatte er klug investiert und war so wohlhabend, dass er sich, ohne Widerspruch fürchten zu müssen, als »Gentleman« bezeichnen konnte und ein Landhaus in dem damals außerhalb Londons liegenden Dorf Fulham besaß. Er hinterließ Heminges generöse 5 £ – erheblich mehr, als Shakespeare Heminges, Condell und Burbage zusammen vermachte. Condell hatte neun Kinder. Er und Heminges waren 32 Jahre Nachbarn in St. Mary Aldermanbury.

Nach Shakespeares Tod setzten sie sich daran, die gesammelten Werke zusammenzustellen – und das machte man nicht mal so mit der linken Hand. Sie mögen sich Ben Jonson zum Vorbild genommen haben, der in Shakespeares Todesjahr 1616 einen stolzen Folioband seiner eigenen Werke herausgegeben hatte – ein entschieden eitles und kühnes Unterfangen, da Theaterstücke normalerweise nicht solch großartigen Gedenkens für wert befunden wurden.

Wir wissen absolut nicht, wie viel Zeit Heminges und Condell für ihr Projekt aufwenden mussten, doch als der Band im Herbst 1623 zur Veröffentlichung fertig war, war Shakespeare sieben Jahre tot. Offiziell hieß der Band *Mr. William Shakespeare's Comedies, Histories, and Tragedies,* doch seitdem – na gut, fast seitdem – ist er der Welt als erste Folioausgabe bekannt.[14]

Er wurde von Edward Blount und dem Vater-Sohn-Gespann William und Isaac Jaggard verlegt – eine merkwürdige Wahl, da Jaggard Senior, wie erwähnt, den Gedichtband *The Passionate Pilgrim* veröffentlicht hatte, der auf der Titelseite William Shakespeare zugeschrieben wurde, obwohl Shakespeares Beitrag, wie erwähnt, nur aus zwei Sonetten und drei Gedichten bestand, die wortwörtlich aus *Liebes Leid und Lust* entnommen waren, was die Vermutung bestätigt, dass das gesamte Unterfangen unautorisiert war und Shakespeare sehr wohl vergrätzt haben mag. Aber William Jaggard war bei Fertigstellung der ersten Folioausgabe schon so krank, dass er sicher gar nicht mehr am Druck beteiligt war.

Etwas zu veröffentlichen war keine Entscheidung, die man leichthin traf. Folios waren große Bücher und teuer in der Herstellung, die erste Folioausgabe hatte den stolzen Preis von 1 £ für eine in Kalbsleder gebundene Ausgabe (nicht gebundene Exemplare waren billiger). Ein Exemplar der Sonette kostete im Vergleich dazu bei Erscheinen nur fünf Pence – den 48. Teil des Preises für einen Folioband. Trotzdem verkaufte sich die erste Folioausgabe gut, und 1632, 1663–64 und 1685 folgten die zweite, dritte und vierte Auflage.

Mit der ersten Folioausgabe wollte man nicht nur Stücke publizieren, die noch nie gedruckt vorgelegen hatten, sondern auch diejenigen wiederherstellen, die in korrupter oder schlampiger Version erschienen waren. Heminges und Condell hatten den großen Vorteil, dass sie mit Shakespeare während seiner gesamten Laufbahn zusammengearbeitet hatten – enger vertraut mit seinem Werk konnte kaum jemand sein. Als Erinnerungshilfen hatten die beiden viel wertvolles Material, auf das sie sich stützen konnten: »prompt books« (Regie- oder Souffleurbücher mit Bühnenanweisungen u. a.), »foulpapers« (Rohfassungen oder Originalhandschriften), die Shakespeare selbst geschrieben hatte, und die »fair copies« (Reinschriften) aus dem Besitz der Truppe selbst – heute alle verloren.

Vor der ersten Folioausgabe existierten von Shakespeares Stücken nur billige Quartos von extrem unterschiedlicher Qualität – zwölf davon galten als »gut« und neun als »schlecht«. Gute Quartausgaben basieren zumindest auf einigermaßen getreuen Texten der Stücke; schlechte hält man im Allgemeinen für »Rekonstruktionen aus der Erinnerung« – das heißt, für Fassungen, die von Schauspielern aus dem (häufig sehr schlechten) Gedächtnis niedergeschrieben, oder von Schreibern, die von Verlegern angeheuert wurden, damit sie ein Stück anschauten und nach bestem Wissen und Gewissen mitschrieben. Schlechte Quartoversionen konnten wirklich sehr auseinanderklaffen. Hier eine Kostprobe aus Hamlets Monolog aus einer schlechten Quartausgabe:

To be, or not to be, I there's the point,
To Die, to sleepe, is that all? I all.:
No, to sleepe, to dreame, I mary there it goes,
For in that dreame of death, when wee awake.
And borne before an everlasting Judge,
Front whence no passenger ever returned (...)[15]

Heminges und Condell warfen alle schlechten Ausgaben selbstbewusst auf den Müll – »die verschiedenen gestohlenen Handschriften und unerlaubten Transkriptionen, verstümmelt und verkrüppelt dank der Betrügereien und Listen schändlicher Falschspieler«, sagen sie in ihrer Einleitung zu dem Band und rühmten sich, dass sie Shakespeares Stücke gewissenhaft in ihren »Wahren Original«-Zustand verbracht hätten, »kuriert und perfekt an Haupt und Gliedern«. Bei genauerem Hinsehen indes ist die erste Folioausgabe ein ausgesprochen inhomogenes Werk.

Selbst dem ungeübten Auge bleiben ihre typografischen Wunderlichkeiten nicht verborgen. Vereinzelt tauchen Worte an merkwürdigen Stellen auf – ein großes, nichts weniger als überflüssiges »THE« steht zum Beispiel ziemlich unten auf Seite 38 –, die Paginierung läuft kunterbunt durcheinander, und man bemerkt sofort viele Setzfehler. Ferner gibt es die Seiten 81 und 82 zweimal, doch die Seiten 77/78, 101–108 und 157–256 kommen gar nicht vor. In *Viel Lärm um nichts* stehen vor Holzapfels und Verges' Zeilen auf einmal nicht mehr die Namen der Figuren, sondern die von »Will« und »Richard«, also die der Schauspieler, die die Rollen in der ersten Inszenierung spielten – ein verständlicher Lapsus zur Zeit der Aufführung, doch kaum ein Indiz für ein sorgfältiges Lektorat, als es Jahre später gedruckt wurde.

Manchmal sind die Stücke in Aufzüge und Szenen unterteilt und manchmal nicht, in *Hamlet* wird die Szenenunterteilung mitten im Stück aufgegeben. Die dramatis personae befinden sich bisweilen am Anfang, bisweilen am Ende der Stücke und fehlen mitunter ganz. Bühnenanweisungen sind hier ausführlich, dort nicht vorhanden. Vor einer entscheidenden Dialogzeile in *König Lear* steht der abgekürzte Name einer Figur, »Cor.«, doch ob »Cor.« Cornwall oder Cordelia bedeutet, kann man nicht erschließen. Beides würde passen, aber es verändert natürlich das Stück. Mit dem Problem schlagen sich die Regisseure heute noch herum.

Wenn man allerdings bedenkt, wo wir ohne Heminges' und Condells Arbeit wären, sind diese Mäkeleien, man muss es sagen, irrelevant. »Ohne die erste Folioausgabe«, schreibt Anthony James West, »hätten die Historiendramen Shakespeares keinen Anfang und kein Ende, sein einziges römisches Stück wäre *Titus Andronicus,* und es gäbe drei und nicht vier ›große

Tragödien‹. Um die 18 [erstmals gedruckten] Stücke beraubt, wäre Shakespeare nicht der überragende Dramatiker, der er heute ist.«

Keine Frage, Heminges und Condell sind die Superhelden der Literaturgeschichte. Und es sei noch mal daran erinnert: Nur etwa 230 Stücke sind uns aus Shakespeares Lebenszeit erhalten, und von denen stehen 15 Prozent im ersten Folioband. Heminges und Condell haben der Nachwelt also nicht nur die Hälfte der Stücke von William Shakespeare bewahrt, sondern auch einen beträchtlichen Teil *aller* elisabethanischen und jakobäischen Dramen.

Die Stücke sind in Komödien, Historien und Tragödien unterteilt. *Der Sturm,* eines der letzten Werke Shakespeares, kommt als Erstes, vielleicht weil es relativ neu war. *Timon von Athen* ist ein unvollendeter Entwurf (oder ein vollendetes Stück, das, mit den Worten Stanley Wells', an »außerordentlichen Ungereimtheiten« leidet). *Perikles* taucht überhaupt nicht auf – und sollte auch erst 40 Jahre später aufgenommen werden, womöglich weil er in Zusammenarbeit mit jemand anderem entstand. Aus dem gleichen Grund schlossen Heminges und Condell vermutlich auch *Die beiden edlen Vettern* und *The True History of Cardenio* aus, was jammerschade ist, denn Letztere ist jetzt verschollen.

Um ein Haar hätten sie auch *Troilus und Cressida* nicht aufgenommen, entschieden sich aber in letzter Minute dafür. Niemand weiß, warum sie zögerten. Ganz unsentimental räumten sie in den Titeln der Historiendramen auf und drückten ihnen dröge stereotype Titel auf, die alles Lebendig-Abenteuerliche aus ihnen tilgt. Zu Shakespeares Zeiten gab es keinen *Heinrich VI., Zweiter Teil,* sondern *Der Erste Teil des Händels derer beider Berühmter Häuser York und Lancaster,* und *Heinrich VI., Dritter Teil* war vorher *Die Wahre Tragödie von Richard dem Herzog von York und dem Guten König Heinrich VI.* – und wie Gary Taylor sagt: »interessanter, informativer, pathetischer«.

Trotz all der Eigentümlichkeiten und Widersprüche machten sich Heminges und Condell (meist) die Mühe (und das muss man ihnen ewig hoch anrechnen), eine Fassung herzustellen, die so vollständig und akkurat wie möglich war. *Richard II.* wurde zum Beispiel nach einem verlässlichen Quartband gedruckt sowie mit zusätzlichen 151 guten Zeilen, die aus anderen, schlechteren Quartbänden und einem prompt book gerettet worden waren, und ebenso sorgfältig gingen die beiden Herausgeber durchweg auch bei den anderen Stücken vor.

»Bei manchen Fassungen haben sie sich schier ein Bein ausgerissen«, sagt Stanley Wells. »In *Troilus und Cressida* gibt es im Durchschnitt 18 Änderungen auf einer Seite, eine enorme Anzahl. Bei anderen waren sie wesentlich weniger kritisch.«

Warum sie so unterschiedlich vorgingen – pedantisch hier, achtlos da –, ist wieder eine Frage, die niemand beantworten kann. Und warum Shakespeare die Stücke nicht drucken ließ, als er noch lebte, kann man auch nicht recht erklären. Es wird oft gesagt, dass er sie nicht verwerten konnte, da in seiner Zeit eben die Arbeit eines Dramatikers der Schauspieltruppe und nicht dem Autor gehörte. Das stimmt ja auch, ohne jeden Zweifel, doch Shakespeare hatte eine so enge Beziehung zu seinen Kollegen, dass man ihm sicher seinen Wunsch erfüllt hätte (hätte er ihn geäußert), der Nachwelt textgetreue Fassungen seiner Werke zu hinterlassen, besonders, wenn so viele nur in fehlerhaften Ausgaben existierten. Doch wir besitzen keinerlei Hinweis darauf, dass Shakespeare ein besonderes Interesse an seinen Arbeiten hatte, wenn sie einmal aufgeführt worden waren.

Rätselhaft, denn wir haben überdies allen Grund zu der Annahme, dass einige seiner Stücke nicht nur für Aufführungen geschrieben worden sind, sondern auch zum Vor*lesen*. Besonders vier – *Hamlet, Troilus und Cressida, Richard III.* und *Coriolan* – waren, mit 3200 Zeilen und mehr, untypisch lang und wurden wahrscheinlich selten, wenn überhaupt, in voller Länge auf die Bühne gebracht. Man vermutet, dass zusätzlicher Text für Leute mit mehr Muße als eine Art Bonusmaterial dazugegeben wurde, das sie sich zu Hause zu Gemüte führen konnten. Shakespeares Zeitgenosse John Webster sagte in einem Vorwort zur *Herzogin von Malfi,* dass er für sein Lesepublikum viel ursprüngliches, nicht aufgeführtes Material darin gelassen habe. Vielleicht verfuhr Shakespeare genauso.

Es trifft im Übrigen nicht ganz zu, dass die erste Folioausgabe jedes Werk in der endgültigen Fassung bringt. Manche Quartos, sogar schlechte, enthalten bisweilen Verbesserungen oder Überarbeitungen oder bieten, wenn auch seltener, einen lesbaren Wortlaut an Stellen, die in der Folioausgabe keinen rechten Sinn ergeben. Selbst der schlechteste Quarto kann eine nützliche Grundlage für einen Vergleich zwischen divergierenden Lesarten eines Textes liefern. G. Blakemore Evans zitiert eine Zeile aus *König Lear,* die in verschiedenen frühen Ausgaben des Dramas »My Foole usurps my body«, »My foote usurps my body« und »My foote usurps my head« lautet und in Wirklichkeit nur als »A fool usurps my bed«[16] Sinn ergibt.

Quartos enthalten im Allgemeinen auch ausführlichere Bühnenanweisungen, was sowohl für Forscher als auch Regisseure sehr hilfreich sein kann.

Manchmal bestehen derartig große Unterschiede zwischen Quart- und Folioausgaben von Stücken, dass man weder eine gültige Fassung benennen noch erraten kann, welche Shakespeare letztendlich bevorzugt hätte. Das berüchtigste Beispiel dafür ist *Hamlet,* der in drei Fassungen existiert: als »schlechter« Quarto mit 2200 Zeilen aus dem Jahre 1603, als viel besserer

Quarto mit 3800 Zeilen aus dem Jahre 1604 und im Wortlaut von 1623 mit 3570 Zeilen. Es gibt Anhaltspunkte, die darauf hindeuten, dass der »schlechte« erste Quarto vielleicht sogar derjenige ist, der das Stück am ehesten so wiedergibt, wie es aufgeführt wurde. Auf jeden Fall hat es mehr Pepp. Außerdem steht – und darauf weist Ann Thompson vom King's College in London hin – Hamlets berühmter Monolog an einer anderen, besseren Stelle, wo Selbstmordfantasien angebrachter und plausibler erscheinen.

Insgesamt noch problematischer ist *König Lear,* für den die Quartoausgabe 300 Zeilen und eine ganze Szene hat, die man in der ersten Folioausgabe nicht findet. Dafür hat Letztere etwa 100 Zeilen, die in Ersterer fehlen. Beide Fassungen ordnen Textzeilen verschiedenen Figuren zu, wodurch sich drei wichtige Rollen – der Herzog von Albanien, der Graf von Kent und Edgar, Glosters Sohn – sehr verändern, und die Quartoausgabe bietet ein wesentlich anderes Ende. Die Unterschiede sind so groß, dass die Herausgeber des *Oxford Shakespeare* beide Fassungen aufnahmen, mit dem Argument, dass es sich weniger um zwei Fassungen als vielmehr um zwei verschiedene Stücke handele. Auch *Othello* unterscheidet sich in der Quart- und der ersten Folioausgabe in mehr als 100 Zeilen, doch wichtiger noch: Es gibt Hunderte voneinander abweichende Worte in den beiden Texten, was auf umfangreiche spätere Überarbeitung schließen lässt.

Niemand weiß, wie viele erste Foliobände gedruckt worden sind. Meist schätzt man die Anzahl auf etwa 1000, doch das ist wirklich nur eine Schätzung. Peter Blayney, der renommierte Experte zur ersten Folioausgabe, glaubt, es seien weniger gewesen. »Die Tatsache, dass das Buch schon neun Jahre später nachgedruckt wurde«, schreibt Blayney, »deutet auf eine relativ geringe Auflage hin – von wahrscheinlich nicht mehr als 750 Exemplaren, vielleicht sogar noch weniger.« Und von denen sind 300 teilweise oder ganz erhalten – erstaunlich!

Wenn man heute erste Foliobände en masse anschauen möchte, geht man am besten in ein bescheidenes Gebäude in einer hübschen Straße nicht weit entfernt vom Capitol in Washington, DC – in die Folger Shakespeare Library. Sie ist nach Henry Clay Folger benannt, dem Präsidenten von Standard Oil (und entfernten Angehörigen der Kaffeefamilie Folger), der Anfang des 20. Jahrhunderts anfing, erste Foliobände zu sammeln, als man sie oft verhältnismäßig billig von verarmten Adligen und darbenden Institutionen aufkaufen konnte.

Wie das manchmal passiert bei ernsthaften Sammlern, dehnte Folger im Laufe der Zeit seine Aktivitäten zunehmend aus und begann nicht nur Werke von und über Shakespeare zu sammeln, sondern auch von Leuten, die Shakespeare mochten. Deshalb enthält die Kollektion heute nicht nur viel unschätzbar wertvolles Material zu Shakespeare, sondern auch manch unerwartete Kuriosität: zum Beispiel ein handschriftliches Rezept von Thomas de Quincey zur Zubereitung von Porridge. Folger erlebte die Fertigstellung der Bibliothek, die seinen Namen trägt, leider nicht. Zwei Wochen nachdem er 1930 den Grundstein gelegt hatte, starb er plötzlich an einem Herzinfarkt.

Heute besteht die Sammlung aus 350 000 Büchern und anderen Dingen, doch das Herzstück bilden die ersten Foliobände. Die Folger besitzt mehr davon als irgendeine Institution auf der Welt – wenn auch überraschenderweise niemand dort angeben kann, wie viele nun genau.

»Was eine erste Folioausgabe ist und was nicht, ist nämlich nicht leicht zu entscheiden. Die meisten Bände sind nicht mehr im ursprünglichen Zustand und wenige vollständig«, erzählte mir Georgianna Ziegler, eine der Kuratorinnen, als ich im Sommer 2005 dort zu Besuch war. »Gegen Ende des 18. Jahrhunderts wurde es üblich, unvollständige oder beschädigte Bände aufzufüllen, indem man Seiten aus anderen entnahm und hineinpackte, manchmal ziemlich rabiat. Exemplar 66 aus unserer Kollektion besteht zu 60 Prozent aus Ausgeschlachtetem aus anderen Bänden. Drei unserer ›fragmentarischen‹ ersten Foliobände sind authentischer als dieses Exemplar!«

»Normalerweise sagen wir immer«, fügte die Kollegin Rachel Doggett hinzu, »dass wir ungefähr ein Drittel der erhaltenen ersten Folioausgaben haben.«

Gemeinhin heißt es, die Folger besitze 79 vollständige erste Folioausgaben und Teile von etlichen anderen, obwohl in Wirklichkeit nur 13 der 79 »vollständigen« Exemplare tatsächlich vollständig sind. Doch Peter Blayney meint, die Folger könne sich des Besitzes von 82 vollständigen Exemplaren brüsten. Alles eine Frage der Definition.

Ziegler und Doggett gingen mit mir in einen gesicherten, fensterlosen Kellerraum, in dem die seltensten und wichtigsten Bücher der Folger Collection aufbewahrt werden. Der Raum war eiskalt, hell erleuchtet und ziemlich steril. Mit verbundenen Augen hätte ich gedacht, ich sei in einem Obduktionssaal. Er war aber voller Reihen moderner Regale mit ungeheuren Mengen sehr alter Bücher. Die ersten Folioausgaben lagen flach auf zwölf dicht übereinander angebrachten Regalen an der hinteren Wand. Jedes Buch misst etwa 18 mal 14 Zoll und ist ungefähr so groß wie ein Band der *Encyclopaedia Britannica*.

Hier lohnt es sich vielleicht, einmal einen Moment dabei zu verweilen, wie in den Anfangszeiten des Buchdrucks mit beweglichen Metalllettern Bücher hergestellt wurden. Denken Sie an eine normale Glückwunschkarte, für die ein Blatt kartoniertes Papier auf die Hälfte gefaltet wird, damit vier einzelne Seiten entstehen – Vorderseite, linke Innen-, rechte Innen-, Rückseite. Legen Sie noch zwei gefaltete Karten in die erste, und Sie haben ein Büchlein von zwölf Seiten oder das, was man eine Lage (oder Duodez) nennt. Darauf passte etwa die Hälfte eines Stücks, beziehungsweise diesen Seitenumfang konnte eine Druckerei auf einmal drucken. Das Komplizierte für den Drucker war, dass er die Seiten nicht in der normalen Ziffernfolge drucken durfte, weil sie sonst beim Zusammenlegen nicht korrekt aufeinandergefolgt wären. Auf dem äußeren Bogen einer Lage waren zum Beispiel die Seiten 1 und 2 links auf dem Blatt und die Seiten 11 und 12 rechts. Nur die beiden inneren Seiten einer Lage, die sechste und die siebte, erschienen in der richtigen Reihenfolge und wurden auch so gedruckt. Alle anderen hatten wenigstens eine nicht folgende Seite als Nachbar.

Vor dem Drucken eines Buches musste man ausrechnen, welcher Text auf welche Seite kam. Man musste also den Druckumfang berechnen, und wenn das – wie üblich – danebenging, mussten die Setzer Anpassungen vornehmen, damit ihre Zeilen und Seiten an den richtigen Stellen endeten. Manchmal reichte es, hier und da ein wenig zu kürzen – also zum Beispiel »ye« anstatt »the« zu benutzen –, doch manchmal waren auch drastischere Maßnahmen vonnöten, und man ließ sogar ganze Zeilen aus.

Die erste Folioausgabe wurde in drei verschiedenen Werkstätten gedruckt, in denen natürlich Männer mit unterschiedlicher Geschicklichkeit, Erfahrung und Liebe zur Sache arbeiteten, was zwischen den einzelnen Bänden dann zu den Divergenzen führte. Falls man einen Fehler entdeckte, während eine Seite gedruckt wurde, was oft vorkam, wurde er sofort während des Druckens korrigiert. Eine Reihe von Korrekturen führte deshalb zu einer Menge Abweichungen zwischen den einzelnen Bänden. Zu Shakespeares Zeiten waren Drucker (und recht bedacht, noch lange danach) dafür berüchtigt, dass sie eigensinnig und rechthaberisch waren und selten zögerten, Verbesserungen vorzunehmen, die sie für richtig hielten. Auf Grund noch existierender Handschriften weiß man, dass der Verleger Richard Field einen Band des Dichters John Harrington herausbrachte, in dem die Setzer mehr als 1000 Veränderungen bei der Rechtschreibung und den Formulierungen vorgenommen hatten.

Zusätzlich zu all den absichtlichen Änderungen, die im Verlauf der Herstellung erfolgten, gab es auch viele winzige Unterschiede hinsichtlich Abnutzung und Qualität der einzelnen Lettern, besonders wenn sie aus verschiedenen Setzkästen kamen. Als Charlton Hinman das alles in den 1950er Jahren begriff, führte er mit einer selbstkonstruierten Speziallupe eine mikroskopisch genaue Untersuchung von 55 ersten Foliobänden aus der Folger Library durch. Das Ergebnis war 1963 *The Printing and Proof-Reading of the First Folio of Shakespeare* mit den erstaunlichsten literarischen Entdeckungen des letzten Jahrhunderts.

Hinman ergründete in allen 55 Bänden sorgsam die Eigenheiten der einzelnen Setzer und Drucker ebenso wie minimale Mängel an bestimmten Buchstaben, stellte sie zusammen und bestimmte dann, welcher Setzer was gesetzt hatte. Schließlich identifizierte er neun verschiedene Handwerker, die an dem ersten Folioband mitgearbeitet hatten und die er mit A, B, C, D und so weiter bezeichnete.

Allerdings unterschied sich ihre jeweilige Arbeit deutlich im Umfang: B war fast für die Hälfte des veröffentlichten Textes allein verantwortlich. Einer der Setzer war übrigens vielleicht ein John Shakespeare, der im Jahrzehnt zuvor bei Jaggard ausgebildet worden war. Wenn ja, war seine Mitwirkung an dem Projekt vollkommen zufällig; soweit bekannt ist, war er nicht mit William Shakespeare verwandt. Ironie der Geschichte: Der

Setzer, über den wir am meisten zu wissen scheinen – ein junger Mann aus Hursley in Hampshire namens John Leason, den Hinman als Handwerker E bezeichnete –, war auch bei weitem der schlechteste. Er war der Lehrling, und nach den Früchten seines Tuns zu urteilen kein sehr vielversprechender.

Außer vielem anderen entdeckte Hinman, dass keine zwei Exemplare der ersten Folioausgabe genau gleich waren. »Damit, dass kein einziger Band mit einem anderen identisch war, hatten wir nicht gerechnet. Da man natürlich eine Menge Bände brauchte, um das herauszufinden«, sagte Rachel Doggett mit einem Ausdruck echter Genugtuung, »erwies sich Folgers Tick, Folioausgaben zu sammeln, als sehr wertvoll für die Forschung.«

»Ein wenig überraschend«, fuhr Ziegler fort, »ist es, dass der ganze Aufwand um ein Buch betrieben wird, das nicht einmal sehr gut gemacht ist.« Um zu zeigen, was sie meinte, legte sie einen der ersten Foliobände aufgeschlagen auf den Tisch und ein Exemplar von Ben Jonsons von ihm selbst herausgegebenen Gesamtwerk daneben. Der Qualitätsunterschied war verblüffend. Bei Shakespeare war zum Beispiel die Druckerschwärze auffallend schlecht; viele Passagen waren blass oder ein ganz kleines bisschen verschmiert.

»Das Papier ist handgeschöpft«, sagte Ziegler, »doch nur von mittlerer Qualität.« Im Vergleich dazu war Jonsons Buch ein Musterexemplar an Sorgfalt und Eleganz. Das Layout war wunderschön, es hatte dekorative hängende Versalien und Ornamente und enthielt viele nützliche Einzelheiten wie die Uraufführungsdaten der Stücke, die in Shakespeares Band nicht verzeichnet waren.

Zu der Zeit, als Shakespeare starb, hätten nur wenige Menschen gedacht, dass man ihn eines Tages für den größten englischen Dramatiker halten würde. Francis Beaumont, John Fletcher und Ben Jonson waren alle beliebter und angesehener. In der ersten Folioausgabe standen nur vier Elogen in Gedichtform – eine äußerst dürftige Anzahl. Als der heute vergessene William Cartwright 1643 das Zeitliche segnete, wetteiferten fünf Dutzend Verehrer darum, Gedenkgedichte zu verfassen. »Ja, so ist das mit dem Ruhm«, seufzt Schoenbaum in *William Shakespeare: Eine Dokumentation seines Lebens.*

Überraschend ist das nicht. Im Allgemeinen sind die Menschen furchtbar inkompetent, ihre eigene Zeit zu beurteilen. Wer wäre heute noch dafür, Pearl S. Buck, Henrik Pontoppidan, Rudolf Eucken, Selma Lagerlöf und vielen anderen, deren Ruhm schon vor Ende ihres Jahrhunderts erlosch, den Nobelpreis für Literatur zu verleihen?

Shakespeare bediente nicht gerade die Befindlichkeiten der Restaurationszeit, und wenn seine Stücke überhaupt aufgeführt wurden, wurden sie heftig bearbeitet. Gerade mal vier Jahrzehnte nach seinem Tod hielt Samuel Pepys *Romeo und Julia* für »das Schlechteste, was ich meiner Lebtage gehört habe« – bis er *Ein Sommernachtstraum* gesehen hatte. Das fand er dann »das abgeschmackteste, lächerlichste Stück, das ich je in meinem Leben gesehen habe«. Die meisten Zuschauer brachten schon etwas mehr Bewunderung auf, im Großen und Ganzen lieber mochten sie freilich die komplizierten Handlungen und aufregenden Wendungen in Beaumont und Fletchers *Maid's Tragedy* oder *A King and No King* und anderer Dramen, die heute eigentlich nur noch die Experten kennen.

Shakespeare geriet niemals ganz ins Abseits – wie die Veröffentlichungen der zweiten, dritten und vierten Folioausgaben deutlich beweisen –, doch er wurde mitnichten so verehrt wie heute. Nach seinem Tod führte man einige seiner Stücke sehr lange überhaupt nicht mehr auf. *Wie es euch gefällt* erst wieder im 18. Jahrhundert, und *Troilus und Cressida* musste bis

1898 warten, bis es – in Deutschland! – erneut auf die Bühne gebracht wurde. John Dryden hatte allerdings der Welt in der Zwischenzeit netterweise eine vollkommen überarbeitete Fassung geschenkt. Und zwar deshalb, weil seines Erachtens vieles von Shakespeare grammatisch falsch, manches vulgär und das Ganze so »verpestet mit bildlichen Ausdrücken [sei], dass es ebenso affektiert wie unverständlich ist«. Allgemein fand man dann auch bald, dass Drydens Fassung mit dem Untertitel *Truth Found Too Late* eine ungeheure Verbesserung darstelle. »Ihr habt Dreck gefunden und Gold daraus gemacht«, lobhudelte der Dichter Richard Duke.

Auch Shakespeares Gedichte kamen aus der Mode. Die Sonette »waren über eineinhalb Jahrhunderte lang so gut wie vergessen«, meinte W.H. Auden, und auch »Venus und Adonis« und »Die Schändung der Lucretia« wurden nicht mehr gelesen und gedruckt, bis Samuel Taylor Coleridge und seine Romantikerkollegen sie Anfang des 18. Jahrhunderts wiederentdeckten.

Shakespeare verlor so viel an Ansehen, dass die Welt im Laufe der Zeit den Überblick darüber verlor, was genau er überhaupt geschrieben hatte. Die dritte Folioausgabe, 40 Jahre nach der ersten veröffentlicht, enthielt sechs Stücke, die nicht von ihm stammten – *A Yorkshire Tragedy, The London Prodigal, Locrine, Sir John Oldcastle, Thomas Lord Cromwell* und *The Puritan Widow* –, aber endlich auch *Perikles,* wofür Forscher und Theaterbesucher ewig dankbar sind. Andere Sammlungen seiner Stücke enthalten auch noch andere, fremde Werke – *The Merry Devil of Edmonton, Mucedorus, Iphis and Ianthe* und *The Birth of Merlin.* Das Problem der Autorenschaft endgültig zu lösen sollte fast 200 Jahre dauern, in Einzelfällen besteht es noch immer.

Nahezu ein Jahrhundert verging zwischen Shakespeares Tod und den ersten zaghaften Bemühungen, eine Biografie über ihn zu verfassen. Doch zu dieser Zeit war natürlich die Kenntnis vieler Details aus seinem Leben ein für allemal verloren. Den ersten Anlauf zu einer Lebensgeschichte unternahm 1709 Nicholas Rowe, der britische Poet Laureate und selbst ein Dramatiker, der einen 40-seitigen Abriss über Shakespeares Vita als Teil der Einführung zu einer neuen sechsbändigen Ausgabe des Gesamtwerks verfasste. Er bezog sein Wissen meist aus Erzählungen und Gerüchten, von denen ein großer Teil nicht stimmte. Er gab Shakespeare drei statt zwei Töchter und hielt ihn für den Autor eines einzigen Langgedichts, »Venus und Adonis«, weil er offensichtlich nichts von der »Schändung der Lucretia« wusste. Ihm verdanken wir die reizvolle, aber unfundierte Geschichte, dass Shakespeare in Charlecote beim Wildern erwischt worden sei. Laut dem späteren Forscher Edmond Malone waren von den elf Fakten, die Rowe über Shakespeares Leben als gesichert präsentierte, acht verkehrt.

Shakespeare wurde auch nicht immer gut bedient von denen, die seinen Ruf wiederherstellen wollten. Der Dichter Alexander Pope besorgte, ganz in der Tradition Drydens, 1723 eine stattliche Ausgabe von Shakespeares Werken, überarbeitete aber frei jedweden Stoff, der ihm nicht gefiel, und das war eine ganze Menge. Passagen, die er für wertlos hielt, warf er (mit der Behauptung, sie seien nicht von Shakespeare, sondern von den Schauspielern) hinaus, ersetzte archaische Worte, die er nicht verstand, durch moderne, die er verstand, eliminierte fast alle Wortspiele und Kalauer und änderte ständig Formulierungen und Metrum, wie es seinem eigenen über alles erhabenen Geschmack entsprach, an dem es natürlich nichts zu kritteln gab. Wo Shakespeare zum Beispiel schrieb: »sich waffnend gegen eine See von Plagen«, änderte er »See von« in »Heimsuchung durch«, weil er die Vermengung von Metaphern vermeiden wollte.

Teils als Reaktion auf Popes völlig unangebrachte Bemühungen gab es nun eine kleine Flut neuer Werkausgaben und gelehrter Studien. Lewis Theobald, Sir Thomas Hanmer, William Warburton, Edward Capell, George Steevens und Samuel Johnson verfassten unabhängig voneinander Texte, die zusammen viel zur Wiederherstellung von Shakespeares Ruf beitrugen.

Einflussreicher noch war der Schauspieler-Theaterdirektor David Garrick, der Shakespeares Werke liebte und sie ab den 1740er Jahren sehr profitabel über lange Zeit hinweg auf die Bühne brachte. Doch auch seine Inszenierungen entbehrten nicht gewisser Idiosynkrasien. Er versah *König Lear* mit einem Happy End und scheute nicht davor zurück, drei der fünf Aufzüge im *Wintermärchen* zu streichen, um die Handlung flott, wenn auch nicht immer ganz widerspruchsfrei am Laufen zu halten. Trotz dieser Marotten brachte Garrick Shakespeare auf eine Erfolgskurve, die immer noch weiter nach oben verläuft. Mehr als alle anderen machte er auch Stratford bekannt – sehr zum Ärger des Reverend Francis Gastrell, eines Pfarrers, dem New Place gehörte und Lärm und Aufdringlichkeit der Besucher derartig auf die Nerven gingen, dass er 1759 das Haus lieber abreißen ließ, als noch einmal ein ungebetenes Gesicht am Wohnzimmerfenster zu erblicken.

(Wenigstens entging das Geburtshaus dem Schicksal, das ihm von dem Impresario P. T. Barnum zugedacht worden war. Der hatte in den 1840er Jahren die Idee, es in die Vereinigten Staaten zu verschiffen, dort auf einen fahrbaren Untersatz zu setzen und auf eine Endlostour über Land zu schicken – ein derart haarsträubendes Vorhaben, dass man in Großbritannien schnell Geld sammelte, um das Haus als Museum und Pilgerstätte zu erhalten.)

Die kritische Würdigung Shakespeares begann im Grunde mit William Dodd, der nicht nur Geistlicher und ein hervorragender Forscher war – sein *Dodds Beauties of Shakespeare* von 1752 blieb eineinhalb Jahrhunderte maßgeblich –, sondern auch ein Filou. Anfang der 1770er geriet er in Schulden und ergaunerte sich 4200 £, indem er die Unterschrift von Lord Chesterfield auf einer Schuldverschreibung fälschte. Für seine Mühen wurde er aufs Schafott geschickt. Ihm – wie vielen Shakespeare-Forschern danach – darf man sicher nachsagen, dass sie zumindest ein wenig exzentrisch, wenn nicht sogar reichlich aus der Art geschlagen waren.

Echte Shakespeare-Forschung beginnt mit Edmond Malone. Malone, Ire und von Beruf Anwalt, war in vielerlei Hinsicht ein großer Gelehrter, wenn er es sich auch mit allen Leuten verdarb. Mit gerade mal Anfang 20 zog er 1763 nach London, wo er ein Interesse an allem entwickelte, was mit Shakespeares Leben und Werk zu tun hatte. Er freundete sich mit James Boswell und Samuel Johnson an und schmeichelte sich bei den Leuten mit den nützlichsten Dokumenten ein. Der Rektor des Dulwich College lieh ihm die gesammelten Papiere von Philip Henslowe und Edward Alleyn. Der Pfarrer von Stratford-upon-Avon borgte ihm die Kirchenbücher. George Steevens war von Malone so angetan, dass er ihm seine gesamte Kollektion alter Theaterstücke gab. Als sie sich bald hernach bitter zerstritten, schrieb Steevens für den Rest seiner beruflichen Laufbahn, mit den Worten des *Dictionary of National Biography*, wenig, das nicht vor »beleidigenden Anspielungen auf Malone« strotzte.

Malone leistete allerdings den einen oder anderen unschätzbar wertvollen Beitrag zur Shakespeare-Forschung. Bevor er auf der Bildfläche erschien, wusste man so gut wie nichts über die unmittelbare Familie des Dichters. Das lag zum Teil daran, dass in Stratford in den 1580ern und 1590ern ein zweiter, nicht mit Shakespeare verwandter John Shakespeare lebte, ein Schuhmacher, der zweimal heiratete und mindestens drei Kinder hatte. Malone nun arbeitete penibel heraus, welcher

Shakespeare zu welcher Familie gehörte – für die Forschung von unschätzbarem Wert –, und korrigierte dankenswerterweise viele Einzelinformationen, die über Shakespeares Leben in Umlauf waren.

Begeistert und angespornt von seiner eigenen ausgefuchsten Detektivarbeit reifte in Malone der Entschluss, nun eine noch verzwicktere Aufgabe zu lösen; nach jahrelangen emsigsten Recherchen erschien *An Attempt to Ascertain the Order in Which the Plays of Shakespeare Were Written*. Leider stand in dem fertigen Buch nur Unsinn, alles war falsch. Aus unerfindlichen Gründen nämlich war Malone zu der Ansicht gekommen, dass man Heminges und Condell nicht trauen dürfe, und mit dem Argument, sie seien nicht sehr gut und er möge sie nicht, begann er Stücke aus Shakespeares Gesamtwerk zu eliminieren – vor allem *Titus Andronicus* und die drei Teile von *Heinrich VI*. Er war es übrigens, der die Kirchenältesten von Stratford beschwatzte, die Gedenkbüste William Shakespeares in Holy Trinity weiß zu tünchen, wobei dann in dem Irrglauben, sie sei im Original nicht bemalt gewesen, buchstäblich jedes aufschlussreiche Detail entfernt wurde.

Mittlerweile wurden die Behörden in Stratford und Dulwich zunehmend unruhig, weil Malone eigenartig zögerte, die ausgeliehenen Dokumente zurückzugeben. Der Pfarrer in Stratford musste ihm sogar mit dem Kadi drohen, um seine Kirchenbücher zurückzubekommen. So weit mussten die Behörden in Dulwich nicht gehen, doch sie waren entsetzt, als sie bei Rücksendung der Dokumente feststellten, dass Malone Teile herausgeschnitten hatte, um sie als Souvenirs zu behalten. »Mehrere Teile«, schrieb R.A. Foakes, »sind eindeutig entfernt worden, weil auf ihnen Unterschriften berühmter Dramatiker sind« – ein Akt ungeheuerlichen Vandalismus, der weder der Forschung noch Malones Reputation diente.

Doch man glaubt es kaum: Malone war ein Musterbeispiel an Zurückhaltung, verglichen mit anderen wie John Payne Collier, einem ebenfalls hochbegabten Forscher, der aber aus lauter Frustration, weil es so schwierig war, konkrete Beweise aus Shakespeares Leben zu finden, selbst welche fabrizierte und Dokumente fälschte, um seinen Argumenten Nachdruck zu verleihen. Seinem Ruf schadete auch er, denn er wurde schließlich entlarvt, als der Kustos der Mineralogie im Britischen Museum mit einer Reihe raffinierter chemischer Tests bewies, dass mehrere von Colliers »Entdeckungen« mit Bleistift vor- und dann nachgeschrieben worden und die Tinte in den gefälschten Passagen eindeutig nicht alt war. Im Grunde war es die Geburt der forensischen Chemie. Es war 1859.

Auf seine Weise noch schlimmer war James Orchard Halliwell (später Halliwell-Phillips), ein Ausbund an Gelehrsamkeit – schon als Teenager wurde er als Fellow sowohl in die Royal Society als auch in die Society of Antiquaries gewählt –, aber auch ein Superdieb. Unter anderem entwendete er 17 rare Handschriftenbände aus der Bibliothek des Trinity College in Cambridge (wenn er dessen auch nie überführt wurde) und verschandelte buchstäblich Hunderte von Büchern, einschließlich einer Quartausgabe von *Hamlet* – einer von nur zwei erhaltenen. Nach seinem Tod fand man unter seinen Papieren 3600 Seiten oder Teile von Seiten, die aus etwa 800 frühen Druckwerken sowie Handschriften herausgerissen waren und von denen man viele nicht mehr zuordnen konnte. Was für ein Werk der Zerstörung! Positiv wiederum ist, dass er die ultimative Biografie Shakespeares im 19. Jahrhundert und vieles andere schrieb. Korrekterweise muss man anmerken, dass man ihm die Diebstähle immer nur vorwarf, er aber nie deswegen verurteilt wurde. Doch jedesmal, wenn er eine Bibliothek besucht hatte, folgte komischerweise eine langjährige Korrespondenz über fehlende Bücher.

Nach seinem Tod wurde William Shakespeare im Chor von Holy Trinity zur letzten Ruhe gebettet, in einer großen, wunderschönen Kirche am Avon. Wie wir mittlerweile vielleicht nicht anders erwarten, schließt sein Leben auch mit einem Geheimnis ab – ja, mit einer kleinen Serie von Geheimnissen. Auf seinem Grabstein steht kein Name, nur ein seltsamer Knittelvers:

O guter Freund, um Jesu Willn lass ab,
Stör nicht den Staub, der hier liegt in dem Grab.
Gesegnet sei, wer schonet diesen Stein
Und Fluch dem Mann, der rührt an mein Gebein.

Sein Grab liegt bei den Gräbern seiner Frau und Mitgliedern seiner Familie, doch die Reihenfolge ist seltsam, bemerkt Stanley Wells. Von rechts nach links gelesen, sind die Todesjahre der Begrabenen 1623, 1616, 1647, 1635 und 1649 – nicht gerade chronologisch. Auch hinsichtlich ihrer verwandtschaftlichen Zugehörigkeit sind sie merkwürdig angeordnet. Shakespeare liegt zwischen seiner Frau und Thomas Nash, dem Gatten seiner Enkelin Elizabeth, der 31 Jahre nach ihm gestorben ist. Dann kommen sein Schwiegersohn John Hall und seine Tochter Susanna. Shakespeares Eltern, Geschwister und Zwillinge sind nicht hier, sondern zweifellos auf dem Kirchhof begraben. Die Gruppe in der Kirche wird abgerundet von zwei anderen Gräbern, denen von Francis und Anne Watts. Ob sie mit Shakespeare verwandt oder bekannt waren, weiß man nicht, und der Frage, wer sie überhaupt waren, werden sich weitere Forscher annehmen müssen.

Aus ebenfalls unbekannten Gründen ist Shakespeares Grabstein auffallend niedriger – fast einen halben Meter – als der aller anderen in der Gruppe.

An der nördlichen Chorwand befindet sich auch die berühmte, lebensgroße bemalte Büste, die auf die Gruppe hinunterblickt und auf Edmond Malones Geheiß im 18. Jahrhundert geweißelt wurde. Heute ist sie wieder bunt. Man sieht Shakespeare mit starrem Blick und einer Feder in der rechten Hand, und darunter befindet sich die Botschaft:

> Verweil, Vorübergehender, warum eilst du so rasch vorbei?
> Lies, so du kannst, wen eifersücht'ger Tod
> In dieses Grabmal hat gebracht: Shakespeare. Mit ihm
> verstarben Witz und Geist. Sein Name ziert sein Denkmal
> Viel mehr als jedes Ornament: Denn alles, was er schrieb,
> macht Kunst von jetzt nur zur Dienerin seiner Kunst.

Da Shakespeare selbstverständlich nie in diesem Monument war, ist viel an den Zeilen herumgerätselt worden.

Paul Edmondson hat sich explizit mit Shakespeares Gräbern und dem Denkmal beschäftigt, kommt am Ende aber auch zu dem Schluss, dass man sie gültig einfach nicht interpretieren kann. »Und dann nennt es sich auch noch Grabmal, obwohl es ein Denkmal ist«, sagt er. Eine immer wieder aufgestellte These besagt, dass darin nicht Shakespeare leibhaftig, sondern seine Werke liegen: die Handschriften.

»Viele Leute klammern sich an die Vorstellung, dass die Handschriften noch irgendwo existieren«, sagt Edmondson, »aber es gibt keine Anhaltspunkte dafür, dass sie in dem Denkmal oder sonstwo sind. Man muss akzeptieren, dass sie ein für alle Mal verloren sind.«

Was die Helden dieses Kapitels betrifft: Henry Condell starb 1627, vier Jahre nach Publikation der ersten Folioausgabe, und John Heminges folgte ihm drei Jahre später. Sie wurden nicht weit voneinander in der historischen Londoner Kirche St. Mary Aldermanbury begraben. Die Kirche fiel dem Großen Brand von 1666 zum Opfer, an ihrer Stelle entstand ein Gebäude von Christopher Wren, und das wiederum wurde von deutschen Bomben im Zweiten Weltkrieg zerstört.

NEUNTES KAPITEL

Kandidaten

Viele Menschen möchten unbedingt glauben – und sind darin offenbar nicht zu stoppen –, dass die Stücke William Shakespeares von jemand anderem als William Shakespeare verfasst wurden. Die Anzahl der Bücher, in denen das angenommen – öfter noch, hartnäckig behauptet – wird, schätzt man mittlerweile auf weit über 5000.

Shakespeares Stücke, heißt es, seien so randvoll mit Fachkenntnissen – über Rechts- und Militärwesen, Medizin, Staatskunst, das Leben bei Hofe, die Seefahrt, die Antike, das Leben außerhalb Englands –, dass sie unmöglich das Werk eines einzelnen, wenig gebildeten Provinzlers sein könnten. William Shakespeare aus Stratford sei höchstens ein netter, unbedarfter Dummy gewesen, ein Schauspieler, der jemandem mit größerem Talent seinen Namen zur Tarnung geliehen habe, jemandem, der, aus welchem Grund auch immer, öffentlich nicht als Theaterschriftsteller bekannt werden durfte.

Diese Kontroverse wird sehr ernsthaft und ausgiebig bis in höchste Kreise diskutiert. Im Jahre 1996 brachte der US-amerikanische Fernsehsender PBS eine einstündige Dokumentarsendung, in der ohne Wenn und Aber behauptet wurde, Shakespeare sei nicht Shakespeare gewesen. *Harper's Magazine* und die *New York Times* sympathisierten mit den Erwägungen der Anti-Stratfordianer und räumten ihnen großzügig Platz ein. Im Smithsonian wurde 2002 ein Seminar mit dem Titel »Wer schrieb Shakespeare?« abgehalten – eine Frage, die die Mehrzahl der Wissenschaftler für hoffnungslos überflüssig halten würde. Der am meisten gelesene Artikel in dem britischen Magazin *History Today* war derjenige, in dem die Frage der Verfasserschaft untersucht wurde. Selbst *Scientific American* beteiligte sich an der Auseinandersetzung mit einem Beitrag, in dem vermutet wurde, dass die Person, die auf dem berühmten Stich von Martin Droeshout abgebildet ist, in Wirklichkeit – mir kommen die Tränen! – Elisabeth I. sein könnte. Aber am erstaunlichsten ist vielleicht, dass sich Shakespeares Globe Theatre in London – das als Haus für seine Stücke erbaut wurde und ein Weltklasse-Studienzentrum werden möchte – unter der Leitung des künstlerischen Direktors Mark Rylance zu einer Art Dokumentationsstelle für Anti-Stratfordianer und Anti-Shakespearianer entwickelt hat.

Deshalb muss gesagt werden, dass die Meinungen dieser Leute so gut wie ausschließlich – nein, ganz und gar, jedes kleinste bisschen! – auf manipulierten Forschungen oder haarsträubend falschen Darstellungen von Tatsachen beruhen. Shakespeare »hat nie ein Buch besessen«, teilte ein Schreiber der *New York Times* 2002 bedeutungsschwanger in einem Artikel mit. Diese Aussage kann man natürlich nicht widerlegen, denn wir wissen nicht, was Shakespeares alles besaß oder nicht besaß. Der Zweifler hätte genauso gut behaupten können, Shakespeare habe nie ein Paar Schuhe oder eine Hose sein Eigen genannt, denn in den Dokumenten ist keine Rede davon. Da könnten wir aus ihnen auch herauslesen, dass er sein Leben unterhalb der Taile nackt und eben bücherlos verbrachte, aber vermutlich fehlten nicht die Kleidung und die Bücher, sondern uns heute die Dokumente.

Daniel Wright, Professor an der Concordia University in Portland, Oregon, und aktiver Anti-Stratfordianer, schrieb im

Harper's Magazine, Shakespeare sei »ein einfacher, ungebildeter Woll- und Kornhändler« und »ziemlich durchschnittlicher Mann« gewesen, »der keine Verbindung zur Welt der Literatur« gehabt habe. Solche Behauptungen kann man nur als Schnapsideen eines Fantasten bezeichnen. Doch ähnlich äußerte sich auch William D. Rubinstein, Professor an der University of Wales in Aberystwyth, in der normalerweise untadeligen *History Today* in dem einleitenden Absatz seiner »Anti-Shakespeare«-Studie: »Von den 75 bekannten zeitgenössischen Dokumenten, in denen Shakespeare genannt wird, betrifft nicht eines seine Karriere als Theaterschriftsteller.«

Das trifft nicht einmal ansatzweise zu. In den Berichten des Master of the Revel für 1604/05, das heißt in der Auflistung der Stücke, die vor dem König aufgeführt wurden – und amtlicher kann ein Dokument ja wohl nicht sein –, ist Shakespeare sieben Mal als Autor von Stücken vermerkt, die Jakob I. sich angeschaut hat. Auf Titelseiten steht er als Autor der Sonette und wird in den Widmungen zu »*Die Schändung der Lucretia*« und »*Venus und Adonis*« als Verfasser der Gedichte erwähnt. Auf mehreren Quartausgaben seiner Stücke erscheint er als Autor, bei Francis Meres in *Palladis Tamia,* und Robert Greene spielt im *Groat's-Worth of Wit* unverkennbar auf ihn an. John Webster bezeichnet ihn im Vorwort zu *Der weiße Teufel* als einen der großen Dramatiker der Epoche.

In den zeitgenössischen Dokumenten fehlen nicht Schriftstücke, die Shakespeare in Verbindung mit seinem Werk nennen, sondern solche, die ein anderes menschliches Wesen damit in Verbindung bringen! Der Shakespeare-Forscher Jonathan Bate gibt außerdem zu bedenken, dass buchstäblich niemand »zu Shakespeares Lebzeiten und in den ersten beiden Jahrhunderten nach seinem Tod den geringsten Zweifel an seiner Autorschaft« äußerte.

Wo kamen dann aber all die Meinungen her, die eben diese

negieren? Die Geschichte beginnt ein wenig unerwartet mit einer, ehrlich gesagt, nicht gerade dafür prädestinierten, reichlich schrägen US-Amerikanerin namens Delia Bacon. Sie wurde 1811 im Grenzland von Ohio geboren, in eine große Familie und in einer kleinen Blockhütte. Die Familie war arm und wurde beim Tod des Vaters, der starb, als Delia noch ein Kind war, noch ärmer.

Delia war klug und offenbar sehr hübsch, doch psychisch eher labil. Als Erwachsene arbeitete sie als Lehrerin und schrieb ein paar Prosatexte, führte aber vor allem das anonyme Leben einer ledigen Frau in New Haven, Connecticut, wo sie bei ihrem Bruder, einem Pfarrer, wohnte. In ihrem zurückgezogenen Dasein war zum ersten Mal richtig was los, als sie in den 1840er Jahren eine leidenschaftliche, offenbar wahnhafte Zuneigung zu einem einige Jahre jüngeren Theologiestudenten ergriff. Die Affäre, wenn man sie denn als solche bezeichnen kann, endete für sie sehr demütigend, als sie entdeckte, dass der junge Mann seine Freunde regelmäßig mit Lesungen von Passagen aus ihren fiebrig zärtlichen Briefen unterhielt. Von diesem grausamen Schlag sollte sie sich nie erholen.

Aus nie geklärten Gründen bildete sie sich ein, Francis Bacon, ihr berühmter Namensvetter, sei der wahre Autor der Werke William Shakespeares. Nicht, dass sie als Einzige auf die Idee gekommen wäre – ein Reverend James Wilmot, Provinzpfarrer in Warwickshire, hatte schon 1785 Zweifel an Shakespeares Verfasserschaft erhoben, doch die wurden erst 1932 bekannt. Delia kam also unabhängig davon zu ihrer Meinung. Obgleich nicht nachgewiesen ist, dass sie von Francis Bacon abstammt, war die Namensgleichheit sicher kein Zufall.

1852 reiste unsere Frau nach England und machte sich auf eine lange, besessene Suche, um zu beweisen, dass William Shakespeare ein Betrüger war. Es ist leicht, sie als überspannt und bedeutungslos abzutun, doch ihre Art und ihr Auftreten müssen faszinierend gewesen sein, denn sie gewann die Unterstützung einer Reihe einflussreicher Leute (wenn diese das später auch oft bedauerten). Charles Butler, ein begüterter Geschäftsmann, finanzierte ihr den Trip nach England – offenbar generös, denn sie blieb fast vier Jahre –, Ralph Waldo Emerson gab ihr ein Empfehlungsschreiben für Thomas Carlyle, der ihr nach ihrer Ankunft in London behilflich war. Bacons Forschungsmethoden waren, behutsam formuliert, einzigartig. Sie verbrachte zehn Monate in St. Albans, Francis Bacons Heimatstadt, behauptete aber, sie habe während der ganzen Zeit mit niemandem gesprochen. Sie holte weder von Museen noch Archiven Informationen ein und lehnte auch Carlyles Angebot, sie bei maßgeblichen Gelehrten einzuführen, höflich ab. Stattdessen suchte sie Orte auf, an denen Bacon sich aufgehalten hatte, »nahm« schweigend »Atmosphären auf« und verfeinerte ihre Theorien durch eine Art geistiger Osmose«.

1857 hatte sie ihr Opus magnum fertiggestellt: *The Philosophy of the Plays of Shakspere Unfolded* wurde von Ticknor & Fields in Boston verlegt. Es war dickleibig, unlesbar und von vorn bis hinten bizarr. Zum einen wurde Francis Bacon auf den 675 eng bedruckten Seiten kein einziges Mal erwähnt; der Leser musste selbst darauf kommen, dass er derjenige war, den sie für den Autor von Shakespeares Werken hielt. Nathaniel Hawthorne, zu der Zeit amerikanischer Konsul in Liverpool, steuerte ein Vorwort bei, bereute es aber postwendend, denn das Buch wurde von den Kritikern einhellig als vollkommen abstrus und beispielloser Quatsch betrachtet. Auf Nachfragen gab Hawthorne zu, dass er es nicht gelesen habe. »Das ist das letzte Mal, dass ich aus lauter Wohlwollen so dumm bin. Solange ich lebe, werde ich nie wieder jemandem eine Freundlichkeit erweisen«, schwor er in einem Brief an einen Freund. Erschöpft von den beruflichen Strapazen, zog sich Delia in ihr Heimatland und dort in geistige Umnachtung zurück. Friedlich, aber unglücklich und in dem Glauben, sie wäre der Heilige Geist, starb sie 1859 in Obhut einer Anstalt.

Obwohl ihr Buch derart dämlich und fehlerhaft war, nahm die Idee, dass Bacon Shakespeare schrieb, ungeheuren Aufschwung. Mark Twain und Henry James wurden prominente Befürworter der Bacon-These. Man war sich nun immer sicherer, dass die Stücke Shakespeares verschlüsselte Botschaften enthielten, die den wahren Autor verrieten (von dem man zu dieser Zeit immer annahm, es sei Bacon).

Man benutzte, ähnlich wie bei spiritistischen Sitzungen, ein Ouija-Brett, raffinierte Formeln mit Primzahlen, Quadratwurzeln, Logarithmen und andere mystische Hilfsmittel, um zu den im Text verborgenen Mitteilungen vorzustoßen, und fand seine Behauptungen bestätigt. In *The Great Cryptogram,* einem populären Buch von 1888, berichtete Ignatius Donnelly, ein US-amerikanischer Rechtsanwalt, zum Beispiel von folgenden Botschaften in *Heinrich IV., Erster Teil:* »Seas ill [man lese »Cecil« für William Cecil, Lord Burghley] said that More low [Marlowe] or Shak'st Spur [Shakespeare] never writ a word of them.« Klartext: Marlowe und Shakespeare haben kein Wort davon geschrieben. Die Bewunderung für Donnellys kabbalistische Dechiffrierarbeit ließ jedoch ein wenig nach, als eine weitere Autorität auf diesem Gebiet, Pfarrer R. Nicholson, mit genau der gleichen Methode in denselben Texten Botschaften fand wie »Master Will-I-am Shak'st-spurre writ the Play and was engaged at the Curtain«, also, Meister William Shakespeare habe das Stück geschrieben und sei am Curtain Theater engagiert gewesen.

Als nicht weniger pfiffig und fantasiebegabt erwies sich der stets um genaue Textauslegung bemühte Sir Edwin Durning-Lawrence, der in einem weiteren, 1910 veröffentlichten erfolgreichen Buch *Bacon is Shakespeare* aufschlussreiche Anagramme in sämtlichen Stücken verstreut fand. Am bekanntesten wurde seine Behauptung, das in *Liebes Leid und Lust* spontan und nur dort gebildete »honorificabilitudinitatibus« könne man mit einem lateinischen »Hexameter« übersetzen: »Hi ludi F. Baconis nati tuiti orbis.« »Diese Stücke, F. Bacons Geschöpfe, werden der Welt erhalten.«

Häufig hat man auch geschrieben, dass Stratford in Shakespeares Stücken nie auftaucht, während St. Albans, Bacons Wohnsitz, 17 mal genannt wird (Bacon war Viscount St. Albans). Der guten Ordnung halber: St. Albans wird 15 und nicht 17 mal erwähnt, und fast jedesmal geht es dabei um die Schlacht von St. Albans – ein historisches, für die Handlung im zweiten und dritten Teil von *Heinrich VI.* entscheidendes Ereignis (die anderen drei Stellen betreffen den Heiligen selbst). Mit solcherlei Beweisen könnte man aus Shakespeare mit viel mehr Grund einen Mann aus Yorkshire machen, denn York wird in seinen Stücken 14 mal häufiger als St. Albans genannt. Selbst Dorset, eine Grafschaft, die in keinem Stück eine wichtige Rolle spielt, wird häufiger erwähnt als St. Albans.

Aber die Bacon-Theorie erreichte schließlich Kultstatus, und ihre vehementesten Vertreter verstiegen sich zu der Meinung, Bacon habe nicht nur die Stücke von Shakespeare, sondern auch die von Marlowe, Kyd, Greene und Lyly sowie Spensers *Faerie Queen,* Burtons *Anatomie der Schwermut,* Montaignes *Essays* (auf Französisch) und die King-James-Bibel verfasst. Manche hielten Bacon für den illegitimen Spross Königin Elisabeths und ihres geliebten Leicester.

Ein auf der Hand liegender Einwand gegen jede Bacon-Theorie ist, dass Bacons Leben zu ausgefüllt war, als dass er auch noch die Urheberschaft für das Gesamtwerk Shakespeares hätte übernehmen können, ganz zu schweigen von den Werken Montaignes, Spensers und der anderen. Zu dumm, aber man findet auch keinerlei Verbindungen zwischen Bacon und irgendeinem Menschen, der mit dem Theater zu tun hatte – was vielleicht nicht überrascht, da Bacon dem Schauspiel offenbar eher abhold war und er es in einem seiner zahlreichen Essays als seichten, frivolen Zeitvertreib attackierte.

Aber die Zweifler, unverdrossen, sahen sich anderenorts um. 1918 schloss ein Schulmeister aus Gateshead in Nordostengland mit dem zweifellos bemerkenswerten Namen J. Thomas Looney sein Lebenswerk ab. In *Shakespeare Identified* bewies er höchst (selbst)zufrieden, dass der wahre Autor der Werke der 17. Earl of Oxford sei, der schon einmal erwähnte Edward de Vere. Looney brauchte zwei Jahre, bis er einen Verleger fand, der bereit war, das Buch unter Looneys Namen zu veröffentlichen. Denn der weigerte sich beharrlich, ein Pseudonym zu benutzen mit dem vielleicht ein wenig verzweifelten Argument, sein Name habe nichts mit »plemplem« zu tun und das werde ja auch wie in »lonely« ausgesprochen. (Interessanterweise hatte Looney nicht als Einziger einen lustigen Nachnamen. Wie Samuel Schoenbaum einmal mit unverhohlenem Vergnügen anmerkte, befanden sich unter den prominenten Anti-Stratfordianern Männer namens Sherwood E. Silliman und George M. Battey – vulgo: Herr Albern und Herr Dussel.)

Looneys Argumentation kreiste um die Überzeugung, dass William Shakespeare nicht die Weitläufigkeit und den gesellschaftlichen Schliff hatte, um die Stücke zu schreiben, und dass sie von jemandem stammen mussten, der breiter gebildet und viel erfahrener gewesen sei, also doch wohl einem Adligen. Zugegeben, für Oxford als Kandidat sprach einiges. Er war klug und genoss als Dichter und Bühnenschriftsteller ein gewisses Ansehen (wenn auch keines seiner Stücke überlebt hat und es seiner Lyrik sehr an Größe gebricht – jedenfalls an Shakespeare'scher Größe). Oxford war weitgereist und sprach Italienisch; außerdem bewegte er sich in den richtigen Kreisen, um sich im Treiben am Hofe auszukennen. Königin Elisabeth bewunderte ihn sehr, es heißt, »sie habe sich … an seiner Person, seinem Tanzen und seiner Kühnheit, ergötzet«, und eine seiner Töchter war eine Zeitlang mit Southampton verlobt, dem Shakespeares zwei Langgedichte gewidmet waren. An seinen Verbindungen gab's nichts zu mäkeln.

Doch er hatte auch Schwächen, die gar nicht gut zu der mitfühlenden, ruhig verlässlichen, klugen Stimme passten, die immer wieder so verführerisch aus Shakespeares Stücken spricht. Er war arrogant, launisch, verwöhnt, verantwortungslos mit Geld und ein Sexprotz. Obendrein neigte er zu zutiefst beunruhigenden Gewaltausbrüchen – kurzum, beliebt war er nirgendwo. Im Alter von 17 ermordete er im Zorn einen Hausdiener (entkam aber der Bestrafung, nachdem ein gefügiges Gericht sich zu der Feststellung hatte überreden lassen, der Diener sei in Oxfords Schwert gerannt). Nichts am Verhalten des Earls deutete jemals auch nur in Ansätzen daraufhin, dass er Mitleid und Empathie empfinden oder sich zu geistiger Großzügigkeit aufschwingen konnte, und schon gar nicht darauf, dass ihm als vielbeschäftigem Mann am Hofe die harte Arbeit behagt hätte, zusätzlich zu den Werken unter seinem eigenen Namen anonym mehr als drei Dutzend Theaterstücke zu verfassen.

Looney legte nie Beweise vor, die erklärten, warum Oxford – eitel wie ein Pfau – seine Anonymität hätte wahren wollen. Warum hätte er damit zufrieden sein sollen, der Welt ein paar Stücke, die heute keiner mehr kennt, sowie mittelmäßige Gedichte unter seinem eigenen Namen zu schenken, doch sich hinter einem fremden Namen zu verstecken, als er mit zunehmendem Lebensalter eine unglaubliche Genialität entwickelte? Auf diese Frage erwiderte Looney immer nur: »Das freilich ist seine Angelegenheit, nicht unsere.« Dann ist es aber auch unsere Sache, ob wir Oxford für den Verfasser von Shakespeares Werken halten – oder nicht.

Es spricht auch noch mehr gegen Oxford. Und zwar die Widmungen zu Shakespeares zwei Verserzählungen. Zur Zeit von »*Venus und Adonis*« war Oxford 44 Jahre alt – ein älterer Herr für den Milchbart Southampton. Den schmeichlerischen Ton mit der Entschuldigung, »eine so starke Stütze für eine so schwache Last« zu wählen, und dem Versprechen, »alle müßigen Stunden zu nutzen, bis ich Euch mit einer gewichtigeren Arbeit Ehre getan habe«, erwartet man wohl nicht von einem älteren Aristokraten gegenüber einem jüngeren, besonders nicht von einem so stolzen wie Oxford. Auch bleibt die Frage unbeantwortet, warum Oxford, Schirmherr einer eigenen Schauspielertruppe, den Earl of Oxford's Men, seine besten Werke für die Konkurrenz, die Lord Chamberlain's Men, schreiben sollte. Desweiteren müsste man die vielen Textanspielungen wegdiskutieren, die auf William Shakespeare als Autor hinweisen – das Wortspiel mit Anne Hathaways Namen in Sonett 145 zum Beispiel. Das hieße wahrlich, die Kunst der Verstellung auf die Spitze zu treiben, wenn man witzige Anspielungen auf die Gattin seines Strohmannes in sein Werk einstreute.

Bei weitem die verstörendste Schwäche der Argumentation für Oxford ist aber, dass Edward de Vere 1604 starb (und daran ist nicht zu rütteln), als viele von Shakespeares Werken noch gar nicht erschienen waren – ja, manchmal noch nicht einmal geschrieben worden sein konnten, weil spätere Ereignisse darin eine Rolle spielen. *Der Sturm* wurde bekanntermaßen vom Bericht über einen Schiffbruch auf den Bermudas inspiriert, den 1609 ein William Strachey schrieb, und in *Macbeth* kommt die Pulververschwörung vor, die Oxford gar nicht mehr miterlebte.

Die Pro-Oxford-Fraktion, immer noch reich an Mitgliedern, hält dagegen, dass de Vere entweder einen Stapel Handschriften hinterließ, die in wohlbemessenen Abständen unter William Shakespeares Namen herausgegeben wurden, oder die Stücke mit falschen Daten versehen waren und doch erschienen, bevor Oxford verschied. Und die vielen Anspielungen auf Ereignisse, die eindeutig nach Oxfords Ableben passierten? Na, die wurden später von anderer Hand hinzugefügt! Aber ja doch, sonst müssten wir ja auch zu dem Schluss kommen, dass Oxford die Stücke *nicht* geschrieben hat.

Trotz der eklatanten Fehler, sowohl in der Beweisführung als auch in der Recherche, fand Looneys Buch ein kurioses Ausmaß an Unterstützung. Der britische Nobelpreisträger John Galsworthy lobte es ebenso wie Sigmund Freud (der allerdings später zu einer eigenen Theorie kam, nach der Shakespeare französischer Herkunft war und eigentlich Jacques Pierre hieß – ein interessanter, aber letztlich einsamer Irrglaube). Professor L.P. Bénézet vom Dartmouth College, ein führender Oxfordianer aus den Vereinigten Staaten, vertrat die Theorie, dass der Schauspieler Shakespeare der illegitime Sohn de Veres sei. Dafür begeisterten sich Orson Welles und später der Schauspieler Derek Jacobi.

Ein dritter – und kurzzeitig verhältnismäßig beliebter – Autorenkandidat für die Werke Shakespeares war Christopher Marlowe. Er hatte das richtige Alter (er war nur zwei Monate älter als Shakespeare), das erforderliche Talent und hätte nach 1593 gewiss auch ausreichend Zeit und Muße zum Arbeiten gehabt, wenn er nicht zu tot gewesen wäre. Also musste man nur behaupten, sein Tod sei getürkt gewesen, er habe die nächsten 20 Jahre, je nachdem, welche Version man für glaubwürdiger hielt, in Kent oder Italien versteckt gelebt (auf jeden Fall unter dem Schutz seines Patrons und möglichen Geliebten Thomas Walsingham) und während dieser Zeit ein Shakespeare'sches Opus nach dem anderen produziert.

Hauptvertreter dieser These war ein New Yorker Presseagent, Calvin Hoffman, der sich 1956 die Erlaubnis besorgte, Walsinghams Grab zu öffnen, weil er Manuskripte und

Briefe darin zu finden hoffte, die seine These untermauern würden. Tatsächlich fand er nichts – nicht einmal Walsingham, der, wie sich nun herausstellte, woanders begraben war. Hoffman machte trotzdem einen Bestseller daraus, *The Murder of the Man Who Was ›Shakespeare‹*, den das *Times Literary Supplement* berühmt-berüchtigt als »Haufen dummes Gewäsch« abtat. Aber Hoffmans Argumentation, das muss man einräumen, entbehrte nicht eines verrückten Charmes. Unter anderem behauptete er, dass der auf der Titelseite der Sonette genannte »Mr W. H.« »Mr Walsing-Ham« sei. Doch obwohl seine Beweise offenkundig schwächeln und kaum noch Unterstützung finden, sahen sich Dekan und Kapitel von Westminster Abbey zu dem außerordentlichen Schritt veranlasst, auf einem neuen Denkmal für Marlowe in der Poets' Corner ein Fragezeichen hinter sein Todesjahr zu setzen.

Und immer noch wächst die Liste alternativer Shakespeares. Eine Kandidatin war zum Beispiel auch Mary Sidney, Countess of Pembroke. Ihre Anhänger – zugegeben, eine kleine Schar – meinen, wenn sie die Autorin sei, sei es auch plausibel, warum die erste Folioausgabe ihren Söhnen, den Earls of Pembroke and Montgomery, gewidmet sei. Man weist auch darauf hin, dass die Countess Ländereien am Avon besaß und auf ihrem persönlichen Wappen ein Schwan war – was wiederum Ben Jonsons Anspielung auf den »holden Schwan vom Avon« erkläre. Und gewiss gibt Mary Sidney eine reizvolle Kandidatin ab. Sie war ebenso schön wie gebildet und kam aus einer angesehenen Familie. Ihr Onkel war Robert Dudley, Earl of Leicester, und ihr Bruder der Poet und Schirmherr von Poeten, Sir Philip Sidney. Sie verbrachte einen Großteil ihres Lebens mit literarisch gesinnten Menschen, vor allem Edmund Spenser, der ihr eines seiner Gedichte widmete. Alles, was fehlt, um sie mit Shakespeare in Verbindung zu bringen, ist irgendetwas, *das* sie mit ihm verbindet.

Eine weitere Theorie besagt, dass Shakespeare derartig klug war, dass er nicht nur eine Person sein konnte, und wir es in Wirklichkeit mit einer Gang von phänomenalen Talenten zu tun haben, der fast alle angehörten, die schon erwähnt worden sind – Bacon, die Countess of Pembroke und Sir Philip Sidney plus Sir Walter Raleigh und noch ein paar mehr. Leider ermangelt es dieser Theorie nicht nur jeden Beweises, sondern es wäre auch ein Schweigekomplott nötig gewesen, an dem unglaublich viele Menschen beteiligt gewesen wären und das einwandfrei hätte funktionieren müssen.

Noch ein Satz zu Dr. Arthur Titherley, seines Zeichens Vorsitzender einer naturwissenschaftlichen Fakultät der University of Liverpool: In 30 Jahren hingebungsvoller Freizeitforschung fand er heraus, dass Shakespeare William Stanley war, sechster Earl of Derby. (Aber es interessierte niemanden.)

Insgesamt hat man mehr als 50 Kandidaten als Alternativen zu Shakespeare präsentiert.

Allen diesen konkurrierenden Theorien gemeinsam ist die Überzeugung, dass William Shakespeare aus irgendeinem Grunde als Autor solch hervorragender Stücke nicht in Frage kommt. Das ist äußerst merkwürdig. Shakespeare entstammt, wie dieses Buch hoffentlich gezeigt hat, weder rückständigen noch sonderlich privilegierten Verhältnissen. Sein Vater war Bürgermeister einer nicht unbedeutenden Stadt. Doch auch sonst wäre es ja nicht das erste Mal, dass jemand von bescheidener Herkunft sich später in seinem Leben hervortut. Gewiss, Shakespeare hatte nicht die Universität besucht, aber Ben Jonson – ein weit intellektuellerer Autor – auch nicht, und niemand kommt auf die Idee, Jonson als Schwindler abzutun.

Und obwohl William Shakespeare sich in seinen Werken oft sehr gelehrt ausdrückte, benutzte er auch eine Bildersprache, die lebhaft und anschaulich von einer ländlichen Herkunft zeugt. Jonathan Bate zitiert einen Zweizeiler aus *Cym-*

belin: »Golden lads and girls all must,/As chimney sweepers, come to dust«[17], der eine zusätzliche Bedeutung erhält, wenn man weiß, dass ein blühender Löwenzahn in Warwickshire im 16. Jahrhundert »golden lad« und eine Pusteblume »chimney sweep« hießen. Wer würde eher so mit Sprache spielen – ein dekadenter Höfling oder jemand vom Lande? Auch wenn Falstaff bemerkt, dass er als Junge so klein war, dass er »in den Daumenring eines Ratsherrn kriechen konnte«, können wir mit Fug und Recht überlegen, ob ein solch einzigartiges Bild eher einem Aristokraten einfällt oder einem, dessen Vater wirklich Ratsherr war.

Tatsächlich schimmern Kindheit und Jugend eines Jungen in Stratford in allen Werken durch. Zum einen kannte Shakespeare sich bei Tierhäuten und ihrem Gebrauch bis ins kleinste Detail aus. Seine Texte enthalten viele kenntnisreiche Verweise auf Geheimnisse des Gerbergewerbes, auf lederne Beutel, schmierige Felle, Klauenfett und dergleichen – Dinge, die in der Sprache der Gerber alltäglich, doch unter Besserbetuchten kaum bekannt sind. Shakespeare wusste, dass Lautensaiten aus Kuhdarm und Bogensehnen aus Pferdehaar waren. Wäre Oxford oder einer der anderen Kandidaten in der Lage gewesen oder hätte man es ihm zugetraut, solche Feinheiten in Poesie zu verwandeln?

Shakespeare genierte sich allem Anschein nach keineswegs für seine Herkunft vom Lande, und nichts in seinem Werk deutet, mit den Worten Stephen Greenblatts, darauf hin, dass er das »leugnen oder sich selbst als etwas anderes ausgeben [wollte], als er war«. Leute wie Robert Greene mokierten sich ja unter anderem deshalb über Shakespeare, weil er nie aufhörte, mundartliche oder provinzielle Ausdrücke zu verwenden. In ihren Augen machte er sich damit lächerlich.

Eine ulkige Marotte hatte er allerdings: Er benutzte das (englische) Wort »also« sehr selten. In allen seinen Stücken taucht es nur 36 Mal auf, und kommt dann fast immer aus dem Mund komischer Figuren, über deren hochtrabendes Gerede man lachen soll. Es war ein komisches Vorurteil, das kein Autor seiner Zeit teilte. Bacon benutzte »also« auf einer Seite manchmal so oft wie Shakespeare in seinem gesamten Werk. Nur ein einziges Mal verwendete Shakespeare mought statt might, andere Autoren fortwährend. Normalerweise schrieb er hath, doch in 20 Prozent der Fälle has, meistens doth, doch eines von vier Malen dost, und noch seltener das flott moderne does. Brethren wählte er überwiegend und ganz gelegentlich (ungefähr jedes achte Mal) brothers.

Solche Eigenheiten machen das aus, was die Sprachwissenschaft als Idiolekt bezeichnet, und Shakespeares Wortschatz und Ausdrucksweise unterscheiden sich, wie zu erwarten, von denen aller anderen. Dass ein Oxford oder Bacon sich Shakespeares Idiolekt bedient hätten, wenn sie unter einer angenommenen Identität geschrieben hätten, ist denkbar, aber man muss sich vernünftigerweise doch fragen, warum sie solch gewiefte Tarnung für nötig hielten.

Kurzum, mit einem selektiven Augenzukneifen kann man sich vorstellen, dass alle die Kandidaten zum Schreiben der Stücke Shakespeares die notwendige Zeit, das notwendige Talent und einen Grund hatten, anonym zu bleiben. Doch bisher ist nicht der winzigste Bruchteil eines Beweises vorgelegt worden, aus dem hervorgeht, dass sie die Autoren sind. Auf jeden Fall müssen sie nicht nur unglaublich talentiert gewesen sein, um in ihrer Freizeit das größte, je in Englisch geschaffene literarische Werk hervorzubringen, und zwar in einer Stimme, die offenkundig nicht die ihre ist, sondern obendrein auch so gerissen, dass sie buchstäblich alle Leute in ihrer Lebenszeit und den vier Jahrhunderten danach hinters Licht führen konnten. Ja, mehr noch – der Earl of Oxford muss außerdem seinen eigenen Tod vorausgesehen und einen solchen Packen an Werken hinterlassen haben, dass der regelmäßige Ausstoß neuer Stücke gewährleistet war, bis Shakespeare ungefähr ein Jahrzehnt später so weit war, ins Grab zu sinken. Das nenne ich genial.

Also, wenn es eine Verschwörung war, dann war sie phänomenal. Die Kooperation von Jonson, Heminges und Condell und den meisten oder allen Mitgliedern von Shakespeares Schauspieltruppe wäre ebenso unabdingbar gewesen wie die einer unbekannten Anzahl von Freunden und Familie. Ben Jonson plauderte das Geheimnis selbst in seinen Tagebüchern nicht aus. »Ich erinnere mich«, schrieb er dort, »dass die Schauspieler oft zu Shakespeares Ehre gesagt haben, dass er beim Schreiben (ohnerachtet, was aus seiner Feder kam) niemals [eine] Zeile durchstrich. Worauf ich erwidert habe: Ach, hätte er doch tausend durchgestrichen.« Schon komisch, dass sich jemand mehr als ein Dutzend Jahre nach dem Tod eines Kollegen in einer Erinnerung so äußert, obwohl er weiß, dass der Mann die Stücke gar nicht geschrieben hat. Im selben Absatz bemerkte Jonson auch: »Denn ich liebte den Mann und ehre sein Andenken (ja, ich vergöttere ihn geradezu) nicht weniger als jeder andere.«

Bisher habe ich nur über die notwendigen Täuschungsmanöver auf Shakespeares Seite gesprochen. Alle, die Oxford, Marlowe oder Bacon kannten, haben, soweit es uns die Geschichte verrät, ebenfalls den Mund gehalten. Man muss die Anti-Stratfordianer wirklich zu ihrem Einfallsreichtum beglückwünschen, denn wenn sie Recht hätten, hätten sie wahrhaftig den größten Betrug in der Literaturgeschichte aufgedeckt, noch dazu 400 Jahre nach Verüben der Tat, ohne dass sie auch nur annähernd etwas in der Hand haben, das man Beweis nennen könnte.

Wenn wir über die Werke William Shakespeares nachdenken, ist es natürlich immer wieder erstaunlich, dass ein Mann ein solch opulentes, kluges, vielfältiges, aufregendes, herrliches Werk erschaffen haben soll, doch genau das macht ein Genie ja aus. Nur *ein* Mann hatte das Talent und war in der Lage, uns solch unvergleichliche Werke zu schenken, und der Mann war William Shakespeare aus Stratford – wer immer er war.

Dank

Für großzügige Hilfe danke ich nicht nur den freundlichen und geduldigen Interviewpartnern, die im Buch zitiert werden, sondern auch Mario Aleppo, Anna Bulow, Charles Elliott, Will Francis, Emma French, Peter Furtado, Carol Heaton, Gerald Howard, Jonathan Levi, Jacqui Shepard, Paulette Thompson und Ed Weisman. Zu ganz besonderem Dank verpflichtet bin ich Professor Stanley Wells und Dr. Paul Edmondson vom Shakespeare Birthplace Trust in Stratford-upon-Avon dafür, dass sie freundlicherweise das Manuskript gelesen und viele Korrekturen und kluge Änderungen vorgeschlagen haben – für Fehler bin ich natürlich allein verantwortlich. Ein spezielles Dankeschön James Atlas für seine Begeisterung und Ermutigung von Anfang bis Ende und den scharfsinnigen, liebenswürdigen Lektoren Robert Lacey und Sue Llewellyn. Wie immer und vor allem aber sage ich aus tiefstem Herzen Dank meiner lieben Frau Cynthia.

Anmerkungen im Text

1. Das war gewiss ein wenig übertrieben. Hätten die Wallaces zum Beispiel für jedes Dokument fünf Minuten gebraucht, hätten sie für alle fünf Millionen 416 666 Stunden benötigt, und selbst wenn sie rund um die Uhr geschuftet hätten, 47,5 Jahre forschen müssen.
2. Es war eine absonderliche Werbung. Die Königin war mit vierzig Jahren alt genug, um die Mutter des Herzogs zu sein, der gerade mal achtzehn und darüber hinaus klein und berühmt hässlich war. (Seine Fürsprecher gaben ihm den guten Rat, sich einen Bart wachsen zu lassen, dann sähe er besser aus.) Erst sein Tod im Jahre 1584 verhinderte eine mögliche Eheschließung.
3. Stow war Schneider von Beruf, arbeitete aber sein Leben lang – Jahrzehnte davon in Armut – an seiner großen Geschichte Londons. Bei ihrem Erscheinen war er, wie gesagt, 73. Sein Lohn waren 3 £ bar auf die Hand und 40 Exemplare seines Werks. Als man Jakob I. bat, dem alten Mann regelmäßig eine milde Gabe zukommen zu lassen, schickte er ihm zwei Briefe, in denen er ihm erlaubte zu betteln. Das tat Stow auch und stellte in den Straßen der Stadt Almosenschalen auf – ohne nennenswerten Erfolg.
4. Das Wort »piccadill« wird zum ersten Mal 1607 von dem Dramatiker Thomas Dekker in dem Stück *Northward Ho* verwendet. Später dann wurde ein Haus in der Nähe des heutigen Trafalgar Square vom Volksmund Piccadilly Hall genannt, möglicherweise, weil sein Eigentümer sein Geld mit dem Verkauf von »piccadills« verdiente. Die Straße, die nach Westen zum Hyde Park führt, heißt nach dem Haus, nicht den Halskrausen, Piccadilly.
5. Fettiplace' Buch ist ein verplaudertes, breit gefächertes Kompendium von Rezepten, Tipps zum Saubermachen und anderen häuslichen Angelegenheiten, die sie bei Verwandten und Freunden gesammelt hatte. Zu diesen Freunden zählte John Hall, Shakespeares Schwiegersohn. Es ist also sehr gut möglich, dass sie den Dramatiker persönlich kannte; auf jeden Fall muss sie von ihm gehört haben. Doch falls sie überhaupt eine Ahnung von seiner Bedeutung für die Nachwelt hatte oder davon, wie dankbar wir selbst für einige wenige Worte über seinen Charakter und seine Essensvorlieben wären – erwähnte sie nichts davon in ihrem Haushaltsbuch.

6. Stephen Orgel weist darauf hin, dass das Gesetz Homosexualität zwar schärfstens verdammte, doch in der Praxis, solange es diskret zuging, tolerierte. Unvorsichtige heterosexuelle Frauen riskierten viel mehr, verfolgt zu werden, weil jede uneheliche Geburt – unverzeihlich! – die Armenlisten nur noch länger machte.
7. Schlegel schreibt »gebt Euch kund« für »unfold yourself«, salopp gesagt: »Legt ab«.
8. *Für ein paar Pennies Weisheit von Greene, erkauft mit einer Million Pennies der Reue. Beschreibt die Torheit der Jugend, die Falschheit ungeschickter Schmeichler, das Elend der Liederlichen und die Missetaten ungetreuer Kurtisanen. Geschrieben vor seinem Hinscheiden und publiziert auf seinen letzten Wunsch hin.*
9. *Greens Vision, geschrieben im Augenblicke seines Todes.*
10. Friedrich Schlegel macht übrigens daraus »Zweifle an der Sonne Klarheit/Zweifle an der Sterne Licht«, Wieland »Zweifle an des Feuers Hitze/Zweifle an der Sonne Licht«. Die Bewegung der Gestirne hat die Übersetzer augenscheinlich nicht interessiert.
11. Ein Sonett ist ein 14-zeiliges Gedicht, das von Francesco Petrarca, dem italienischen Dichter aus dem 14. Jahrhundert, zur Vollendung gebracht worden ist. Das Wort kommt von *sonetto,* dem »Liedchen«. Das italienische Sonett Petrarcas bestand aus zwei Teilen – einer achtzeiligen Oktave mit dem Reimschema (a-b-b-a, a-b-b-a) und zum Schluss zwei Terzetten mit einem anderen Reimschema (c-d-e, c-d-e oder c-d-c, d-c-d). In England entwickelte das Sonett eine eigene Form, bestand schließlich aus drei vierzeiligen Strophen und einem eher prägnanten Reimpaar am Ende als eine Art Pointe. Das Reimschema war deutlich anders: a-b-a-b, c-d-c-d, e-f-e-f, g-g.
12. ›Ich hasse‹, Rettung war's für mich/denn sie beschloss den Satz: ›nicht dich.‹
13. Um einmal einen zweiten deutschen Titel für *Liebes Lust und Leid,* nämlich *Vergebliche Liebesmüh* zu zitieren.
14. Ein Folioband (vom lateinischen *folium* oder Blatt) ist ein Buch, in dem jeder Bogen vor dem Druck einmal senkrecht in der Mitte gefalzt wird, womit zwei Blätter oder vier Seiten entstehen. Eine Folioseite ist deshalb ziemlich groß – üblicherweise etwa 15 Zoll (38 cm) hoch. In einem Quartoband wird jeder Bogen zweimal gefaltet, womit 4 Blätter – deshalb »quarto« – oder 8 Seiten entstehen.
15. Die Übersetzung ins Deutsche erspart sich die Übersetzerin.
16. Graf Baudissin: »mein Narr/Besitzt mich wider Recht.
    Wieland: »mein Thor usurpiert meine Person«
17. Jungmann, Jungfrau, goldgehaart,
    Zu Essenkehrers Staub geschart

Ausgewählte Bibliografie

Folgende Bücher werden hauptsächlich im Text erwähnt.

Baldwin, T. W., *William Shakspere's Small Latine and Lesse Greek* (zwei Bände). Urbana, I11.: University of Illinois Press, 1944

Bate, Jonathan, *The Genius of Shakespeare,* London: Picador, 1997

Bate, Jonathan und Russell, Jackson (Hg.), *Shakespeare: An Illustrated Stage History.* Oxford: Oxford University Press, 1996

Baugh, Albert C. und Cable, Thomas, *A History of the English Language* (5. Auflage). Upper Saddle River, J. J.: Prentice Hall, 2002

Blayney, Peter W. M., *The First Folio of Shakespeare.* Washington, D. C.: Folger Library Publications, 1991

Chute, Marchette, *Shakespeare of London.* New York: E. P. Dutton & Company, 1949

Cook, Judith, *Shakespeare's Players.* London: Harrap, 1983

Crystal, David, *The Stories of English*. London: Penguin/Allen Lane, 2004

Durning-Lawrence, Sir Edwin, *Bacon is Shake-speare,* London: Gay & Hancock, 1910

Greenblatt, Stephen, *Will in der Welt: Wie Shakespeare zu Shakespeare wurde*. Übersetzt von Martin Pfeiffer. Berlin: Berlin Verlag, 2004

Gurr, Andrew, *Playgoing in Shakespeare's London*. Cambridge: Cambridge University Press, 1987

Habicht, Werner, Palmer, DJ. und Pringle, Roger, *Images of Shakespeare: Proceedings of the Third Congress of the International Shakespeare Association*. Newark: University of Delaware Press, 1986

Hanson, Neil, *The Confident Hope of a Miracle: The True History of the Spanish Armada*. London: Doubleday, 2003

Inwood, Stephen, *A History of London*. London: Macmillan, 1998

Jespersen, Otto, *Growth and Structure of the English Language* (9. Auflage). New York: Anchor Books, 1956

Kermode, Frank, *Shakespeare's Language,* London: Penguin, 2000

Kermode, Frank, *The Age of Shakespeare*. New York: Modern Library, 2003

Kökeritz, Helge, *Shakespeare's Pronunciation.* New Haven, Conn.: Yale University Press, 1953

Muir, Kenneth, *Shakespeare's Sources: Comedies and Tragedies.* London: Methuen & Co, 1957

Mulryne, J.R. und Shewring, Margaret (Hg.), *Shakespeare's Globe Rebuilt.* Cambridge: Cambridge University Press, 1997

Picard, Liza, *Shakespeare's London: Everyday Life in Elisabethan London.* London: Orion Books, 2003

Piper, David, *O Sweet Mr. Shakespeare I'll Have His Picture: The Changing Image of Shakespeare's Person, 1600–1800.* London: National Portrait Gallery, 1964

Rosenbaum, Ron, *The Shakespeare Wars: Clashing Scholars, Public Fiascoes, Palace Coups.* New York: Random House, 2006

Rowse, A.L., *Shakespeare's Southampton: Patron of Virginia.* London: Macmillan, 1965

Schoenbaum, S., *William Shakespeare: Eine Dokumentation seines Lebens.* Übersetzt von F. Polakovics. Frankfurt/M.: Insel, 1981

Schoenbaum, S., *Shakespeare's Lives.* Oxford: Oxford University Press, 1993

Shapiro, James, *1599, A Year in the Life of William Shakespeare.* London: Faber & Faber, 2005

Spevack, Marvin, *The Harvard Concordance to Shakespeare.* Cambridge, Mass.: Belknap Press/Harvard University Press, 1973

Spurgeon, Caroline F.E., *Shakespeare's Imagery and What it Tells Us*. Cambridge: Cambridge University Press, 1935

Starkey, David, *Elisabeth: The Struggle for the Throne*. London: HarperCollins, 2001

Thomas, David, *Shakespeare in the Public Records*. London: HMSO, 1985

Thurley, Simon, *Hampton Court: A Social and Architectural History*. New Haven: Yale University Press, 2003

Vendler, Helen, *The Art of Shakespeare's Sonnets*. Cambridge, Mass.: Belknap Press/Harvard University Press, 1999

Wells, Stanley, *Shakespeare for All Time*. London: Macmillan, 2002

Wells, Stanley, *Shakespeare & Co.: Christopher Marlowe, Thomas Dekker, Ben Jonson, Thomas Middleton, John Fletcher and the Other Players in His Story*. London: Penguin/Allen Lane, 2006

Wells, Stanley/Taylor, Gary (Hg.), *The Oxford Shakespeare: The Complete Works*. Oxford: Clarendon Press, 1994

Wolfe, Heather (Hg.), *›The Pen's Excellencie‹: Treasures from the Manuscript Collection of the Folger Shakespeare Library*. Washington, D.C.: Folger Library Publications, 2002

Youings, Joyce, *Sixteenth Century England*. London: Penguin, 1984

Quellen

Die Zitate aus Shakespeares Stücken stammen aus den Übersetzungen von Schlegel, den Tiecks und Baudissin.

Die Zitate aus den Sonetten stammen einerseits aus William Shakespeare: Sonette. © 1994 Diogenes Verlag, Zürich, und andererseits (meist nicht verbatim) aus den weit über hundert Übersetzungen, die mittlerweile existieren. Bisweilen hat die Übersetzerin selbst Hand angelegt.

Der Vierzeiler von Ben Jonson im Ersten Folioband ist zu finden in der Schloemann-Reihe Bd. 1. Die Welt des Theaters, © 1952 Selbstverlag der Schloemann Aktiengesellschaft, Düsseldorf.

Die Übersetzung von Shakespeares Grabspruch sowie die einiger anderer kurzer Zitate stammt von Martin Pfeifer, dem Übersetzer von Stephen Greenblatt: Will in der Welt, © 2004 Berlin Verlag, Berlin.

Bill Bryson

wurde 1951 in Des Moines, Iowa, geboren. 1977 zog er nach Großbritannien und schrieb dort mehrere Jahre u. a. für die *Times* und den *Independent*. Mit seinem Englandbuch »Reif für die Insel« gelang Bryson der Durchbruch. Heute ist er in Großbritannien der erfolgreichste Sachbuchautor der Gegenwart. Seine Bücher werden in viele Sprachen übersetzt und stürmen stets die internationalen Bestsellerlisten. 1996 kehrte Bill Bryson mit seiner Familie in die USA zurück, wo es ihn jedoch nicht lange hielt. Er war erneut »Reif für die Insel«, wo er heute auch wieder lebt.